陳映真全集

2

1966
—
1976

人間

目次

寂寞的以及溫煦的感覺[1]

花落鶯啼春

他和成千上萬的男人一樣參加了戰爭。但是，在一次俯衝射擊中他看見一張絕望而懼怖的，被戰爭踐踏著的東方的小女孩的臉。他因此墜機，便失去了他一切的記憶，他一切的歷史——除了高高的椰子樹，火紅的太陽，以及那張絕望的、懼怖的小臉。

在成千上萬的男人能像唱歌一樣豪邁地越過洋去戰爭的時候，他是一個意志薄弱的、適應不能的西方人罷。現在他失去了一切他的過去，他不能在這個世界裡將自己安置（identify）在一個關係中，因而他是苦惱得很的。儘管他享有一個完全的婦人之愛，但因失落了歷史而愈發適應不能的他，便退行到一個孩稚的世界裡去。他因此成為一種孤兒。

她的懼怖的、寂寞的小臉引動了他。她成長在一個破碎的家庭，患著十分嚴重的人間愛的營養貧弱。她的幻想、她的情緒的異常早熟，和她的大約只不過十歲左右的年齡，是極不相襯的。他看見她的敗北的父親把她遺棄在學校裡，自殺去了。兩個孤兒便這樣地在這冷漠的我們的世界上相遇。整個人類的悲慘的適應不能，造成了不盡的戰爭、不盡的個人底、家族底敗北和礫潰。戰爭、家族的破敗，又反過頭來造成像這兩個孤兒似的寂寞又脆弱的適應不能者。

導演立刻使這兩個棄兒為他們自已偷偷地在我們這滿是軋轢的世界之旁，蓋起一座小小的天地。在這寂寞的小小的天地裡，導演用一種令人心疼的童話詩的調子，專心地，熱情地——連一點點憂悒都沒有地——唱著。夢幻一般的畫面，幸福的語言，質素的（of naivete）感情，連續不綴地展開著，以一種十分完整的動作，建立了極為真實的幻覺。在這樣逼真的幻覺裡，導演傳播了他的無疑是很煽情底（sentimental）信息。

倘若我們的現實世界早已無能於愛、於幸福、於快樂的話，那麼或者只能求諸於被這現實世界所遺棄、逼迫和歧視的兩個孤兒的小小的寂寞的天地之中罷。這個小小的天地又終於被外的世界給砸碎了。這裡便存在著導演的某種無告的絕望感。但是，這個絕望感卻怎也掩不過他那種深切而溫柔的同情，也是不能削弱他在倫理上的浪漫的色彩。自古以來，有過不少巨大的智慧把現實世界中看不見的正義，幸福和快樂託付在一個烏托邦裡，然後又藉著他們在烏托邦裡所建築的，反過來批評了現實社會。導演的這樣的理想主義，一方面使人記起文藝復興時代的，以及十九世紀初的人道主義思想家，如慕爾，如弗利葉。另一方面也立刻令人想到維斯康堤之放眼遠望於將生底、未來底世代的另一種理想主義。

延

在《劇場》第一次電影發表會上看到莊靈的紀錄短片《延》，有一種溫煦的感覺。這部短片，具有一種十分真摯的人底的（humane）味道，在發表會的同人作品中，顯得極為突出。莊靈在一開頭就說：「這片子是我拍的。我們將要有我們第一個孩子……」。於是，我們便懷著逐漸增高的敬意和歡喜，看見莊君為他行將做母親的妻子做一日生活的紀錄。

或者是因為我和莊靈兄熟悉的緣故罷，我實在為這麼一部質樸的紀錄短片的表現量吃了一驚。莊靈兄的一家，都是知識分子。而且，父子兩代，在時間的秩序上，分別占著各自的位子。不管怎樣，莊家的這兩代，總是中國知識人之歷史的一方面。就莊靈兄的幾兄弟來說，他們都以一種北方人的，一種傳統的質素，從事於文化的工作，令人尊敬。於是，莊靈兄以作為一個這樣的家，這樣的歷史的一個單位，用一個年輕的，行將初為人父的心情，竚望著一種「延」續。所以，老學者夫婦在清早練太極拳，放狗踏青，以及陳夏生那種勤勞質樸的姿勢，綜合起來，實在是十分動人的。歲月，世事和歷史都在不斷地演化，在這演化中的個人，從或一個角度去看，是十分之無力的，無力得不足以負起是非功過的判斷。但可寶貴的，便是個人又在這大的宿命中，孜孜地生活著的那一幅姿態。就是這樣的姿態打動了我。雖說莊靈兄對於「延」續的一份嚴肅，希望和信心，是一種為父為母者的本能也說不定；但是，我想，連莊靈都不曉得：這當中有一種十分堅實的知性在。（倘若你覺得好笑，那麼就笑罷。）因為，這一線強力的，實在的希望和信心，擴張了它的領域（scope）。我一向以為大凡一種希望或者信心，必有它在知性上的基礎。然而於今我才始知道：維繫千萬人孜孜然不懈不怠地生活著的；支持千萬人在障礙中奮力向上的，正是這種未見有太深刻的知底背景的，卻一樣摯著得很的希望和信心。它是，毫無難問，一種生物學以上的東西的。

就像我跟大任說過，這部短片，是很「莊靈底」的。「莊靈畢竟是莊靈。」一個人的本然的秉性，一定會反映到他的勞作上去。樸質，誠懇，溫和，一如其人。而且，因為這樣自然地流露了他獨有的，連他自己都料必未甚了然的知性，而令人尊敬。我們也因他的性格底緣故，享受了一種珍貴的溫煦的感覺。

初刊一九六六年四月《劇場》第五期，署名許南村
收入一九七六年十二月遠行出版社《知識人的偏執》（許南村著）

1 本篇初刊於《劇場》雜誌第五期，美編黃華成除了將篇題「寂寞的以及溫煦的感覺」作特殊的設計排列外，並將文中對《花落鶯啼春》（Les dimanches de Ville d,Avray，導演：Serge Bourguignon，一九六二）和《延》（導演：莊靈，一九六六）的兩篇影評，分別刊載於頁一五七和頁一六五。收入《知識人的偏執》一書時合併為同篇。

最後的夏日

蜻蜓

「堯將遜位。讓於虞舜。舜禹之間。岳牧咸薦。乃試之於位。典職數十年。功用既興。然後授政。示天下重器。王者大統。傳天下若斯之難也。……」

仲夏的太陽就是那麼滔滔地傾落在操場上。第三節課的時分罷，碰巧所有的老師們都上課去了。教員休息室的右邊的牆上，不知道什麼道理在最近給鑲上一面瘦長的鏡子。裴海東即使埋首於他的《史記》裡，仍然覺得那面瘦長的鏡子，在右面的牆上發著慘白的光芒。數百年的古刻本，經最新的機器翻印在光潔的紙上，然後又以數百年的古風，處處加上朱紅的圈點[1]。裴海東默默地說：

「……而說者曰。堯讓天下於許由。許由不受。恥之。逃隱。……」

裴海東頓時被「恥之。逃隱」這樣的句子給嚇了一驚，以至於絞痛地悸動起來。他猛烈地合起書，把著溫暖[2]的瓷杯，彷彿喝著血液那麼樣仔細地飲著無茶味的水。這時他聽見一陣匆促的腳步聲走進休息室。那腳步聲停留在牆角的粉筆架邊，然後逐漸走向門口。裴海東忽然說：

「哪一個？」

裴海東有些狡慧地注視著他的溫暖的瓷杯。他甚至連眼皮都沒有抬起來。

「是我。」

一個困惑而有若干懼怖的聲音。裴海東悲哀地說：

「是我。『我』是誰？」

「我是周蓉。」

裴海東放下茶杯，重又打開[3]他的《史記》。他翻著翻著，找到了方才的〈伯夷列傳〉，心裡怎也不能不覺得有些孤苦起來了。裴海東說：

「周蓉你過來。」

於是他聽見一種畏懼的、躊躇的腳步聲走近他的桌子，在他的身邊站定了。一些木刻的字體毫不生意義地跳進他的眼睛：

——夫學者載籍極博猶考信於六藝……。

裴海東說：

「不懂得規矩嗎？」

「我們老師叫我來拿粉筆。」周蓉搶著說：「粉筆用光了。」

裴海東頓時氣忿起來。然而他也差不多在同時自己將這暴發的氣忿抑壓著。

「我只是問你，」裴海東說，又去翻弄著他的書：「問你曉不曉得規矩？[4]」

周蓉沉默地站著。裴海東翻著他滿是朱點的《史記》。他記得自己時常告訴學生們：

——書，是讀不完的。老師畢業以後，現在又去唸研究所。在你們看，就是自找罪受……。

「我們三番兩次規定了：進辦公室要先喊報告。」裴海東說。

女孩開始哭泣起來了。裴海東這才抬起頭來。女孩嚶嚶地哭著。哭聲使得這惡燥的夏日益加落寞起來。遠遠地傳來一些老師們尖嘯的教學聲。

「三番兩次規定了的。」裴海東說。

周蓉低著頭。裴海東點起一支菸。他看見發育得那麼好的伊的身材，使他蕪蔓地想起伊總是坐在教室的末排漫不經心地寫著作文的樣子。

「作文也不好好作，」裴海東想了想，說：「去罷！」

周蓉走了。抱著一堆零零亂亂的練習本的鄭介禾在門口碰到伊。他頓悟了似地說：

「把本子拿回班上去發了。」

鄭介禾順手開了電扇的開關。於是三個骯髒的吊扇在天花板上唧唧地轉動起來。其中一個故障了的，卻以差不多慢了二分之一的速度，畫著生病一般的圓圈。鄭介禾站在右面牆上的瘦長的鏡子前，扶了扶眼鏡，攏了攏頭髮。裴海東說：

「不開電扇，悶熱……。」

鄭介禾抬頭看看電扇。天花板上沾著[5]雨天留下來的暗黃色的汗漬，彷彿地圖一般。「開了電扇，你瞧：那聲音真叫你心煩。」裴海東說。

鄭介禾笑了起來，露出一排潔白的牙齒。女學生們管他那一排牙齒叫「亞蘭·德倫」。實際上，除了他笑起來的時候的那一排整齊的牙齒，他看起來一些兒也不像那位法國的影星。然而他確是一個漂亮的傢伙。裴海東忽然想起學生們總是在背後說李玉英老師對他「有意思」。他忽然拾起《史記》來，輕聲地唸著說：

「……及夏之時。有卞隨務光者。此何以稱焉。……[6]」

鄭介禾在臉盆裡洗沾滿粉筆灰的[7]手，然後用掛在架子上的綠色的毛巾擦乾。

「你說什麼？」

鄭介禾說。他竟用那條毛巾抹著他的頰和嘴。然後又摘下眼鏡，在他方形的臉上來回揩抹著。

「臉巾也該來換一條了。」裴海東說。

鄭介禾邊走邊架上眼鏡。

「他×的，」他說：「將就點罷。」

裴海東笑起來，又去來回翻著滿是朱圈的書。鄭介禾坐在裴海東旁邊的自己的位子上。裴海東說：

「學生們都說：李玉英對你有意思。」

鄭介禾看起來一點兒也不以這句話為樂。他甚至沒有笑笑。他摘下眼鏡，用心地揩著。裴海東只好像是很有趣似地笑起來。

「無風不起浪。」裴海東說。

摘下眼鏡的鄭介禾的眼睛看來陌生，而且滿脹著一種疲憊的浮腫。

「沒那事。」

鄭介禾漠然地說著，架好眼鏡。在濃眉下，他於是又恢復了那種帶著幾分憂悒的眼神。那是一種生活的憂悒感罷，而不是知性的那一種。他拿起擺在他桌上的一個長長的信封，在空中照了照，然後在沒有信紙的黑影的地方，撕開了，抽出一條摺得不很工整的信紙。裴海東遞給他一支菸。鄭介禾趕忙放下信，給裴海東點上火，又給自己點著了。他拿起信說：

「謝謝你。」

裴海東又去翻他的書。那些木刻的字，今天對於他就像路邊的石頭或者什麼，一點也生不出意義：

——余悲伯夷之意。睹軼詩可異焉。其傳曰。伯夷叔齊。孤竹君之二子也。父欲立叔齊。及父卒。……

「方才是怎麼回事？」

鄭介禾忽然說。裴海東像喫驚似地把書翻蓋在桌上。鄭介禾漫不經心地把讀完的信揉成鬆弛的紙團團，丟進紙簍裡。

「沒什麼。」裴海東說：「下禮拜得把《史記》點完。我還剩下大半本。」

「哦哦？」

「我這兩個月來，不知道在幹些什麼。」裴海東微笑著說。他的三十四歲的土黃色的胖臉，發著皮質的油亮和微汗的光澤。鄭介禾說：

「用功，總是有搞頭的。」他說：「我畢業兩年了，以前學校的那些，從來都沒再去摸過。」

鄭介禾旋即自棄地笑起來。於是他們沉默著了。現在除了三隻風扇的聲音外，又有一隻大頭蜻蜓在慌忙地撞頂著窗子的聲音。鄭介禾和裴海東都默然地注視著那隻長著虎紋的黃色的大頭蜻蜓。裴海東把菸放在腳下踩熄了，放進桌上的菸灰盤，又順手把它扶到他和鄭介禾的正中央。蜻蜓仍然死命地撞著玻璃窗子。

「我剛才是說：周蓉怎麼的了？」鄭介禾若有所思地說：「彷彿哭著的樣子。」

「噢！」裴海東說。

裴海東有些失神地看著蜻蜓。現在牠疲倦地停在窗欞上，便留下風扇的唧唧的聲音。牠的黃底黑紋的模樣，令你想起一隻午睡於叢林中的老虎。

「周蓉這孩子，越來越不成話。」裴海東說。

「這些學生！」鄭介禾嘆息似地說，卻一點也沒有關切的痛心的感情。

「你瞧這女孩子成天只知道打扮，說老師們的閒話，交男朋友……。」

鄭介禾沒說話。大頭蜻蜓又飛舞起來了。牠們總是註定了永不能識破那一面玻璃的透明的欺罔的。

「我要告訴你一件事。」裴海東說。

鄭介禾撿起桌上的空信封，捲在他的左手的食指上。裴海東看著被包紮得彷彿受了傷的鄭介禾的左食指，說：

「我生平最懶於寫信了。」

「沒什麼。」鄭介禾說，動了動他的左食指，看來好像一個花臉的小傀儡。他說：「弟弟的來信。不是來要錢，就是說錢已收到了。總是這些。」

「噢。」裴海東說：「現在我要告訴你一件事。」

鄭介禾望著他。他的漂亮的、憂悒的方形臉，卻似乎並沒有一種期待的熱情的樣子。

「去年我第一次上伊們的課。」裴海東說：「我就知道周蓉這小孩複雜。」

鄭介禾又去舞動他的左食指，像耍著傀儡戲似的。然而那硬質的信封，卻逐漸從他的指頭上鬆弛下來了。

「複雜。」裴海東說：「下課的時候，沒事找事來找你，挨著你講話。『裴老師——』……」

「裴老師——」鄭介禾像唱歌似的說。

鄭介禾熱心地笑了起來，卻又像頓然失去興味似地停住了。裴海東說：

「『裴老師——』，就是那樣。像剛才罷，伊一個人溜進來了。」

鄭介禾把信封也丟進字紙簍裡。裴海東說：

「來了。說是要來看月考的分數。我說還沒改好，你猜伊怎麼著？——擠在我身邊，他×的，擠在我身邊，亂纏亂纏！」

「哇——」鄭介禾惡戲地說：「哇——」

「我狠狠地訓了一頓。」裴海東義正辭嚴地說：「你看看這個孩子。」

「複雜。」鄭介禾不耐地說。

他們於是又沉默起來了。裴海東在沉默中感到一種失神的迷茫。鄭介禾還給他一支香菸。他們默默[8]地吸著。裴海東偷偷地望了望鄭介禾。他才真是被那些女學生們談論著的，甚至戀愛著的老師。李玉英卻不一樣。全校的女學生——自從伊在這個三月來校以後——都永不饜足地看伊，議論著伊的美貌。至於男生們，卻似乎並不顯得十分熱狂。鄭介禾和裴海東吐出來的煙霧，總是在升到一定的高度時消散在電扇的風裡。遠遠地從某一課堂上傳來斥責的盛怒的聲音：

——不要講話！聽見沒有？

鄭介禾驚醒似地說：

「蜻蜓飛出去了！」

於是風扇唧唧的聲音忽然顯得孤獨得了不得了。兩人都被這種盛夏的孤寂給弄得有些憂愁起來，特別是裴老師。

「飛出去了。」裴海東戚然地說。

「李玉英在八月中出國，聽說。」鄭介禾說。

鄭介禾把總是穿著質料不錯的褲子的雙腿，交疊著抬在桌上。然而差不多在同時，又敏捷地收了下來。所以桐主任捧著一疊作業本子走進來的時候，鄭介禾悠然地說：

「主任忙呵！」

桐主任熱心地笑著，把本子分別擺在空著的桌子上。

「呃呃，」桐主任說：「這幾天抽查本子」。

桐主任走了過來，將剩下的一疊擺在裴海東的對面的李玉英的位子上。他是個肥胖的、總是那樣溫和地笑著的那種人。他的膚色有些黝黑，然而就一個五十六歲的人來說，他的皮膚或者太過細緻了些罷。他把本子整齊地擺在李玉英桌子上，便又笑嘻嘻地走了。

李玉英的本子在電扇的風中嘩嘩地翻動著。鄭介禾重又把雙腿疊架在桌子上。他用下巴指著那一堆本子，說：

「我不喜歡聽那些嘩啦啦的聲音。」

裴海東躊躇了一會，把自己的一個膠質的硯臺鎮在本子上。他的手有些戰慄。某一種絕望的情緒漫漫地滲進他的胸腔。鄭介禾說：

「老裴，倘若我也出國，你猜我要幹什麼？」

「幹什麼？」裴海東說。

「開麻將館。」

裴海東止不住笑了起來。而且由於他感到一種憂悒，那笑聲便似乎有些誇張。他說：「不見得不是個主意喲。」

「當然。」鄭介禾認真地說：「有中國人的地方，就有麻將。」

他們又靜默起來了。鎮著硯臺的本子，依然在風中掙扎著。他們都望著那張空著的桌子。一隻黃漆的三角木板寫著：「李玉英老師」。

「到底是去讀什麼呢?」鄭介禾說。

「誰去讀什麼呢?」

「李玉英。」鄭介禾說。

「噢。」

裴海東把他的書翻開了又蓋上。蓋上了又翻開，彷彿要在裡面找尋出一件他曾經夾在裡面的什麼。

「伊的哥哥李文輝是我的同學。」裴海東終於說：「我說一句公道話；這女孩子不行。我說的是公道話。」

「噢。」鄭介禾說：「我是搞化學的。什麼行不行，我全不知道。」

「老鄭我們現在是說公道話，老鄭。」裴海東說：「最重要的一點：這女孩沒腦筋；就是沒思想，沒深度。」

說起深度，鄭介禾就有些擔憂起來。他扶了扶眼鏡，一下子不知道說什麼好。

「這是最要緊的一點。」裴海東說：「李文輝是我的朋友。所以我得照顧伊。這是說公道話。我借書給伊看。但沒用的。漂亮女孩都這樣：沒深度，沒有氣質。李文輝是我的朋友——」

「女孩子嘛！」鄭介禾說。

「就是這話！」裴海東歡喜地說：「人家說我對伊怎麼樣，哼！這就是笑話。」

於是裴海東不屑地笑起來。鄭介禾也不知其所以地笑了。

「你看。」裴海東說：「有一次伊和鄧銘光談著《文星》。他們談『五四』，談『全盤西化』。鄧銘光也是個淺人——不是我背後說他，這是公道話，老鄭。」

「我是搞化學的。」鄭介禾說。

「當然。」裴海東說，「各有所專，這是不妨的。他們就不曉得『五四』呀、『全盤西化』呀為我們中國搞出了共產黨！」

「這話是對的！」鄭介禾誠懇地說。

「本來就是這樣。」裴海東莊嚴地說：「然而李玉英就吃那一套的，你曉得嗎？出去學什麼？——學什麼都一樣的。一條牛牽出去，回來還是一條牛。」

裴海東獰惡地笑了起來，使鄭介禾微微地一驚。桐主任打窗外漫漫的走過去。兩個人都向他微笑招呼。裴海東低聲說：

「而且，這女孩有點浪漫。你不要說我們學國文的古板。李文輝是我的朋友，我當然當小妹妹待伊。哪裡知道——」

下課鈴忽然熱烈地響了起來。頃刻間操場都充滿了學生們嘩笑的聲音。鄧銘光精神飽滿地衝進門來。他大聲說：

「沒課呀！」

「下一堂呢。」裴海東說，笑著。

鄭介禾伸了伸懶腰，在抽屜裡翻出教科書來，擺在桌上。鄧銘光洗好手，坐在李玉英旁邊的自己的坐位上。他把滿滿的一杯茶一口氣喝了下去。他喘息著說：

「這些學生就是笨。剛才高一仁班被我打斷了兩條板子。」

「女生呢？」鄭介禾說。

「照樣！」鄧銘光昂然地說。

辦公室陸續來了剛下了課的以及準備下一堂上課的老師們。學生們也在此起彼落的「報告」

聲中穿梭於這間頓時顯得局促起來了的辦公室。裴海東又去翻開他的朱點的《史記》。他的臉有些蒼白起來了。書上說：

——伯夷叔齊叩馬而諫曰。父死不葬。爰及干戈。可謂孝乎。以臣弒君。可謂仁乎。

當裴海東用紅筆點到「君子疾沒世而名不稱焉」的時候，休息室裡又因為開始了第四節課而寂靜如死了。風扇的聲音，依舊令人淒楚地響著。裴海東走向操場右翼的大樓。在猛轉彎的時候，他遇見了趕到另一排教室去上課的李玉英。他站在那裡，看見伊傲然地擦身而去。他蒼白著臉，走進高三忠班的教室，第一次感覺到一股冷澈至極的恨。在那一霎時，他立刻是[9]從這種恨毒的情緒中得了這樣的解釋：這麼冷澈的恨，便證明一向不曾愛過伊的罷！他於是又得勝似地笑了起來。

裴海東在講臺上用一種和他的肅殺的表情不類的溫柔的聲音，對學生們說：

「請大家打開第九課……。」

醉紅的鳳凰花

六月八日　星期四　暴晴

改道從忠孝路的巷子去上課以來，今天又發現他在派拉蒙照相館那邊等著我！

他叫我「李玉英」。單聽見他的聲音，我已經給嚇住了。從前他總是叫我李老師的。他站在照相館門口一個新立的郵筒旁邊，看起來那麼悲哀。然而他還是笑著說他只是來投一封信，然後就臉紅起來了，那樣子叫我看著好難受。想到又得同他並走著去上學，心裡真是懊惱。

我們並走在那條巷子。誰都沒說話。一個學生騎著單車打我們後面閃到前頭去。我忽然躊躇起來：再走一截路，就是通到校門的大馬路了。讓學生看見我同他從巷子裡出來，多不好。這樣地想著，每邁一步就感到不安。我後來索性就站在一個小弄裡，我說：

「裴老師，請你不要這樣。」

他的臉一下子變得好蒼白，使我駭怕極了。我對他說，我一向只當他大哥哥看待，而且馬上要出國了。

他忽然用一本書不住地打著我靠著的那面牆。書掉落了，裡面滿是紅筆的點點圈圈。他又撿起書，一面打，一面說：

「李玉英你為什麼不早告訴我，為什麼不早告訴我！」

我嚇得差不多哭出來了，想逃走，他又站在弄口上，萬一叫學生看見了，成什麼話？我說裴老師求求你不要這樣。弄得人家後來都哭了。

他一下子安靜下來，倚在弄口的牆上。他喃喃地說：

「你為什麼不告訴我？」

他是說我為什麼不告訴他我要出國了。我心裡想：人家憑什麼要告訴你呢？我告訴他，人總是要盡量充實自己的。其實我也不曉得我說了些什麼話。他那麼悲戚地倚著牆站著，一句話也不說。我只好不住地說話，老是向他提大哥的事。

「我曉得了。」他終於說：「你是那種自以為世界上的男人都會痴痴地迷戀著你的那種女人。你弄錯了，李玉英！我不過是照應你一點罷了——還不是因為李文輝？」

然後他罵我是個×女人；說我搔首弄姿；說我自私；說我只看見自己一張臉，「把一張粉臉當作全世界」；說我淺薄……。我沒想到：一個國文研究所的研究生，會用那麼多不堪入耳的話罵我。然後他甩著頭[10]走了。

我站在牆腳上哭了一會。遠遠聽見上課鈴響了，才走了出去，大馬路的兩邊，鳳凰樹上都生滿了大片醉紅的鳳凰花。

上完第一節課，我再也不敢回辦公室去和裴海東對面坐著。我一直回到家裡，見到媽咪，我就委屈地哭了。媽咪曉得了這件事，生氣得很，立刻就要打電話去告訴校長，卻被我阻止了。我彷彿不願意去鬧事，但於今想來，雖然從高二那年我忽然變得漂亮以來，固然有數不清的男孩圍住我瞎纏，卻不曾有一個像裴海東一樣，那麼痛苦地愛著我的。

第四節課，我有意在校外磨到上課鈴響過了，才進學校。但不料在大樓的轉彎處，猛然和他打了個照面。我在那一霎時，看見他竚立在那裡，用一種他自己也許都不曉得的卑屈的孤傲望著我。我想招呼他，但我總是不會照自己的心情去表情的；我已經慣於以[11]孤傲去衛護自己了。他說我「把一張粉臉當作全世界」，也許是對的。

晚飯以後，謝醫生和媽咪的幾個朋友照著慣例來我們家喝茶。媽咪今晚穿著一件暗米色的便裝，配著一串黑亮的珠子，真是好看。謝醫生問著我出國的事，媽咪親愛地摟著我。我逐漸有些喜歡謝醫生了。他總是穿著一套古風的西服，含著菸斗，他的微禿的頭髮，亂而有緻地往後梳著，據媽咪說，他是日本東京帝大醫科的高材生。他在五年前喪妻，一直深深地愛著媽咪。

喝過第一杯咖啡，謝醫生總是請媽咪跳第一隻舞。陸伯伯，一個過氣的省參議員，來請我跳。我隔著陸伯伯的肩看著媽咪和謝醫生跳著很優雅的四步。陸伯伯問我要什麼東西做出國的紀念。我一下子想不起怎麼適當地敲他的竹槓。陸伯伯說：

「我是你爸爸的好朋友，用不著同我客氣。」

我笑了起來。媽咪和謝醫生總是默默地跳著舞。每當這時候，我總會想起我偷聽見的一句話：

「你的心意，我知道的。但我這一生，只有小英一個人是我能全心去愛的。石杰死了二十年了，我一直沒有翻悔過我這個決意。」

那時候，謝醫生默默地站在爸爸留下的那間灰暗的書房裡。媽咪走去拉謝醫生的手，他便俯著身去吻了它。我忽然說：

「我愛你，媽咪。」

陸伯伯說：

「你說什麼呢？」

「我愛媽咪，」我說：「全世界上，我只愛媽咪。」

風鈴

門鈴響後，鄧銘光從他的窗子望著大門。老王去開門，進來的人竟是鄭介禾。鄧銘光在窗子裡面大聲說：「歡迎，歡迎！」這是一個禮拜天的中午。

鄭介禾走過院子的草坪。陽光照在他濃濃的髮上。院子裡的草木都靜謐地站立著，彷彿一個舞臺；而陽光也便看來像舞臺上的燈光一般，白得令人眩目。

鄧銘光問他「什麼風吹來的」。其實外面連一絲風也沒有。鄭介禾說他來郵局匯錢，彎了來。他說他怕找不到人。「沒想到你在家。」鄭介禾說。鄧銘光顯得很快樂。他是個高大的廣東人，少說也有一八〇吧。

「你就是只有來郵局的時候才來我家。」鄧銘光抱怨地說。

鄭介禾望著鄧銘光書桌上的打字機。那是一隻兄弟牌的手提打字機。機上留著打了一半的文件。老王端了兩瓶冰過的蘋果西打，為他們倒滿了兩個杯子。鄭介禾因為熱著，便在接住杯子後立刻喝了一口。

「這玩意，」鄭介禾說：「據說是美軍指定使用的飲料。」

鄧銘光說蘋果西打原來就是美國的飲料。「R.C. Cola也是。」他說。鄭介禾一下子似乎沒聽懂。鄧銘光就說是「榮冠可樂」。鄭介禾懂了，他說：

「噢，噢。」

「人家的東西，就是好。」鄧銘光說。

「當然。」

「這有什麼辦法呢？」鄧銘光很歉然地說：「人家東西是好的嘛！」

鄭介禾又為自己倒了一杯。他其實並不十分喜歡那種蘋果的酸味的。鄧銘光看著鄭介禾——以一種嘲弄的興味——，突然說：

「老鄭，人家都說你長得英俊。我現在發現你的臉像用雕刻刀削出來的，由好多削痕組成。」

鄭介禾看來一點也無動於衷。「去你的×。」他說。他是個最不吝於對自己揶揄和嘲笑的人。他的這種自棄，適當地成為一種灑脫。他把左腳疊在右腳上，說：

「昨天晚上，我贏了錢。」鄭介禾說。

兩個人於是開心地笑了起來。鄭介禾說給弟弟寄了錢，還剩下一點。鄧銘光稱讚地說：

「別說你這個人吃喝嫖賭。但只有我知道你是個性情中人。[12]你對你的弟弟，也可說是仁至義盡了。」

鄭介禾微微地有些闇淡起來。「那個孩子不錯。」他低聲說。他放下左腳，然後把右腳疊上左腳。鄧銘光喜歡鄭介禾，按照鄧銘光自己說的，可能是因為鄧銘光是個獨子，不曾有過兄弟。「只是那個孩子身體太壞了。用功過度。」鄭介禾說：「有什麼辦法呢？我們舉目無親，我不罩著他點兒，怎麼辦？」鄭介禾兄弟是跟著他們大舅來台灣的[13]。後來他大舅死了。

「明年他畢業了，讓他出國。」鄧銘光說。

「我也這麼想。」

「你們一塊去吧。」鄧銘光熱情地說。

鄭介禾忽然笑了起來。「有什麼好笑？」鄧銘光說：「你是學化學的，在那邊不會喫苦的。」

鄭介禾沒有解釋他為什麼笑了。他只說：

「在這邊，日子過得飄飄浮浮；到那邊，還不是飄飄浮浮的過？」

鄧銘光顯然把「飄飄浮浮的過」的這句話，只當作物質上的不安定的意思。因此他便不說話了。關於出國的問題，他是從來不曾考慮過物質問題的；他的家富有，此外，在美國還有許多親戚。但是他忽然興奮的說：

「對了！——god damned（他×的），我竟給忘了呢！我請你喝Johnny Walker。」

鄧銘光叫老王送來一小盆冰塊。然後在書架上取出一個方形的酒瓶。土黃色的酒淋過杯子裡的冰塊，光看著都解渴。他把杯子端給鄭介禾，鄭介禾一邊喝，一邊看著瓶子上畫著的一個穿著紅外衣的年輕的蘇格蘭紳士，在興高采烈地邁著步子走著。

這蘇格蘭的威士忌使得鄭介禾一下子高興起來。他望了望桌子上零亂的洋書，又看著打字機。「怎麼樣，忙著些什麼？」他說。

「忙些什麼？」鄧銘光笑著說：「我在打一份application form。」

「你也出國了？」鄭介禾嚷著說：「乾一杯！」

鄧銘光只是輕啜了一口。鄭介禾卻兀自喝乾他的杯子。「老鄭，」鄧銘光一邊為他倒酒[14]一邊說：「你為什麼不也出去？」

「我捨不得這裡的麻將、補習費，」鄭介禾說：「還有，捨不得這裡的女人。」

「女人？」鄧銘光舉杯說。

「女人。」鄭介禾也舉杯說。

他們默默地喝了一口。鄭介禾叮叮噹噹地搖著盛有冰塊的[15]杯子。

「老鄭。」鄧銘光說。

「嗯。」

「老鄭，」鄧銘光虔誠的說：「你是個帥小伙子。可是美國也不是就沒妞兒們呀！」

「噢，噢！」鄭介禾說：「可是，麻將呢？」

「God damn it，你醉了！」

「我要去，就是去開麻將館。」鄭介禾說。

「你是個帥小伙子，真的。」鄧銘光說：「我聽說李玉英對你好。」

「自從李玉英來我們學校，我總共只跟伊說不到三十個字的話。」

鄧銘光喜歡他這種絕不自作多情的脾氣。鄧銘光快樂地微笑著。他說：「其實那些學生們也最會嚼舌頭了。」

「你以為，」鄭介禾說：「李玉英漂亮不？」

「依你說呢？」

「我要聽聽。」鄧銘光說。

「唉——」鄭介禾嘆息地說：「我是歷盡滄桑了。我的標準，不算的。」

「太過於幼嫩了，」鄭介禾沉思地說：「你喜歡李玉英嗎？」

鄧銘光喫了一驚。「噢！」他說，把杯子裡的冰塊慢慢地搖著。「你怎麼會這樣想？」

「裴海東說伊同你談得來。」

「裴海東？」鄧銘光不屑地說：「談是談過幾次。李玉英有點腦筋——」

鄭介禾忽然笑了起來：「裴海東搞國文，你搞英文。他說李玉英沒腦袋。你呢？說有腦筋！」

「裴海東他混×，」鄧銘光激動地說：「他算什麼東西？他酸葡萄。你知不知道？他阿Q！他從開學起就追人家，在街角等人家，你知道嗎？——學生都告訴我。他追不到手，他就來這套。他是個老頑固，你聽我說：他說五四運動和現代的文學都是共產黨！God damn it! He's just a god damn dirty sonovabitch!」

後面的英文鄭介禾沒聽懂。鄧銘光猛喝了一口酒，把杯往桌上一頓[16]。他說：

「他最喜歡跟女學生糾糾纏纏。他還到處說人家的女學生壞話：說這個去勾引他；那個去誘惑過他。他不要臉！你知道不？嗅！他說我打學生。不錯，god damn it！我打，要他們好，男的打，女的也照打！怎麼？我公平，嚴格。他呢？他把打分數當作對付女學生的手段。對男生呢？作補習的要挾。一句話：他性變態！」

這個高大的廣東人開始有些陶然了，鄭介禾卻毫無醉意。他為鄧銘光又倒了半杯。「Nono-nonono!」鄧銘光推辭說：「不行。我晚上還有事，不能喝。」他笑起來。

「你把我也給罵了，」鄭介禾微笑著說：「但我不生氣。我不搞補習，一天也活不下去。——我是說照俺現在的活法。」

「你不同。你不同。」鄧銘光說。

老王送來一套藏青的剛洗過的西裝。鄧銘光說：「放著，放著。」老王把西裝放在床上。鄭介禾跑去摸料子。「英國料子嘛。」他在行地說。他順便在他的床上躺下，把酒杯擱在肚子上，兩手護著杯子。一張彩印的裸體畫橫在床頭的牆上。鄭介禾對畫中的女人眨眨眼。

「女人不是供你爭論的，」鄭介禾說：「女人是供你生活的。」

鄧銘光自分是會弄文學的人。但他卻不如道他不懂得這句話。他近乎憂悒地說：

「你從來不曾戀愛過嗎？——我是說戀愛。」

鄭介禾從仰臥改為伏臥，把酒杯擱在光潔的地板上。

「我愛過一個女人。只有這一個，」鄭介禾說：「一個真正懂得愛，也懂得叫別人去愛的女人。」

鄧銘光沉默地聽著。

「伊有一種自然的人的味道。」鄭介禾悠悠地說：「比方說——伊的右乳房比左邊的大一些。伊就管右邊的叫『梅琦表姊』，左邊的呢？『梅琳表妹』。」

鄭介禾開心地笑起來。「伊就是這樣的女人，」他說：「在伊以前和以後，我只是個自我中心的性的impotent[17]。而你呢，還只是個小兒科。」他又開心地笑起來。

「你相信不？」鄧銘光感動地說：「我懂你意思。」

「算了罷，」鄭介禾說：「只有那個女人才知道性是一種生活。這個，小兒科們是不懂的。」

「可是你不能否認另外的一種愛的形式……」鄧銘光說。

鄭介禾喃喃地說：「梅琦表姊，梅琳表妹。」他不住地側起身喝酒。

「比方說：在詩篇裡寫著的那種。」鄧銘光說。

「我不反對。」鄭介禾說：「你在戀愛著罷？」

鄧銘光有些激動地把打字機上的東西取下，丟給鄭介禾。「Nancy Y. E. Lee」他讀著，懶懶地問：

「這是誰？」

「李玉英。」鄧銘光說。

鄭介禾咯咯地笑了起來。他說：

「鳳凰于飛嘛！」

「我是覺得這女孩子不錯，」鄧銘光羞澀地說：「伊原先申請了一個南部的學校，靠近墨西哥那邊。我跟伊說，那邊黑人、波多黎各人多，夠討厭！伊嚇壞了，就央請我再申請一個。」

「你們多久了？」

「才開始。李玉英要我打一封信。這樣開始的。你知道女孩子們詭計多端。」

「乾杯！」鄭介禾說。他坐起來，兀自喝著。「我已經永遠失去純情派的愛情[18]了。」他笑著。

「我不能喝了，」鄧銘光快樂地說：「我們要在六點鐘見面。」

「當然，當然。」鄭介禾說。他們又沉默了一會。

「老鄭，你聽我說，」鄧銘光說。

「嗯嗯。」

「我也替你打一封信罷。不管怎樣，那邊是個新的天地，充滿了機會。美國生活的方式[19]你知道……。」

鄭介禾一個人微笑著，他用一種歌唱的聲調說：

「梅琦表姊，梅琳表妹。」

「你醉了。」鄧銘光友愛地說：「那個女人後來怎麼了？」

「死了。」鄭介禾微笑著說，露出他的漂亮的白牙齒。

「I'm sorry!」鄧銘光衷心地說。

鄭介禾站了起來，搖著杯子。冰塊在杯子裡發出一種極為解渴的叮噹聲。「不是我死心眼，」鄭介禾伸著懶腰說：「這個世界上，再也找不到一個能為自己的乳房起名字的那種女人了。」

鄭介禾說要走了。鄧銘光留他多聊會兒。「不占你時間，晚上你有約會。」鄭介禾說。鄧銘光為他的那種大哥哥般的體貼所感動了。「你走了，將來我弟弟要出去，你一定要幫我在那兒照料照料。」鄭介禾說。鄧銘光說沒有問題。他們於是走在院子裡了。

「你再去想想。想通了，我立刻替你打一封信。」鄧銘光說。

這時一隻大洋狗突如其來地撲上鄭介禾的肩膀，使他驚叫了起來。

「Johnson! Damn you!」，鄧銘光說，一面拍拍鄭介禾的肩：「牠不咬人，不怕，不怕。」

那畜牲依然興奮地跳躍著。鄧銘光抓住牠的項圈，不住地說：「Damn! Damn!」

鄭介禾站在院子裡灑脫地笑著。這時他才聽見掛在門口的一個金黃的風鈴，叮噹地響著。

老王來替他開門，然後門又在他背後沉重地關住了。

快樂的寄生蟹

七月十日　星期日　怒晴

今天鄧銘光穿著一套藏青色的西裝來見我。我們在吃飯的時候，他竟熱心地談論著鄭介禾。他說鄭介禾是一個最忠實於自己的人，他也說起鄭介禾的私生活，但沒有裴海東告訴我的那麼惡劣。說實在的，鄭介禾是個挺漂亮的男孩。——應該說「男人」才對。但他一直對我冷漠。這冷漠使你想抓住他。他一定是個狡慧的男人。

吃過飯，他邀我去跳舞。這是我不曾料到的。我躊躇了一下，也就答應了。他在九月初出去，在那邊，除了康以外，也得有朋友呀。何況康也是和他一個學校畢業的。他的舞跳得不頂好。但我們還談得滿高興的。他不住的說我氣質好，有深度，這最叫人開心的了。我也告訴他我們家的生活，告訴他我如何愛媽咪[20]。他告訴我他剛剛同我相反：他的媽媽很早就死了。「老頭卻還在，」他說。因為我從小就沒有爸爸，聽見他用「老頭」稱他的爸爸，竟叫人有些不高興呢。話題談到出國的事，他說他跟我一個學校。這是他沒有事先告訴我的。他逐漸說了許多暗示的話，使我擔心起來。後來我不得不委婉的告訴他康的事。

他的臉一下子變白了。又從白的變紅了。他奇怪地笑著。「丘士康嗎？我認得他，我認得他，」他誇張地說：「他高我兩班，就是那個黑黑的傢伙。」

我一下子就明白了。為什麼這些男孩都這樣自私，這樣自作多情呢？我越想越氣。我告訴他我要走了。他忽然沉默起來。他掏出我託他打的form，撕成兩半、四半。他低低的說：「李玉英，你沒什麼了不起……。」我立刻離開座位，獨自僱車回家。那時沒有驚動滿場的舞客，實在是媽咪長年的訓練的結果。鄧和裴他們永遠也不會懂得「風度」、「教養[21]」是什麼。他們簡直幼稚。

回到家裡，跳舞的時間已經過去了。媽咪正在預備最拿手的冰淇淋蘇打。伊笑著說：「你還是趕回來了。」媽咪轉過去對謝醫生說：「我的冰淇淋蘇打，小英最喜歡。」

突然間，我發覺整個客廳的沙發套子和窗簾都換了顏色了。媽咪真是個了不起的室內裝飾家。媽咪給洋人布置的，總是受到讚譽。將來，我的家也一定要像這樣子。康就是在這樣富麗而幽靜的客廳裡認識我的。他在去年度[22]就是工程博士。「我這裡剛買下一幢房子，就等著你來布置。」他在信上說。他高大，文雅而且溫柔。他曾說我是一隻快樂的寄生蟹。

「玩得快樂嗎？」謝醫生說。

「嗯。」我說。我立刻觸電一般地叫了起來：

「你和陸伯伯要送我一輛跑車，」我說：「現在我不要藏青色的。我要——隨便哪一色都行，奶油色罷！」

「小英！」媽蒼白著臉說。

「人家討厭藏青色！」

媽媽的臉色陰暗起來。謝醫生和陸伯伯都沉默著。這是怎麼一回事呢？過了一會，謝醫生說，陸伯伯，媽咪和他自己合資的公司倒閉了。「美國和日本的[23]進口貨做得比我們好，我們競爭不過。」陸伯伯說。媽咪低聲哭著。謝醫生說他和陸伯伯想盡辦法另謀發展，一直瞞著媽咪，不讓媽咪操心。但終於無法避免破產的命運。

「媽咪，我不去了，」我堅定地說。

媽咪抱住我。媽咪和謝醫生他們力說我必須離去。「還不至於這麼困難的，」謝醫生強笑著說：「你的跑車，讓我們緩幾年罷。」

那麼這便依然是我在離家前的最後的夏日了。我在這裡，第一是愛我的親愛的，親愛的媽咪，其次是謝醫生他們。除此之外，一切叫我生厭了。

我就來了，康，讓我立刻離開這裡；讓我是一隻快樂的，快樂的寄生蟹。

初刊一九六六年十月《文學季刊》第一期
初收一九七二年小草出版社（香港）《陳映真選集》（劉紹銘編）
收入一九七五年十月遠景出版社《第一件差事》，一九八八年四月人間出版社《陳映真作品集2・唐倩的喜劇》，二〇〇一年十月洪範書店《陳映真小說集2・唐倩的喜劇》

1 「圈點」，初刊版為「圈註」。
2 「溫暖」，初刊版為「溫和」。
3 「打開」，初刊版為「翻開」。
4 「？」，初刊版為「。」。
5 「沾著」，初刊版為「拓著」。
6 「……及夏之時。有卞隨務光者。此何以稱焉。……」，初刊版為「……及夏之時。有卞隨、務光者。此何以稱焉？……」。
7 初刊版無「沾滿粉筆灰的」。

8 「默默」，初刊版為「默然」。
9 「是」，初刊版為「又」。
10 「甩著頭」，初刊版為「摔著頭」。
11 「以」，初刊版為「用一種」。
12 初刊版無「但只有我知道你是個性情中人。」。
13 「跟著他們大舅來台灣的」，初刊版為「跟著他大舅出來的」。
14 「倒酒」，初刊版為「斾酒」。
15 初刊版無「盛有冰塊的」。
16 「一頓」，初刊版為「一挫」。
17 初刊版和洪範版均作impottant，疑排版錯誤，今改正。
18 「愛情」，初刊版為「戀愛」。
19 初刊版此下有「，」。
20 洪範版為「告訴我如何愛媽咪」，此處據初刊版改作「告訴他我如何愛媽咪」。
21 「教養」，初刊版為「修養」。
22 「去年度」，初刊版為「去年底」。
23 初刊版無「美國和日本的」。

永恒的大地[1]

一個雕刻匠的十分陰溼的房間裡，箱子上、櫃子上，都站滿了大大小小的木雕品：穿著大鞋的外國水兵；裸著桅桿的帆船；健碩的水牛；昂然傲立著的洋狗……不論是否沐著窗外傾落的那麼一絲陽光[2]，都彷彿自成一個宇宙。

這時候，小閣樓上傳來一個很陰氣的嗓子！

「兒子。」

「哎——」一個很驚恐的聲音，幾乎發抖著。一個瘦長的身體從角落的床上站了起來。他慌忙得幾乎站立不住。

「兒子呀！」

「哎，來了。」

他急忙奪住小門，仰著臉望閣樓大聲喊著。

「我當你又不在了。」樓上說。

「我不敢！」

「什麼？」

「我，不——敢！」

他用手拭著額上的汗珠，整了整衣襟。上面沉默著，他睜著眼望著烏黑的小閣樓，疑惑著。忽然那嗄啞的聲音又說：

「天氣好罷？」

他竚著腳從窗口望去，太陽照得很微弱，遠遠的海邊早已塗著濃黑濃黑的烏雲。

「好呢，大好天。」他說。

「敢情是。」

接著，那聲音忽然嗆咳起來，微弱、無力。

「爹！」他說，那真是一種欲哭的聲音。他攀著岌岌得很的梯子，喊著說：

「爹！」

「死不了的，早呢！」閣樓上氣喘著說：「不肖東西……你就盼著罷。」

「……」他回到門檻，靠著門板，閉起眼睛。

「天氣好嗎？」

「好呢，好呢！」他說，又竚足望著，天卻烏了大半。

「兒子。」

「哎。」

「記得咱老家嗎？」

「記得。」

「那旗桿，記得罷？硬朗朗的指著蒼天！」

「記得。」

「說什麼？」

「兒子記——得。」

閣樓上瘖啞地笑了起來，像一隻在夜裡唱著的蟾蜍，歇了一會，終於說：

「你簡直放屁！」接著一聲嘆息，說：「你當時還太小了。偌大一個家業，浪蕩盡了[3]。我問你，是誰敗的家？」

「是兒子——我。」

「行。咱將來重振家聲去。咱的船回來了嗎？」

他躊躇了一會，說：

「快了罷。」

閣樓上又沉默起來。他偷偷地舒了口氣，望著伊。伊早已穿好了衣服，很惡狀地仰臥著。港口傳來很沉很長的汽笛。伊聽著，忽然站了起來，憑著窗望著遠處的港口。

「爹。」

他囁嚅地說。而閣樓卻依舊沉寂。他又說：

「爹，爹！」

他這才走回床上，像是要丟棄了自己那樣的撲倒在床上。他的臉白得發青，鼻尖蓄著露水似的汗珠。他望著窗口的女人，那女人正用手當作梳子抓著伊的滿頭枯乾的頭髮。伊是個俗麗[4]的女子，肥胖，卻又有一種猙獰的結實。伊望著窗外遠處的港口，聽著汽笛的聲音消失。伊忽然笑了起來。他知道那笑臉是可怕的。他說：

「什麼事好笑？」

伊回到床上，靠著板壁坐著。他將一隻腳惡戲地伸進伊的懷裡。伊說：

「你爹呢？」

「誰的爹？」

「你的呀！」

他的腳在伊的懷裡猛的一踹，忿忿地說：

「我爹，不也是你爹嗎？」

伊的臉疼苦地彎了下來。然而伊依舊笑著，說：

「他，我爹，他呢？」

他這便又憂戚起來了。他閉著眼睛，衰弱地說：

「他睡了。他說說，就睡了。」

「他說說，就睡嗎？」

他沒作聲。忽然感覺到他的腳被伊的手輕輕地摩挲著。一股被安慰的感傷衝上心窩裡來，軟綿綿地悒積著。他張開睡眼，木然地望著箱子上、櫃子上的木偶們。他說：

「喂！」

「呵？」

「你們這兒的人蓋房子，是從不豎什麼旗桿的嗎？」

「旗桿？」伊的臉因茫然而露著一種痴呆的表情。伊的唇太厚了。他想。伊畏懼地望著他，說：

「我們這兒的人，從來不知道一個家要個旗桿做什麼？」

他沉默著，點燃了一根菸。他聽見伊小心地說：

「你們的人，要它來做什麼？」

——要它來做什麼？他想：誰曉得呢？他爹常說他們有過一份大得無比的家業，朱漆的大門，高高的旗桿，精細花櫺的窗子，跑兩天的馬都圈不完的高粱田……。然而這一切於他多半是十分陌生的，但爹卻硬說是他自己蕩毀了家業。他是怎也記不得那家業了。只有植滿高粱的田野他尚能記得一些：在遼闊的田際上漬滿了粗獷的亂雲，地上極望[5]都是一片很傲骨的綠。那或許便是高粱的罷。然而是或不是，對於他是個極其遙遠且無由企及的事了。他沒有故鄉，卻同時又是個沒有懷鄉病的遊子。

「喂！」他說，兩隻腳都送進伊的懷裡。一種女體的柔軟的感覺傳了過來，使他微微地動悸起來。他說：

「喂，你知道嗎？」

「知道什麼？」

「知道我有個很美麗的故鄉？」

伊的俗豔的[6]臉煥發起來。他忽然沉默了。一種憂悒襲上心頭，便逐漸對自己生氣起來。

他是從來不曾真切地愛想過故鄉的，然而他還是說：

「很美麗的故鄉。天氣好些，我跟爹就回去了。」

「坐著大船嗎？」伊說，露著牙齒笑著。忽然一聲汽笛沉沉地響了起來。伊一下子緊緊地抱住他伸在伊懷中的雙腳，說：

「聽聽，那汽笛。他們又要走了。」

「誰，……誰要走了？」

一陣血液猛浪地衝上他的後腦，他甚至氣喘起來。然而伊卻使勁抱著他的腳。他囁嚅地說：

「那些水兵，那些蓄著紅色的山羊鬍子的水兵們。」

說著，伊忽然咯咯地笑了起來，把一個很大的醜臉，笑成紫紅色的番茄。他慌忙搖著手，說：

「瘋了，瘋了！弄醒了爹——」他面無血色，諦聽著什麼：「弄醒了爹，我殺了你！」

伊噤著，彷彿奴婢。他注視著伊，眼光很虛弱地燃燒著。汽笛又響了起來。但聲音卻遠了。

「天氣好了，我同爹也回去。」他說。然而他的心卻偷偷地沉落著。回到哪裡呢？到那一片陰悒的蒼茫嗎？

「回到海上去，陽光燦爛，碧波萬頃。」伊說：「那些死鬼水兵告訴我：在海外太陽是五色，路上的石頭都會輕輕地唱歌！」他沒作聲，用手在板壁上捻熄香菸。但他忽然忿怒起來，用力將熄了的菸蒂擲到伊的臉上，正擊中伊的短小的鼻子。伊的臉便以鼻子為中心而驟然地收縮起來。

「誰不知道你原是個又臭又賤的婊子！」他吼著說，憤怒便頓地燃了起來：「儘謅些紅毛水手的鬼話！」

「紅毛水手，也是你去做皮條客拉了來的！」伊忿怒地說。[7]

他的臉一下子格外蒼白起來。他因自己不能自由的病而憤怒，激動得發著抖。他咬著牙，一腳踢了伊的胸懷，當他感到伊的乳房很堅實地在他的腳尖跳躍著，伊便一個仰身翻倒在床沿上。他的慾情忽然地充漲起來了。

……[8]

他幾乎不能動彈地伏臥在伊的身傍。然而他的頭腦卻十分的清靈。他又一次疼感到伊的無限的強韌和壯碩，也因而感到自己的那宿命的終限。然而，他的心卻在這一刻中平靜一如滿地的木偶們。他沒有恐懼[9]，也沒有憤怒。他茫然地伸出手在伊的很脂厚的背上撫弄著。一種空茫的絕望像一座山那樣向著他的無血的心投落下來。他閉上了眼睛。

「喂。」他說。

「嗯。」

「不要信那些鬼話罷。」他疲乏地說。

「呵？」

「不要信那些紅毛水兵們的鬼話罷。」他以近乎祈求那樣的聲音說。

「不了。」伊囁嚅地說：「不了。我不信。」

一串熱淚像跌落那樣地流下了他的頰。他用手在伊的背上畫著什麼。他從來不曾這樣逼近而又親近地品味著死滅和絕望。伊忽然說：

「那是什麼？——你爹叫呀！」

倆人都焦心地沉默著。半晌，樓上說：

「兒子！」

他旋風似地爬起身來，奪門而立。裹著蒼白而病弱的身體。他大聲對著梯口說：

「哎，哎！爹。」

「兒子，我不曾睡罷？」

「噢！」他扣壓著氣喘：「沒有，沒有！」

閣樓上沉靜了一會，便說：

「兒子！」聲音有些陰寒：「兒子，你可說了真話？」

「真話？」他說，因著自己的一絲不掛而微微地戰慄著：「爹，您想您健朗朗的，怎麼會大白天睡覺呢？」

「對了。」

伊坐起身來，欠著上半身關上了直對著他的裸體的窗子。他的身體像紙張那麼白，起伏著一根根很嶙峋的骨骼。一雙很瘦的腿上，很濃密地卷曲著腳毛。他是個毛髮濃密的男子，伊想：真不下於那些老的、少的水兵們。

「對了。」他說。他望著伊。他的凍成茄紫色的嘴唇，在那一面青蒼的臉上，彷彿一隻船，也像一個孤獨的島。

「沒忘了我還健朗朗的，就對。」樓上說。

他一下子接不上話來。伊為他披上一件破爛的毛毯[10]，裹著。閣樓上接著說：

「咱還要回家看看那塊地哩。」

「可不是。」

「看看什麼天候。天氣——好罷？」

他憂愁地望著窗外。一窗的天空都泛著淡墨的顏色。他漠然地說：

「好得很，出著一個好太陽！」

「敢情是。現在我們等著起南風。南風一吹，我們父子倆就上路了。」

「可不是。」他說。

「兒子。」

「哎！」

閣樓上忽然喫喫地笑了起來。那聲音彷彿一隻司著亡魂的惡鳥一般。

「兒子。回到家，爹給你找個好閨女。」

他沒說話。他定睛地看著半依憑著窗櫺[11]的伊的身體。伊的腹和伊的乳都鬆弛地下垂著，卻絕不是沒有那種跳躍著的生命的。伊的臀很豐腴地煥發著。他從來不曾愛過伊。然則他卻一直貪婪地在伊的那麼質樸[12]卻又肥沃的大地上，耕耘著他的病的慾情。

「兒子！」

他聽見那忿怒的聲音，頓時慌亂的起來。

「兒子，反了不成？」

「爹，兒子一直在這兒呀。」他央求地說。

「你怎麼不做聲？」忿怒使那聲音尖厲起來：「為什麼不做聲？你——」一陣嗆咳堵了上來。

他因極端的懼怖而淚流滿面。他戰慄著。他哭泣著說：

「爹，爹——」

「你這，你這不，不肖的畜牲[13]！」

「爹，爹呀！」

「你這天打、天咒的！你這敗家的啊！」

他「撲通」地跪在梯口，不成聲調地吟哦著些什麼。伊靠在那裡，也因著怖懼而愕然地[14]站立著。孤獨彷彿毒蟲那樣地噬咬著伊的心。伊忽然的想起以往的那些衰老的和壯碩的紅毛水手們。他們的身上、鬍鬚，都沾滿了鹽腥的海風。他們有些唱著伊所不懂的歌，離開伊的床和方寸的房間。他們是活在風浪和太陽中的族類。而伊卻只是一隻蠢肥的虫豸，活在陰溼的洞穴裡。

沉寂很重地散落在匍匐著的他和竚立著的伊之間。伊撿起衣衫穿著。他囁囁地說：

「爹，爹！」

沒有回答。卻傳來並不均勻的、病弱的沉睡的聲音。他站立起來，迴身望著伊。伊看見他披著毛毯站立在那裡，他的容貌滿是痛苦的影子，而且斑剝著淚痕。一片薄薄的女性的憐憫的慾望，在伊的內裡輕柔地搖曳著。然而伊的心卻不知何以如死亡一般地寂然不驚。他很緩慢地走向臥床。伊默默地看著他穿起衣服。

「喂。」他說。他坐在枕頭上，用手亂揩著一些留在臉上的淚水兒。伊沒有說什麼，便像一隻狗那樣地爬上臥床。不料他卻一把抓住伊的頭髮。頓時間，伊以那樣爬行著的姿態凍結在那兒。伊的臉因皮肉的緊張而歪曲著，一雙浮腫的眼失神地望著陰闇的角落，以及散立那兒的許多木偶們。

「好好的跟我過！」他氣喘著說：「不要忘了我怎樣從那個臭窰子裡把你拉了上來！好好的跟我過呀！」

伊疼苦地在喉間發著一種對於人類已很陌生了的那種迸裂的聲音。伊說：

「呵，哦呵！」

然而他只是興奮地搖著抓緊了伊的頭髮的手，伊的頭也跟著胡亂搖晃著。他用一種很低微的聲音急促地說：

「他的日子，我的日子，都不長久了！」

他的心驟而萎縮著。雖不是在哭泣，淚水卻又灑了一臉。他摔開伊的頭。伊跌落在床角，便那樣地瑟縮著。伊驚慌地望著他，一下子想不透他的話。伊看見他坐在那兒，那樣子看來極為憂悒[15]。他忽然仰面躺臥在床上，他的頭枕在伊的腿股上。他用雙手交握著蓋住他的眼睛。外面的將晚的天色，滿滿地傾落在他的臉上。伊的腿彷彿僵硬起來。良久，他忽然說：

「我說了什麼？」

「你說了什麼？——沒有說了什麼呀！」

他的唇泛著蒼白。他又說：

「我說了什麼？什麼不長久嗎？」

伊因著一種懼怖而煩亂起來。伊用手搗著自己的臉，忙說：

「沒有呀，沒有呀！」

他的無血色的嘴唇微笑起來了，那是一種多麼懷疑、多麼絕望、多麼陰氣的笑臉。他以一種悲愁得不堪的聲音說：

「我有一個美麗的故鄉，那是不錯的。」他接著說：「就像爹說的，朱漆的大門、高高的旗桿、精細光櫺的窗子，跑兩天兩夜的馬兒都圈不盡的好田……」

伊忽然輕輕地摸著他的蓋著眼睛的手，卻激不起一絲愛憐來。

「然而爹一直硬說是我敗了那一份兒家業。記都記不得，怎樣敗法兒？」

誰也解答不了他的問題的。夜已經在朗誦著它自己的序詩了。他握住撫摸著的伊的手，卻依舊搗著他的眼睛。他的手如冰之冷，滲著溼溼的一手陰汗。

「自小我便在咒罵中相信我是個可恥的敗家子。我不得不希望著回家去，回到了我無鄉愁的故鄉去！」

伊的被枕著的腿，開始發酸而且麻木起來。伊細聲說：

「我伸伸腿，好嗎？」

他放開伊的手，望著窗外的漸濃的夜空。忽然一聲汽笛悠悠地劃開了市聲。伊小心地捧著他的頭，伸好雙腿。他的頭於是滿滿地陷入伊的柔軟的懷裡。

「又一隻那裡的船進港了。」伊說。伊為著自己的那一點小小的火星的行將熄滅，輕微地悲哀起來，伊鼓足了勇氣說：

「他們自由的來，自由的去。陽光和碧波幾乎都是他們的。」

他果真被激怒了。他一個翻身，粗暴地將伊壓倒。他用一隻雕刻匠的格外有力的雙手扼著伊的咽喉。憤怒使他瘋狂起來：

「樓上的人，[16]他要回家，就讓他回去罷！」他凶猛地說：「可是我要好好活。這樣活著。你好好的跟著我活著罷！什麼陽光，什麼碧波，盡都是紅毛水手的鬼話……」

伊的臉因窒息而漲得通紅。然而伊的豐腴的大地終於征服了他。伊頭一次看準了自己有多麼地恨著。然而那一片汪洋和五色的異鄉的夢，確乎是破滅了。伊伸手抱住那樣致命地沸騰著的他，深深的知道他終必被埋葬在這沃腴的[17]大地。伊以一個女性的本能衛護著伊秘密地懷了數月的身孕。雖是有風有雨，大地卻出奇的安謐。

現在他僵直地仰臥著。夜的黑暗占滿了這小小的房間。他的心在一片蒼茫裡遨遊著。他注視著那大的懼怖，大的焦灼，大的極限。[18]然而他的心卻異樣的清冽。他微弱地說：

「喂。」

伊沒作聲，機械地為他蓋上毛毯。他接著說：

「我什麼也不要，什麼也沒有了。」

「……」

他摸索著拉上伊的手。一個蕪雜的意念使伊將被握著的手擱在伊的下腹上。

——這裡是新的生命！看哪，全新的生命！

伊無聲地說著，激動得眼睛都潮溼了。然而他是怎也摸不著那生命的。伊只聽見他在囁囁地說：

「我只要你，也只有你。不要忘了是我花了錢從那臭窰子裡得了你來。」

伊的淚汨汨[19]地流了下來。伊忽然沒有了數年來對他的恐懼、對他的恨。伊只剩下滿懷的、母性的悲憫。

——這孩子並不是你的。[20]

「喂。我說，好好兒跟我過，好好兒跟我過罷！」

——那天，我竟遇見了打故鄉來的小伙子……[21]

「喂。」

——他說，鄉下的故鄉鳥特別會叫，花開得尤其的香！[22]

「喂！」

「呵。我在聽著。」伊說。而伊的心卻接著說：

——一個來自鳥語和花香的嬰兒！[23]

「我什麼也沒有了。美麗的故鄉！那是早就不曾有過的。」他很陰霾地笑了起來：「他是要回去的，等待一個刮南風的好天氣，乘著他的船，他的鳥船……」

——但我的囝仔[24]將在滿地的陽光裡長大。

伊翻側身來，抱住他。他說：

「嗨，噢，」他的氣息慌亂[25]起來。

伊的心像廢井那麼陰暗。但伊深知這一片無垠的柔軟的土地必要埋掉他。伊漠然地傾聽著他的病的、慌亂的氣息。[26]

又一聲遙遠的汽笛傳來。伊的俗豔的[27]臉掛著一個打綹了的微笑。永恆的大地！它滋生，它強韌，它靜謐。

初刊一九七〇年二月《文學季刊》第十期，署名秋彬
初收一九七九年十一月遠景出版社《夜行貨車》
收入一九八八年四月人間出版社《陳映真作品集3．上班族的一日》，
二〇〇一年十月洪範書店《陳映真小說集3．上班族的一日》

---

1 本篇約作於一九六六年。尉天驄在〈從浪漫的理想到冷靜的諷刺：尉天驄、齊益壽、高天生對談陳映真〉一文中指出，陳映真離開台北的期間（入獄後），他以化名（秋彬、史濟民）幫陳映真發表過兩篇作品：〈永恒的大地〉（刊載於《文學季刊》第十期）、〈某一個日午〉（刊載於《文季》第一期）。參見：《陳映真作品集5．鈴璫花》（台北：人間，一九八八年），頁一五二。本文篇題〈永恒的大地〉從初刊版及洪範版篇題，採「恒」字。

2 「不論是否沐著窗外傾落的那麼一絲陽光」，初刊版為「不論是否浴著窗外傾落的那麼一絲陽光沒有」。

3 「浪蕩盡了」，初刊版為「浪蕩了」。

4 「俗麗」，初刊版為「極醜陋」。

5 「極望」，初刊版為「儘望」。

6 「俗豔的」，初刊版為「醜」。

7 初刊版無『紅毛水手，也是你去做皮條客拉了來的！』伊忿怒地說。」。

8 初刊版此下空一行。

9 「恐懼」，初刊版為「恐怕」。

10 「毛毯」，初刊版為「毛氈」。

11 「半依憑著窗櫺」，初刊版為「半依賴著窗」。

12 「質樸」，初刊版為「卑陋」。
13 「不肖的畜牲」，初刊版為「不肖的呀」。
14 「愕然地」，初刊版為「楞然地」。
15 「看來極為憂悒」，初刊版為「是很憂悒的」。
16 初刊版此下有「個腰身。」，應為誤植。
17 「沃腴的」，初刊版為「沃腴卻鄙陋的」。
18 初刊版無「大的極限。」。
19 「汩汩」，初刊版為「汩汩」。
20 「伊忽然沒有了數年來對他的恐懼、對他的恨。伊只剩下滿懷的、母性的悲憫。／——這孩子並不是你的。」，初刊版為「伊緊緊地反握著握著伊的手。伊無聲地叫著說：／——所以，這孩子並不是你的。他應是那些快樂的水兵的孩子。」。
21 「——那天，我竟遇見了打故鄉來的小伙子……」，初刊版為「——是的。讓我們都在這絕望的暗夜中死滅。然而……。」。
22 「——他說，鄉下的故鄉鳥特別會叫，花開得尤其的香！」，初刊版為「——然而，我卻懷著一個全新的生命！」。
23 「——一個來自鳥語和花香的嬰兒！」，初刊版為「——一個嶄新的生命。一個帶著水手的太陽和碧波的生命啊！」。
24 「囝仔」，初刊版為「這生命」。
25 「慌亂」，初刊版為「荒亂」。
26 初刊版此下有「在暗黑中，伊無聲地說：／——讓天罰我們、天咒我們罷。然而讓那新的生命與煦燦的陽光以俱來。」。
27 「俗豔的」，初刊版為「醜」。

某一個日午[1]

房先生的車子極其優美地在庭院打了一個半圓，便停住了。老喜為他開門。在被拉開的門玻璃中，房先生又看見兒子在慢慢地踱出大門的模樣。夏漸漸濃郁起來。在逐日蔭綠著的庭院中，空氣寂靜得簡直[2]能聽見它的聲籟，在庭院中很囁囁地喧囂著。

房先生寬鬆了以後，老喜照例報告一些訪客的姓名和電話留言。書房裡陰涼幽靜，四壁的字畫在一份近乎淒苦的闃寂中懸垂著。房先生點起板菸，看著菸草燒成一個小小的、殷紅的火湖，眨然明滅。在稀薄的煙霧裡，他一直在仔細地在他的腦中[3]捕捉著兒子的背影；他的輕巧地踱出大門的姿態。他但願這並不止乎幻影而已。幻影是不應會映在門玻璃上的罷。他想起兒子死前的最近，每當他忙碌地在汽車裡出入家門之際，總看見兒子的青蒼的削瘦的臉，在遠遠地注視著他。房先生於是便記起很稀奇地忽然蓄起顎鬚的兒子的臉。[4]

「老喜！」他說。

老喜早不在了。他坐直了身，按了鈕。

老喜走進書房，關了門，侍立在書桌旁邊。房子裡飄散著板菸的清香，老喜看著喪子的主人的側顏，有些酸楚起來。

「老喜。」房先生說。

「房處長[5]。」老喜說。

「老喜我問你，」房先生說，「他們要他淨身[6]的時候，要剃掉他的鬍子，你說不好。我記不清你說為什麼的了。」

老喜愕然了，隨又感傷起來；

「房處長，」他說，「事情都過去了，您自己多保重，我們不提罷。」

「不礙事的。你說說，我記不清你說的為什麼了。」

老喜不安地靜默著，而後也終於說：

「我是說，恭行喜歡他自己的鬍子，還是讓他留著去的好。」

「喜歡？」房先生說，「他留了有多久？」

「六[7]個多月罷，」老喜說，「房處長，我們不談這——」

「不礙事的。」房先生說：「你坐著罷。」

房先生敲掉菸渣，掏起絲絹開始擦拭著菸斗。他想著仰臥在棺木中的兒子的臉上，在下顎密密地聚生著深黑的微卷的鬍子，配著那一張因為[8]無血氣而格外顯得馴順的臉，構成某一種荒謬的，犬儒得不堪的表情。

「房處長——」老喜說。

「不礙事的。」

房先生的手機械但又極其仔細地拭擦著菸斗。在老喜的眼中，它簡直是主人在二十年前的一個深夜裡擦拭手槍的手勢。那時他第一次走進房先生的家，「書記官」[9]便是那時的頭銜，叫慣了，就一直沿用著。那時恭行才四歲——

「那時恭行才四歲大，」房先生說。思緒的巧合，使老喜猛然的一驚。房先生接著說：「你來跟著我，也有二十年了！」

「啊，啊啊。」老喜說。

「這些年來我忙著些什麼！」房先生幽幽地說；他的聲音和表情都像四壁的字畫一般平板。老喜看著主人的那張沉甸而又寂寞的臉，在他的年老的心裡，陡然的浮起了一片極輕的滄桑的迷惘。他說：

「房處長——」

「恭行死了兩個多月，我這才想到我竟一直沒好好的照顧過這小子。」

「房處長——」老喜說。

「只顧我忙，只顧我的——前途……[10]」

「處長，房處長，」老喜說，「其實恭行也一直不用您操心他的。小學，中學到大學，都是自己要好，自己讀書。誰不說他是個天生的讀書人——」

「到頭來，我對於兒子，竟陌陌生生地，一無所知。比方說，他蓄了鬍鬚……」

「房處長，」老喜有些慌亂起來，「恭行一直是個安靜的孩子，不大開腔，這您知道。也不愛人家沒事嘮叨他，這您也知道，簡直就是他母親的脾氣——」

老喜越發慌亂起來。提女主人的事做什麼呢？他於是支吾地說：

「房處長，再不提這些罷。」

沉默逗留了瞬時。房先生微弱地說：

「不礙事的，老喜。」[11]

恭行的沉默，確乎承受自他的母親的罷。房先生這就止不住想起了很遼遠的妻來。她真是靜默得彷彿一座古剎，家鄉的荒山裡古剎。臨來台灣的時候[12]，自己曾對她說：

「我去去，過不多久就會回來的。」

「……」

「這是你曉得的，我非跟著去不可。」

「……」

「就是因為過不多久就回來，所以你不必跟著來，留在家裡陪著爹好了。」

妻那時便點了點頭，但及至知道了恭行也要帶走[13]，卻頓時悽愴起來，隨後漲紅了臉，哭了。哭泣是極安靜的，她只是流著淚，絞著裙裾。

「你這是做什麼啦！我只不過帶孩子去見識見識罷了。有我照料他，難道還不放心麼？何況一會也就回來！」

她這便果然止住了哭。

而如今恭行竟死了。而且——

「而且，這孩子何以竟要自己走上這條路呢？」房先生終於說。

「我也一直不能明白這個。」老喜說著，低下頭。「他吃的，喝的，一切起居都沒有和平常兩樣，整天耽在書房裡，讀不完的書，寫不完的字……」

房先生把菸斗對著窗口的光照了照，看著那樫木菸斗發散著烏黑的光澤。他的眼睏合著疼痛的神情；然而他依舊是不住的哈著氣，不住的擦拭。

「一個讀書識理的人，竟也想不開呀？」老喜說著，輕輕地喟歎起來。

房先生開始有些忿怒起來。他這為人之父的，竟一點也不曾了解過自己的兒子。他又彷彿看見妻的安靜的哭泣的模樣，便想著她大約也同自己一般地已經走入老境了罷。但這些都不算什麼。小子喫了藥去了，總也應該給父親留下幾個字的罷。這種驟然而又沉默的失喪，或者遠比死亡本身更叫房先生覺得慘楚，覺得不得安慰的罷。房先生這又無端的想起兒子遠遠地注視著車子和自己的神情。也便是那時，他才隱約地覺得孩子似乎留了顎鬚。

「老喜，」房先生說。

「呵呵。」

「老喜，你剛才說，他喜歡，這是怎麼說呢？」

老喜頓時慌張起來。他看見主人依舊只是擦拭著菸斗，連忙努力鎮定下來。

「喜歡誰？我沒有說他喜歡了誰的罷？」

「我說，你剛才說，恭行喜歡他的鬍子——」

「呵呵。恭行他喜歡他的鬍子。」

「好。這是怎麼說呢？」

老喜於是舒了一口氣，說：

「我曾對他說：您年紀輕輕的，留它做什麼？他說：這個，老喜，你不會懂的。我喜歡就是啦。」

房先生忽然想起恭行小時，常常要把毛髮丟進火爐[14]裡，使房間充滿了焦腥的氣味。被火化了的這孩子的鬍鬚，定然也是那個氣味的罷。但這並不曾安慰了他大大地枯乾了的心和大大地包裹著的黑闇。這個傲岸的，他想；這個虛無的死啊——

門鈴響了起來。

「這樣的日午……」老喜於是說著，應門去了。

房先生收起菸斗，把絲絹方方正正地疊成方塊。他的心慘愁得不堪了。他感覺到從未有過的大孤獨在他枯乾的心裡結著又細又密的網，使他徒然地掙扎不開來。他恍然的感到，他的大半的生涯裡，一直便是這樣獨孤的呵。他想著妻，妻卻只留給他一個無眉目的空臉，留給他彷彿一座古剎也似的沉靜[15]；他想著來這裡以後前後的若干女人，然而她們留給他的卻只剩留幾種模糊的口音和不同牌子的香水氣味罷了。他想著老喜，卻想不出除了「房處長，房處長」以外的什麼。他想起兒子，這個與他共度二十五年歲月的兒子，如今除了他踽踽地走出大門的姿態，以及遠遠地注視著車子裡的自己的那種犬儒式的神情，其餘的便只剩得一片蒼蒼的空茫了。

房先生於是開始拆讀書桌上的信札。他用一隻米黃把柄的小裁刀開著那些都用很好看的毛筆字寫著他的名字的信封口。

老喜走進房子。他說，

「一封限時信。」

房先生沒有抬頭，依舊讀著手上的信。然而不久他便被老喜的「一封限時信」的變異的聲調詫異得抬起頭來。

「是一封限時信。」老喜說。

那是一封頗為鼓鼓的信。信封用原子筆寫著很醜劣的字。

房先生開始讀著。讀了許久。書房裡像墓穴似地寂靜起來。房先生又復讀了許久，許久。

然而他終於說：

「是他的信。」他說，微弱得彷彿晨曦中的一線蛛絲。然則那聲調是興奮著的：「我早說過，這孩子，便是要去，是不會不留一個字給我的！」

房先生回過頭過去望著窗外。窗外的夏在日午裡囟張得很是昂然。房先生流著眼淚了。

「房處長，房——」老喜吶吶地說。

兩人沉默了一段時間。房先生說：

「老喜。」

「是。」

「老喜，今天幾號了？——七號？」

「七號。七號，房書記官[16]。」

「那麼便是今天要來的了。」

「……？」

「是恭行的信。死前寫好的，彩蓮轉寄了來的。老喜，你老實告訴我，他和彩蓮的事，你知道不知道？」

「彩蓮？——房處長！」

「彩蓮。就是走了沒有多久的下女。彩蓮，可不是？」

「啊，啊啊！」老喜喫驚的說。

「信上說七號——今天要來。你馬上去給我提筆款去。」

老喜出去以後，房先生把書房密密地關起來，他走到最後一個書架，從最高的一格取下一大隻木箱。木箱的鎖果然是開著的。他翻著自己一直秘藏在裡頭的四、五十年前[17]的書籍、雜誌、剪輯和筆記，發現每一頁都塗著兒子的新鮮的眉批[18]。房先生茫然地翻著，漣漣地淌著淚。他彷彿聽見兒子的聲音在信上說：

> 讀完了它們，我才認識了：我的生活和我二十幾年的生涯，都不過是那種您們那時代所惡罵的腐臭的虫豸。我極嚮往著您們年少時所宣告的新人類的誕生以及他們的世界。然而長年以來，正是您這一時曾極言著人的最高底進化的，卻鑄造了這種使我和我這一代人萎縮成為一具腐屍的境遇和生活；並且在日復一日的摧殘中，使我們被閹割成為無能的宦官。您使我開眼，但也使我明白我們一切所恃以生活的，莫非巨大的組織性的欺罔。更其不幸的是：您使我明白了，我自己便是那欺罔的本身。欺罔者受到欺罔。[19]開眼之後所見的極處，無處不是腐臭和破敗。我崇拜您，但也在那一瞬之際深深地輕蔑著您，更輕蔑著我自己。我無能力自救於這一切的欺罔，我唯願這死亡不復是另一個欺罔……

一張發黃的照片飄落。那是一群大約二十七、八歲的青年們圍坐一張長桌的照片。桌子上滿是書籍和文件；青年泰半都蓄著長髮，養著鬍鬚。年輕時候的房先生端坐在右首的第二。看著自己的蓄著列寧式[20]的鬍子的臉，房先生便自然地想到兒子的也是蓄了鬍子的仰面的死臉。那是多麼久以前的事；那是多麼遙遠的一個小亭子間[21]裡的事了。

彩蓮在約莫近四時的時分來了。一個矯健而俗惡[22]的年輕的女子。但坐在自己熟悉的舊主人的書房裡，她卻一直都靦腆地低垂著頭。

「他告訴我：一旦我要用錢，便把他留下的那封信寄給你。」她說。

房先生沒有說話，也沒有看她，他想著孩子的信，它說：

「……她是個凡俗[23]的女子。（倘若用您年少時的語言，她原是一個新天新地的創造者[24]。）是她引誘了我。我不想求您收容她，因為那是您所不能夠的罷。我確知[25]，那時代的您，早已死去了。然而我要告訴您的，是她在所有的凡俗中，卻有強壯、有逼人[26]卻又執著的跳躍著的生命，也便因此有彷彿不盡的天明和日出。這一切都是我忽然覺得稀少的。我因此實在地對她有著怵然的[27]迷戀。」

女子開始在這緘默的威脅裡，逐漸地膽怯起來。她說：

「我不多要。五千就好了……」
「五千就好了。我要拿掉這孩子。我上班，不能要孩子……」
「……」
說著她便哭泣起來。很是樸質、很是凡俗[28]地哭著，發著抖。
房先生終於站立起來，對老喜說：「給她一萬，叫她以後不要再來。」
房先生沉重地坐在柔軟的沙發上。
「不，我想……」彩蓮說。
房先生看見她安寧地站立了起來，理著裙裾。
「我想，錢，就不要了。」她說，「我要這孩子，拿掉他，多可憐。」她自語似地說，於是便走了。[29]
[30]初夏在四時許的日午中遊蕩著。他看到自己來台之後在黨政圈中營建起來[31]的世界；他底一向那樣堅固、那樣強大的世界，竟已這般無助地令人有著想要嘔吐的感覺，而搖搖欲墜了。

初刊一九七三年八月《文季》第一期，署名史濟民
初收一九七九年十一月遠景出版社《夜行貨車》
收入一九八八年四月人間出版社《陳映真作品集3．上班族的一日》，
二〇〇一年十月洪範書店《陳映真小說集3．上班族的一日》

1 本篇約作於一九六六年。尉天驄在〈從浪漫的理想到冷靜的諷刺：尉天驄、齊益壽、高天生對談陳映真〉一文中指出，陳映真離開台北的期間（入獄後），尉天驄以化名史濟民代為發表此文，並將文中陳映真寫作原慣用的「伊」改為「她」，且刻意將寫作時間訂為「一九七二年十二月於芝加哥」，刊載於《文季》第一期。參見一九八八年《陳映真作品集5．鈴璫花》（台北：人間），頁一五二。

2 「簡直」，初刊版為「彷彿」。

3 初刊版無「在他的腦中」。

4 初刊版此下空一行。

5 本文中的「房處長」或「處長」，初刊版為「房書記」、「房書記官」或「書記官」。

6 「要他淨身」，初刊版為「清潔他」。

7 「六」，初刊版為「兩」。

8 初刊版無「因為」。

9 洪範版此處未改作「房處長」，初刊版及洪範版原文均如此。

10 「只顧我的——前途……」原為「忙忙忙！」。

11 初刊版此下空一行。

12 「臨來台灣的時候」，初刊版為「臨來這裡的時候」。

13 「帶走」，初刊版為「來」。

14 「火爐」，初刊版為「火坑」。

15 「留給他彷彿一座古剎也似的沉靜」，初刊版為「彷彿一座古剎」。

16 洪範版此處未改作「房處長」，初刊版及洪範版原文均如此。

17 初刊版無「的四、五十年前」。

18 「眉批」，初刊版為「筆跡」。

19 「正是您這一時曾極言著人的最高底進化的，卻鑄造了這種使我和我這一代人萎縮成為一具腐屍的境遇和生活；並且在日復一日的摧殘中，使我們被閹割成為無能的宦官。您使我開眼，但也使我明白我們一切所恃以生活的，莫非巨大的組織性的欺罔。更其不幸的是：您使我明白了，我自己便是那欺罔的本身。欺罔者受到欺罔。」，初刊版為「您這一時曾極言著人的最高底進化的，卻給了我這種使我萎縮成為一具腐屍的境遇和生活；並且在日復一日的繼續中，使我被閹割成為無能的宦官。您使我開眼，但也使我明白我們一切所恃以生活的，莫非欺罔。更其不幸的是：您使我明白了，我自己便是那欺罔的本身。」。

20 「列寧式」，初刊版為「杜布西」。

21 「遙遠的一個小亭子間」，初刊版為「遠的一個小閣樓」。

22 「俗惡」，初刊版為「鄙俗」。

23 「凡俗」，初刊版均為「下作」。

24 「倘若用您年少時的語言，她原是一個新天新地的創造者」，初刊版為「即使用您年少時的語言也無法將她讚揚出來」。

25 「因為那是您所不能夠的罷。我確知」，初刊版為「那是不該也是您所不能夠的罷。因為我確知」。

26 「逼人」，初刊版為「卑賤」。

27 初刊版無「怵然的」。

28 「很是凡俗」，初刊版為「很卑賤很卑俗」。

29 初刊版無「房先生沉重地坐在柔軟的沙發上。／『不，我想……』彩蓮說。／房先生看見她安寧地站立了起來，理著裙裾。／『我想，錢，就不要了。』她說，『我要這孩子，拿掉他，多可憐。』她自語似地說，於是便走了。」。

30 初刊版此下有「房先生走出書房。」。

31 初刊版無「來台之後在黨政圈中營建起來」。

纍纍 1

早點名的儀式之後，值星官說：

「各位官長，請便。」

於是魯排長和幾個軍官便從隊伍的前頭悄悄地散了。暮夏在八月的清晨中流動著。除了沒有春的嫩綠，這個時刻裡的一切，和春是十分彷彿的。很溫柔的旭光，照在這個僻靜極了的兵營，照著惺忪的操場上的野草，也照著兵營依傍著的一對小小的山巒。自從許多日以前，魯排長忽然覺得這方寸的操場和這樣的清早的氤氳，竟很像那已然極其曚曨了的北中國的故鄉。這自然是十分無稽的。

「看哪，看見那青青的山嗎？」

姊姊扶著他站在木欖上。他伸著十分熱心的脖子，在一望無垠的高粱田的那邊；在澄澈得無比的一片晴空中，看見一線淡青色[2]的，不安定的起伏。

然而那卻真是故鄉的山，而且是唯一鮮明地印記在他底靈魂的家鄉的景象了。然則就連扶著他指示著那麼遙遠的青山的姊姊，在他的記憶中，也只剩下一個暗花棉襖的初初發育[3]身影罷了。

節拍很急速的早點名的軍歌聲，陸續地打破了這麼一個安靜的早晨。魯排長看了看手錶，今天連上的早點時間竟然提早了約莫十來分鐘的光景。很多種色的一群狗們在操場上遠遠地追逐著。魯排長深深地吸了一口氣，覺得神奇地飄忽起來。他看著逐漸明亮起來的天際，覺得有些惋惜。再過幾個鐘頭，太陽便要凶張起來的。那麼一切又要回到刻板的日課裡的罷。

回到房間的時候，魯排長看見同房的錢通訊官在刮著臉。刀片像是很喫力地刈著那一片執拗的鬍髭，刷刷地作響。魯排長把軍便帽丟在床上，喝著隔夜的冷開水。遠遠地開始有些機動部隊試車的轆轆聲了。陽光也在什麼時間點亮了尤加里樹，密茂的樹葉成團[4]，圓圓地好像一朵朵的雨傘。然而魯排長忽然覺得今晨怎樣也忍捺不住那執拗的刷刷的聲音。錢是個強壯而多鬚的人，他的猥談精彩而且動聽。此刻他在鏡子裡注視著魯排長，用漿滿皂沫的嘴唇小心地笑著。

魯排長也於是無奈地笑了。他坐著，覺得自己在默默地興奮著；覺得一種不可言說的力量在流動著，擴散著。

「愁什麼？」錢說，狡慧地笑著。

「嗯！」魯排長說。過了一個片刻，兩人不約而同地放聲笑起來。魯排長想起來昨夜的一場緊張的百分，結果他輸了。今天關餉，他得做東！

這個記憶使他開心了。多麼刺激的賭注，為什麼好些年來竟沒有人想起來呢，他想。鬥雞眼的李准尉也走進來了，哼著一隻走了調子的流行歌。這些無理的歡悅彼此傳染著。他們都是走出了三十若干年的行伍軍官，雖不說年輕，卻滿溢著一種生命的頑強的力量。特別是今天，他們彷彿在過一個節日。

錢洗掉皂沫，露出一個乾淨而有力的下頦，發著青色的光。他對著又小又圓的鏡子左右照著臉，撫摸著。魯排長看著他，彷彿有些茫然了。他看見錢的壯年的男體，每一線輪廓每一塊肉板都發散著某一種力量。他們都一樣地強壯，一樣地像剛剛充過電的蓄電池那樣的不安定。魯排長開始在他最深的底層裡感覺到一種極其微末的動悸了。這種動悸一直像細流一般涓涓不住，已經有半個多月的時光。在戀枕的片刻，在清晨的氤氳中，在炎陽的風景裡，在別人午睡的鼾聲中，這涓涓的感覺一直那麼無可漠視地統治著他。現在他似乎在他的同伴中看見這細長而執著的水流，也同其汩汩在他們的生命裡了。他搜出一支軍菸，劃上火柴，在火光中看見自己的手因汗水發亮著，像晶晶的群星一般。

門外有一輛吉甫開動，載著胖子連長到軍部去了。疾馳的聲音和細細的灰塵使三個軍官互相地照了面。

「胖子真忙得起勁哩！」錢終於說。

沒有人答話，魯排長緩緩地吐著煙。這頗使錢覺得寂寞。

其實他們都寂寞的。胖子為升上一個梅花的事，奔跑了將近半年。昨天帶回來消息說，成了。這是很令人疼苦的。因為它平白地擾亂了他們欺罔中的一種安定，使他們無端地想起自己的年資、前程等等無謂的事。

「少校又如何呢？」

錢笑了起來，那聲音是很衰弱的。李准尉打開他的收音機，正是「早晨的公園」裡的那種可笑而愚蠢的聲音。「少校又如何呢？」他們都默默地自問著。誠然，少校確是不足以如何的。然而他們之中從兵而士官而至於准尉、少尉的歷程來想，少校似乎是一個極為遙遠的地點的。魯排長驀然想起了那一年在上海的一張募兵招貼，上面說：「……結訓後一律中尉任用。」如果真的是那樣，如果十數年前結訓時自己便是個中尉，到現在早已掮上星星了[5]。

「看看這些糟小子們！」錢忽然說。

他們圍到窗邊去，看見不遠的草坪上，有一對正欲交媾的狗。暮夏是牠們的季節，大大小小的狗們整天失神地追逐著，流竄著，忙碌著。幾個不上操的兵們遠遠近近地竚足觀看，不知不覺地流露著彷彿發笑的臉，都在一種怔怔而且茫然的感動之中。太陽開始有一種火炎的威力，照在這一小幀風景的每個角落，也照明著這一小幕生之喜劇。忽然間一剎那的寂靜落在這一幕生之喜劇裡，寂靜得聽得見一種生命的緊張和情熱的聲音，使得人、獸、陽光和草木都湊[6]合為一了。

於是有些士兵們走開了。三個軍官從沉默裡甦醒過來。儘管錢發著輕浮的笑臉，魯排長總是拂不去那種荒蕪的心悸的感覺。他喝完剩下的冷開水，注視著努力要分開卻分不開[7]的狗。陽光在牠們十分美麗的皮毛上喘息著。日曝的操場都漸漸地在日光中發白，都閃爍著。

「第一次看見這種事是我十七歲的時候，」李准尉說。大家都看著他，使他略略地有些驚惶起來。

「從東北逃難到青島的路上。那天夜晚天氣忽然有些暖和了。大批大批的人在車站上等車開，睡在月臺上。半夜裡醒來的時候，看見旁邊的一對夫婦……其實誰知道他們是夫婦的呢？月色好得很，撩撥著淡薄的雲。我從來也不知道這樣的事，但一下子也便明白了。」

大家笑了起來。然而還是很衰弱的笑。

「這大約也便是小時看見雞鴨們領會的罷，」這回卻是准尉自己一個人笑著：「但也記不清楚為什麼一翻身便又睡過去了。」

「亂世裡什麼事都有的，」錢說。大家都很期待他說些什麼。然而因為尋常都是在熄燈前後的夜分開始的，所以在這樣的晝亮裡，竟覺得不太習慣了。

「那年要上船的時候，碼頭上多的是女學生，女青年團，只要你能帶，再俏的也是你的。」

這並不是新鮮的事，他們都想起那些戰亂的歲月、那些像虫豸一般的低賤的生命、那些離亂的夢魘了。

「有一個像極了我的二表姊。你們知道我自小就愛著二表姊，便是到了我結婚以後也是如此。然而我一點法子也沒有，我才只是個小兵。我尚記得那個方方大大的白臉，那雙眼睛。」說著，即使是像錢那樣的人，竟也有些暗淡下來了[8]。自然這暗淡是很稀薄的，但在那一個瞬間裡，他的心確乎是沉落的，沉落到他那多山的家鄉去。

錢並不常常提起他的二表姊，但是伊的白皙，伊的雙眼皮的大眼，卻成了不甚一致的形象居住在三人的心中。

「……那時伊只是說，大弟，大弟！但卻一慿我死死地抱著……」

魯排長和李准尉都記得這段情節。那時尚有人猥瑣地笑起來，但後來都沉默了。主要的是錢說著的時候，並不顯得輕狂，而且在眉宇之際浮現著一種很是遼遠的疼苦之故。[9]這樣的微細的痛苦，也竟輕輕地氾濫起來[10]。那情節的場面自然是十分煽情的。但是在這煽情之中，卻使他們也依稀地記起來一些日復一日地變得模糊的離散了的親屬們了。[11]

魯排長於是又想起了他的妻。由於他是個緘默的人，加以他天生是個不善於猥談的緣故，在同僚之中，從來沒有一個人知道他有過媳婦的事。

但是他一直覺得迷惑的是：何以在婚後伊巧妙地設計使甫入少年的他成為夫婦，但一旦他縱溺起來的時候，伊會有那種古風的從順中的倉惶和痛苦的表情。那時候，他幾乎不能使伊在夜裡好好地安眠過，但是天一亮，伊是必須起身的。當他在近午的時分醒來的時候，伊便端給他一碗想不起來到底是什麼的熱湯。

「做什麼？」他雖是問著，但終於貪婪地喝個精光了。

畢竟是個孩子呵！每次回想起來，他總是在心裡笑著。

「給補補元氣的。」伊說。北中國的陽光，透過紗帳，照著伊的疲倦而忠實的臉。在那個時候，他方使[12]開始感覺到這個長他四、五歲的女子，對於自己的生命的某種互相紮根的親切的意義。

不到一個月，戰火和少年的不更事，使他一點也不知憐惜地離開了伊，離開了故鄉。到了今天，竟連伊的名字也不復記憶了。而漂泊半生，這個苦苦記不起來名字的女子，卻成了唯一愛過他的女性，那麼倉惶而痛苦地愛過他。從來再也沒有一隻女人的手曾那麼悲楚而馴順地探進他的寂寞的男子的心了。魯排長漸漸地憂愁起來。

准尉的收音機唱著總是大同小異的歌曲。操場上開始有練兵的號令聲。行政官提著一帆布袋的餉銀，走過他們的窗口，笑著。他們都霍然地像彈簧一般地站了起來。准尉無可奈何地讓收音機唱著〈法門寺[13]〉，伸起懶腰來了。現在陽光幾乎成了全白的顏色，直射著軍車和兵營，致使它們似乎也徐徐地冒著裊裊的煙。魯排長注視著那散落著兵士的草地，很稀奇地又復覺得它何以能給他一種熟悉的感覺。他細瞇著眼，看見許多的狗們依舊在不住地追逐著。

他們都得了餉銀。他們把原先計畫在晚上去辦的事，提早到中午了。據錢說，到了晚上，士兵們也去的[14]。大家[15]都同意了，魯排長是東道，自不便反對。因為他們漂浮得好像在過一個節日，一種生命的波動使他們漂浮著，暮夏的陽光叫他們漂流著，浮沉著……

三個健壯的軍官洗過澡，換上一身漿燙畢挺的軍衣，坐在吉甫車上。他們出發的時候，正是午睡的時間，所以這整個營區，都落在一種疲倦的寂靜裡。車子慢慢地駛過操場，於是車上的魯排長便覺得這個像圖片一般木然的正午的風景，在徐徐地，執拗地旋轉起來。野草在陽光中怒然地伸張著；一排排高度劃一的尤加里都勃然地竚立著。炎陽雖然使石頭、車輛、破輪胎和營房看來壓迫和氣喘，卻使每一種植物都顯得昂奮，顯得緊張。

魯排長在努力尋找著一種在他裡面逐次明顯起來的感覺。他不能夠說明這種雖然很具象卻同時又極模糊的感覺；一種生命的呼吸；一種使人覺著自己實在地活著的那樣的不可思議的歡悅：原始而又含蓄的歡悅。他忙於捕捉這個從未有過的思緒，到了沉思的地步。車子通過營門口的時候，衛兵像彈簧似地立正、敬禮，魯排長沒有回禮。他於是忽然想起了澡堂裡的一個年輕的兵了。

就在下午洗澡的時候，魯排長看到一個年輕的士兵，覺得十分的滑稽，因為他有很可觀的男具的緣故。最初魯排長只是對自己笑了笑。終於感覺到不能夠不多看他一眼的那種力量。年輕的兵洗得高興，便唱著歌，一些粗糙悖耳的軍歌。然而那的確是令人納罕的偉觀的。那樣的纍纍然，已經超過了穢下的滑稽。忽然間，魯排長對於滿澡堂裸露的男體感到一種不可思議的稀奇。他從來沒有注意到這種毫無顧忌的裸露的意義。不論是年輕的充員兵，年壯的甚至於近乎衰老的老兵，不論是碩大的北方人或者嶙嶙的瘦子，都活生生地蠕動著，甚至因為在澡室裡都顯出孩提戲水時那樣的單純的歡悅。這種歡悅是令人酸鼻的，然而也令人讚美，因為他們都活著，我也活著，魯排長想。而對於這些人，活著的確據，莫大於他們那纍纍然的男性的象徵、感覺和存在。

車子在公路上飛馳著，太陽光落在公路上發亮。然則因為疾馳的緣故，車上卻是十分涼爽的。後座上正談笑得熱鬧，大約又是錢的猥談罷。魯排長從口袋裡一疊鈔票中摸出半包的香菸。他有些沉重起來，因為這時他已經記起來一個空曠的野地。那時候他尚未到達上海，在兵亂的大濁流中，他走過了一個山村，再經過數日的山路後，便是一小片圓圓的曠地。記得是暮春的時節罷，儘管春寒仍舊料峭[16]，但陽光卻已經很是美麗了。突然間，一陣風挾著十分濃重的腐臭撲來，就知道了遍地皆是死屍[17]。

在戰爭的年代裡，死屍並不嚇人。想起來諒或是一個戰場罷。至於為什麼許多死屍都裸露著，就無法理解了。

就是那些腐朽的死屍，那些纍纍然的男性的標誌，卻都依舊很憤立著[18]。

魯排長從這個纍纍的印象的復甦，正確地想起了和兵營的操練場相關的風景。就是那塊曠地，中部中國的某一個曠地，兵亂中的曠地，屍臭的荒蕪的曠地。

「看哪，看見那青青的山嗎？」

魯排長望著公路邊遠遠近近的山，悠悠地想到故鄉的小姊姊的山；想到一望無垠的高粱美地；想到那一絲好似海市蜃樓般的靛青靛青的線的很是不安定的起伏。這起伏又使他想到留在故鄉的女人：那個倉惶而痛苦的女人。他突然地寂寞起來。他把菸丟到車外，滿滿地感覺到需要被安慰的情緒。好在他們正是在尋找這種安慰的路上。錢要帶他們到哪裡去呢？

魯排長於是有些開心起來。活著總是好的，他想。他好像又看到澡堂滿滿的纍纍然的光景，像一片果樹園上的纍纍的果實，止不住一個人笑出聲來。

魯的笑聲，正巧趕上後座上的一個笑話：關於近來的雛妓們的年齡越來越小的事。笑聲很是穢下，然而不久也就飛散在路邊去了，因為吉甫像一陣疾風似地馳走著，頃刻間便消失在轉彎裡去了。

初刊一九七二年十一月《四季》（香港）第一期，署名陳南村
另載一九七九年十一月《現代文學》復刊九期

初收一九七九年十一月遠景出版社《夜行貨車》
收入一九八八年四月人間出版社《陳映真作品集3．上班族的一日》，
二〇〇一年十月洪範書店《陳映真小說集3．上班族的一日》

1 本篇收入洪範版係以《現代文學》版參照校訂，本文則據《四季》初刊版列出異文。本篇與〈永恒的大地〉、〈某一個日午〉為同一時期未發表之創作，故以同一時序收入全集。
2 「淡青色」，初刊版為「深青色」。
3 初刊版無「初初發育」。
4 初刊版無「，密茂的樹葉成團」。
5 「到現在早已掮上星星了」，初刊版為「到現在離少校便不至於很遠了罷」。
6 「湊」，初刊版為「奏」。
7 初刊版無「卻分不開」。
8 「即使是像錢那樣的人，竟也有些暗淡下來了」，初刊版為「像錢那樣的人也有些暗淡下來了」。
9 初刊版此下空一行。
10 「這樣的微細的痛苦，也竟輕輕地氾濫起來」，初刊版為「這樣微細的疼苦輕輕地氾濫起來」。
11 初刊版此下空一行。
12 洪範版為「方使」，疑為「方始」，初刊版無此二字。
13 「法門寺」，初刊版為「法內寺」。
14 初刊版此下有「，這對於軍官怕不太便當」。
15 「大家」，初刊版為「然而他們」。

16 「料峭」，初刊版為「凌厲」。

17 「就知道了遍地皆是死屍」，初刊版為「才知道遍地都是死屍」。

18 「那些纍纍然的男性的標誌，卻都依舊很憤立著」，初刊版為「那些男性的纍纍然的標幟卻依舊很頑張的」。

唐倩的喜劇

1

唐倩認識胖子老莫，是在一個沙龍式的小聚上。那天晚上，伊一下子就被老莫的那種知性的苦惱的表情給迷惑住了。伊坐在一個角落的位置上，看見他悠然地彈著吉他，唱〈翡翠大地〉。他唱完以後，一個精瘦的地質系助教宣布說：「老莫要[1]為大家做一個專題報告，題目是『沙特的人道主義』。」

胖子老莫首先憤憤地說，許多人，「包括我們自己的朋友在內」，都誤把存在主義看作悲觀的、冷酷無情而且絕望的東西。實際上，「特別是沙特一派」的存在主義者，是新的、真正的人道主義者。為什麼呢？老莫十分熱心地說：

「因為沙特認為：除了人自己的世界，是沒有什麼別的世界存在的。這世界上沒有審判者，唯有人他自己的存在……」

那一陣子，存在主義就像一陣熱風似地流行在這個首善的都城中的年輕的讀書界，正如當時的一種新的舞步流行在夜總會一般。老莫一邊講，一邊從一大堆據說都是存在主義各家著作的原文書中，找到一本印有沙特照相的，任聽眾去傳觀。唐倩便因而得了[2]第一次瞻仰了這位大師的風貌。

散會以後，唐倩頓時覺得寫詩的于舟簡直太沒味道了。那天晚上，伊想了又想，便寫了一封簡潔的約晤信給老莫。根據伊的經驗，這些知識分子中，幾乎沒有人能抵抗女性署名的這種信件的。

唐倩穿上一件鵝黃色[3]的旗袍赴約了。伊是個娟好而且有些肉感的那種女子。伊可以想像當伊大方地伸出手來的時候，老莫那種蠱惑而驚詫的表情。然而，事實上，伊也讓老莫給吃了一驚的，因為他穿著一件粗紋的西裝上衣，而且帶著一架圓框的老式眼鏡，使他看來蒼老許多。等到坐下來喝咖啡的時候，伊才猛然想起印在書上的沙特來。不論如何，伊想：至少他那對富泰的耳朵，倒是蠻像沙特的。

話題自然是接續著「沙特的人道主義」開始的。胖子老莫滔滔不絕地議論起來了。他縱橫上下地談基督教的和無神論的兩派存在主義底差別，他疾聲厲色地抨擊教會的人道主義。他談里爾克，然後又回到杜斯托也夫斯基。

「我們被委棄到這個世界上來，」他憂傷地輕搖著頭說：「注定了要老死在這個不快樂的地上。」

伊幾乎為這句話給惹哭了。在一剎那間，伊想起被父親捨棄了的伊的母親來：一個終年悲傷而古板的老婦人。伊的童年曾因此而過得多麼闇淡啊[4]。

「因而，」老莫說：「人務必為他自己作主；在不間斷的追索中，體現為真正的人。這，就是存在主義的人道主義底真髓。」

從于舟的口中，伊向來不知道沙特是這麼迷人的作家，[5]伊因此懊惱極了。第二天于舟來了，伊於是對他說：

「于舟，我無法再繼續我們的關係了。」

矮小的詩人于舟呆站了一會，繼而討好地笑了起來。他訕訕地說：

「為什麼呢？」

唐倩很愁苦地摸出一支香菸，用拇指和食指擎著，一如胖子老莫。于舟趕忙為伊點上火。不管他怎樣[6]抑制，他的手就是那麼不能隨意地抖索著。

「我們倆在一起，太快樂了。」伊噴了一口青煙說：「快樂得絲毫沒有痛苦和不安的感覺。」

「是呵，我們多麼快樂！」他雀躍地說。

「快樂得忘了我們是被委棄到這世界上來的。」

「噢！」于舟有些蒼白起來了。他吶吶地說：「我知道你的感覺。」

「要注意『委棄』這兩個字！」伊不禁想起老莫的表情，隨即將擎著菸的手往遠處一攤，彷彿十分鄙惡地捨去了什麼。「abandon, a sense of being abandoned.」伊說。[7]

「是，是。」

「現在，我們是孤兒了；」伊看見于舟洗耳恭聽的樣子，覺得一面又高興，一面又鄙惡他。伊十分之嚴重地說：「所以我們就必須為自己作主；在不斷的追索中，完成真我。」

于舟沉默地聽著。一種在女性之前暴露了無知的羞恥感激怒了他。他於是也深沉地說：「我完全懂得你的意思。」

「這，」唐倩說：「就是存在主義的人道主義！」

這樣，唐倩就把于舟給打發走了。伊是個絕頂聰明的女子，在這個首善的都市裡的小小知識圈裡，逐漸從伊的發表得並不緊密的小說成了名。許多人都在沒有見到這個奇絕的女子之前，便風聞了伊的盛名。其中的原因之一，是伊很敢於露骨地描寫床笫間的感覺。而況乎在這個小小的讀書界裡，原就頗有一派崇拜柏特蘭·羅素的試婚說的性的解放論者。

這些個在逛窰子的時候能免於一種猥瑣感的性的解放論者，立刻熱烈地擁護了唐倩和老莫公開同居的事。據他們說，這是試婚思想在知識界中的偉大的實踐。而且由於沙特和西蒙·

德·波娃之間，據說也是一種「伴侶婚姻」的關係，「老莫他們倆」的盛事，便不脛而走，在我們的小小的讀書界中傳為美談了。

和老莫在一起的生活，對於唐倩說來，實在是一個了不起的躍進。由於伊的敏慧，伊不很困難地就學會在言談中[8]使用像「存在」、「自我超越」、「介入」、「絕望」和「懼怖」等的字眼。後來老莫從《生活》雜誌的圖片上，介紹一種新的標示知識分子的制服給唐倩。過不了幾個月，唐倩便留了一頭自然下垂的烏黑的長髮，穿著一件寬鬆的粗毛衣，下著貼妥的尼龍長褲，然後再為伊的娟好的臉上架上寬邊的太陽眼鏡。這種「冷敲熱打」(the beatnick)[9]的衣服，確乎為唐倩增加了一種蠱惑的力量。因為除了旗袍，再沒有一種日常的穿扮比這個更能顯出伊的肉感底氣質來。現在，伊逐漸宣稱自己是個熱心的里爾克迷。伊能夠「從心的最深處」了解里爾克眼中「空無的世界」。伊越來越歷練地在老莫的崇拜者中，抑揚有致地吟誦里爾克的這樣的句子：

——他的目光穿透過鐵欄
變得如此倦怠，什麼也看不見。
好像面前是一千根的鐵欄
鐵欄背後的世界是空無一片。[10]

至於老莫，則仍然去穿著他的粗紋西裝上身，戴著圓框的老式眼鏡。使他遺憾的是他至今還弄不到一枝像樣的板菸斗。但是，儘管這樣，老莫之作為存在主義底教主的身價，與夫唐倩之成為他的美麗的使徒的地位，是早已確定了的。因此，在那幾年裡，老莫真是十分走了運的。據他說，他曾長年寄居在他的姨媽家，「受了長久的基督教的綑綁」。他在他的青春覺醒了的年代，狂熱地戀愛了他的姨表妹，卻因他的孤苦狷狂，遭了姨媽的反對。

「我從此發現了基督教的偽善。」他對一個大學刊物的記者說：「那次的戀情是激烈的。我曾經兩夜三天長跪在伊的窗前。」他笑起來。他只有在發笑的時候才是充滿感情的。他接著說：「這第一次的失戀，使我打破了與肉體游離的、前期浪漫主義的戀愛觀。」

「這樣看起來，」記者說：「你之走向反神的存在主義和羅素的性解放論，是有深刻基礎的了。」

「正是這樣。」胖子老莫莊嚴地說。

唐倩是衷心崇拜著胖子老莫的。伊尊敬男人，這是第一次。其實伊記不得自己在高中二年級的時候，也崇拜過一個能說善道的公民老師。那時候，伊曾經是一個熱心的愛國反共的學生。除此之外，男人實在只不過是一個對象罷了；而且久而久之，伊漸漸以[11]各種方式去把男人驅向困境為樂。據伊自己說，曾經有一個殺過人的彪形大漢，站在伊的床前，說：「小倩，你難道不知道我多痛苦！」而使伊快樂了幾個月之久。

所以伊不久就發現到老莫也具備了一些男人——特別是這些知識分子——所不能短少的偽善。他在他的朋友之前，永遠是一副理智、深沉的樣子，而且不時表現著一種彷彿為這充塞人寰的諸般的苦難所熬煉的困惱底風貌。

「儘管人的歷史上充滿了殘酷、欺詐和不公，但卻有一絲細線不絕如縷。」他很肅穆地說：「那就是人道主義……」

然而，當他在床笫之間的時候，他是一個沉默的美食主義者。他的那種熱狂的沉默，不久就使唐倩駭怕起來了。他的饕餮的樣子，使伊覺得：性之對於胖子老莫，似乎是一件完全孤立的東西。他是出奇地熱烈的，但卻使伊一點也感覺不出人的親愛。伊老是在可怖的寂靜中，傾聽著他的狂亂的呼吸和床笫底聲音，久久等待著他的萎潰。伊覺得自己彷彿[12]是一隻被一頭猛獅精心剝食著的小羚羊。然而，這自然也不是不曾把伊帶到一個非人的、無人的痙攣地帶，而後碎成滿天隕星底境地。

而且，很多的時候，當他從半虛脫的狀態中回復過來之後，他還可以立刻繼續事前議論：「——我們談到哪裡呢？對了，人道主義。」他於是為自己和唐倩點上香菸，把被單拉好，繼續說：「而存在主義的人道主義，便是這種永恆底創造性的開展！[13]」等等。

然後他會從床邊的小几上取出一大本剪貼的本子。本子裡面，盡是貼滿了《生活雜誌》、《新聞週刊》和《時代週刊》上剪下來的越南戰爭的圖片。據他說，存在主義者最大的本質，是痛苦和不安。而這些圖片則最能幫助「離開戰爭太遠」的人們，蓄養這種偉大的不安和痛苦之感。

「看看這些卑賤的死亡罷！」他不屑地說。

唐倩於是看到一些被火焰燒成木乃伊一般的越共的屍體；在西貢的鬧區被執刑了的年輕的囚犯；許多裸足的，穿著黑色衣衫的戰俘，在一大群嘻笑的、穿著漂亮的制服和大皮鞋的越南戰士中，瑟縮地抽著帶濾嘴的香菸。

「看看這些愚昧的暴行罷！」

然後又是一大堆為越共的自殺性的暴行所造成的圖面，燃燒著的飛機；成為瓦礫和灰燼的軍用宿舍；流血滿面的兵士，未曾爆炸的爆破物……。

在開始的時候，這一切都使唐倩驚駭到了極點。而胖子老莫對於這些躲在叢林中去為一種國際性的陰謀效命的黑衫的小怪物，實在是痛心疾首的。唯獨有這一點，他和他所敬愛的柏特蘭·羅素老先生的意見，很顯得相左了。

「他為什麼這樣呢？」他痛苦地說。

胖子老莫堅持：美國所使用的，絕不是什麼毒氣彈，就如羅素所說的。那只是一種用來腐蝕樹葉和荒草的藥物，使那些討厭的黑衫小怪物[14]沒有藏身的地方；至於那些黑衫的小怪物們，決不是像羅素說的什麼「世界上最英勇的人民」，而是進步、現代化、民主和自由的反動；是亞洲人的恥辱；是落後地區向前發展的時候，因適應不良而產生的病變！

對於這種的議論，唐倩自然也是完全贊同的。只是伊為了這些圖片底緣故，有一個多星期幾乎驚悸失常，食不知味，而且真正地被培養了一種深入存在主義所必要的不安和偉大的痛苦感。而且，在胖子老莫的指導下，伊的小說裡穿插[15]出現了這樣的描寫：

他悲傷地望著他的任她怎樣愛撫也沒法充分勃起的男性，困頓地說：

「每次看到你的裸體，我就想起你的死體是否也這麼美麗。而每次想到那命定的死亡，我就不來事了。」

「……？」她忽然開始啜泣起來。

「我們被委棄到這世界裡來，而且注定了要死在這個不快樂的大地上。」

這一段精彩的敘述，立刻轟動了全國新銳的讀書界。一個在外埠的年輕的批評家說，這是「存在主義在中國新文學上的光輝的收穫」。有多少人背誦著這段感傷而意象優美的文字，而低迴不能自已。唐倩便這般地在一夜之間，成為偉大的小說家。只有胖子老莫，則由於擔心別人因著這樣露骨的描寫，連想到他和唐倩之間的性生活，而在私下苦惱萬分。

胖子老莫和唐倩他們的快樂而成功的日子，就這樣月復一月的過去了。唐倩對於他的愛情，也一日濃似一天。伊因為怎麼也拂不去想為胖子老莫這麼一個具有偉大創造力的天才懷一個甚至一打孩子的願望，而終於秘密地為他懷了三個月的胎。知道了這件事的胖子老莫，立刻就很慌張起來了。

「我喜歡和你有一個孩子，小倩，」他柔情似水地說：「可是，小倩，孩子將破壞我們在試婚思想上偉大的榜樣……。」

伊一聽，就流淚了；伊流淚像一個平凡俗惡的母親。

「我太了解你的感覺了，小倩。可是讓我們想想我們的使命，好嗎？」

唐倩只是連伊自己也莫名其妙地啜泣著，一句話也答不上來。

胖子老莫用他宣教一般莊嚴而溫柔的聲音，列舉了許多柏特蘭・羅素老先生的話。唐倩只是流著淚，然而也從順地接受了他的想法。伊只是說：

「老莫，你要記住，這是你不要的……。」

伊在一個破敗的陋巷中的「醫院」，取去他們之間的另一個生命。伊永遠也忘不掉那裡的數對只有伊才了解的絕望而恐懼的眼睛；那裡原始的叫喊；那裡的血汗、陰闇和惡臭。然而伊始終不作一聲，倒是胖子老莫卻自始便涕淚縱橫，不能自主。

然而，自此以後，他們之間便彷彿慢慢地結了一層薄薄的凍霜。儘管只是那麼些被剪戳得支離破碎的人肉罷了，唐倩卻越來越像一個喪子的母親。伊的那種強韌的悲苦，和大地一般的母性底沉默，在私下，很使胖子老莫懼怖得很。至於胖子老莫，則後來據說很為一種「殺嬰的負罪意識」所苦，竟使他感覺到一種無能在威脅著他。這個威脅使他焦慮萬分，卻屢試而爽。但胖子老莫終於得到這樣的一個人道主義底結論，而深信不疑。那就是：「每次想到那個子宮裡曾是殺嬰的屠場，一個真誠的人道主義者，是不會有性慾的。」他必須強迫自己深信這個結論而不疑，才能夠戰勝在他裡面日深一日地蔓延著的去勢的恐怖感。

然則，在那年的冬天，這一對偉大的試婚思想的實踐者，終於宣告仳離了。關於這仳離的理由，據我們的讀書界的消息說，則是因為他們要去「不斷地追索，以實現[16]真我」底緣故。

2

唐倩再度出現在我們的小小的讀書界，是一年又五個月以後的事，於今伊不復是一個憔悴、蒼白的受了剜割的母親，而是一個嫻好的少婦了。[17]帶著伊重新出入在知識圈子的，是一位年輕的哲學系助教羅仲其。由於他的頭顱出眾地大，所以一向都把頭髮理得很短，卻也仍然不能免於別人之以「羅大頭」去稱他。然而，一年多以來，「羅大頭」這個稱呼，漸漸的超出了止乎一個稱呼的範圍，而成為某一種知識界對他的好意和尊敬；因為他在存在主義的熱風之後，堅實有力地為我們這個嗷嗷待哺的讀書界呼引出一陣新風，那就是「新實證主義」。儘管維也納學派底成立，是三十年代的舊事了，但「新實證主義」或「邏輯實證主義」被這裡的讀書界熱烈地關切著，猶如它是昨夜才誕生的最尖端的議論一般。

最令人驚異的，是以新的姿態出現的唐倩，竟變成為一個語言鋒利，具有激烈黨派性的新實證主義者。據伊的說法，伊已經把存在主義的時期，毅然地當作「嬰兒時代的鞋子」，予以揚棄了。唐倩能這樣恰到好處地引用這句話，作為伊底方向轉換的宣告，也足以看見伊底敏慧之處了。

自從唐倩「跟上」了羅大頭之後，新實證主義底一派，似乎把他們分析批評的火力，對準了以胖子老莫為首的存在主義派。據羅大頭們說：存在主義者們，其情感固然是頗為豐富的，但以新實證主義底分析的方法檢查起來，實在只不過是由於情緒衝動而來的一些無意義的吶喊罷了，合當予以「取消」。至於他們底人道主義，羅仲其的批評是這樣的：

「哲學的唯一工作，是對於自然科學底語言，做邏輯的分析。『人道主義』和它底各種內容——當然包括什麼存在主義底人道主義在內——和自然科學底真理，絲毫沒有相干的地方，是一點也經不起分析底批判的。哲學家的任務，是要把一切不是唯理的、邏輯的和分析的東西，從哲學的範疇中，予以取消！」

由於新實證論者以深奧的數學和物理為言，他們的攻訐便像一把利劍刺進了圍繞在存在主義周圍的，數學不及格的擁護者們。而且由於它具備了邏輯訓練和語意學等特定的方法論的東西，使羅大頭們儼然地以新的學院主義為標榜，有時甚至於使他們有置身於維也納古老學園裡，和白髮斑斑的卡納普、萊申巴赫們平起平坐的幻覺呢。因為這樣，如果有人指摘唐倩的轉向，是由於伊和胖子老莫之間的私怨所致，是不被允許的。至於唐倩伊自己，則也很能絲毫不帶著「主觀情緒」地說：「不是我不愛我友，實因我更愛真理！」之類的話。

而遇到勁敵的胖子老莫們，雖然只能指摘新實證派的哲學為一種「狗窩的哲學」，但由於自己絲毫沒有招架的東西，便逐漸不免於沒落底命運。在另一方面，新實證主義因為需要太多的學院式的基礎，也不曾有若當年的存在主義之蔚為風氣。儘管唐倩曾經苦心地使用「凡是女性，莫不迷信戀愛的；而在戀愛中迷失自己的，又都是女性。所以凡在戀愛中迷失自己的，莫不迷信戀愛。」之類的敘述去寫小說，以資推廣這種新的唯理論，不幸卻似乎並不成功。然而，這個新的批評運動，在普遍的懷疑主義傾向中，獲得了它的立足點。

「對於你的觀點，我十分懷疑，」羅大頭威嚇地說：「因為構成你的觀點的這個基本部分，顯然犯了訴諸情意底誤謬；而那個部分呢？則又犯了訴諸權威底誤謬！」

這樣一來，知識界中一大批天生的犬儒的質疑論者，便欣然地獲得了一種似懂非懂的理論和方法。被這種理解和方法武裝起來的質疑派，一律都顯得熱愛真理，而且由於太過於熱愛真理底緣故，不得不成為一個質疑論者，應用這種質疑的利刀，顯然有兩個好處：第一，它能提供一種詭辯的詰難所獲得的快樂；第二，它使自己從消極的、守勢的地位，轉而為積極的、外侵的質疑者。於是質疑不再是一種苦悶，一種憂悒，而是一種虛榮，一種姿勢。

然而站在質疑主義的先鋒，而且儼然地在我們的讀書界裡取代了胖子老莫的羅仲其，忽然發覺到：在唐倩的許多細小的行為上，殘留著許多胖子老莫的習慣。他知道轉換了方向以後的唐倩，在哲學思想的道路上，確乎和存在主義劃下了一道鴻溝；伊對於存在主義底攻擊之熱心，是不容「質疑」的。但是，只要他細心觀察，伊的用拇指和食指抽菸的樣子；伊在發著議論時那種故作莊嚴的腔調；伊的只是轉動著手掌的手勢；伊的把右腿架上左腿，然後在高興的時候猛力拍打右膝蓋的習慣；伊在寫字的時候，把頭向左邊做大約四十五度的傾斜的樣子……，實在沒有一樣不是繼承[18]自那個可憎的胖子老莫的。這個頗為突然而令他大吃一驚的發現，一時很使崇尚唯理論的羅大頭，大為煩惱。不幸的是，這種煩惱每天每天都在他的心中拓展著一定的陰影，而終於爆發為一場凶猛的爭吵了。

平心而論，唐倩在動作上留下老莫的習慣，或許是事實的罷。然而，倘若羅仲其給予同樣的注意力的話，他將發現他自己的動作和習慣，也在唐倩的身上留下了一定的影響；比方說在吃飯前一定要喝上一杯白開水；說話的時候微微地晃動腦袋瓜子；巧妙地用一種譏諷的微笑去聽別人的意見；吃蘋果的時候要從它的屁股啃起；洗澡的時候一定要哼著他的江西老家的小調，等等。

所以，當羅大頭一個人在深夜裡讀罷，用雙手捧著他碩大無朋的大腦袋瓜沉思著的時候，就不由得想到一個屬於他自己的危機。他冷靜地「分析」的結果，他實在是很深地戀愛著唐倩的。為什麼他會怒不可遏地爭吵呢？理由很簡單：他妒忌。

妒忌什麼呢？妒忌胖子老莫在伊的行為上留下來的一些可見的影響。這個影響差不多立刻使他想起那些不可見的影響。或是一樣可見而為他所不識的影響，比方說伊在床笫間的一些奇怪的小動作。好了，思想被引到這裡的時候，他便再也忍受不住了。

然而，這樣的問題，似乎無從自實證邏輯的「方法」去取得解決的罷，他於是止不住淚流滿面，一個箭步跑到臥室裡，搖醒沉睡中的唐倩，聲淚俱下地說：

「小倩，我對不住你。我不該這樣無理取鬧呢。我實在太需要你的了，沒有你我簡直活不下去。我流浪得夠了，我什麼也沒有，就只有你一個人是我的……。」

唐倩是個十分之善良的女孩。加之又是在臥室裡，他們自然便立刻取得十分甜蜜的和解了。那天夜裡，他告訴伊他自己的一段往事。他有過一個幸福而富裕的家，他是這個家庭的快樂的獨生子。然而不幸地，共產黨鼓動暴民在一夜之間毀滅了一切：母親懸樑，父親被逼死在一個暴民的大會裡。「我一個人流浪，奮鬥，到了今天。」他啜泣說：「比起來，他們搞存在主義的哪一個懂得什麼不安，什麼痛苦！[19]但我已經嚐夠了。我發誓不再『介入』。所以我找到新實證主義底福音。讓暴民和煽動家去吆喝罷！我是什麼也不相信了。我憎恨獨裁，憎恨奸細，憎恨群眾，憎恨各式各樣的煽動！然而純粹理智的邏輯形式和法則底世界，卻給了我自由。而這自由之中，你，小倩呵，是不可缺少的一部分！」

一夜無話。

第二天晚上，羅仲其和唐倩以年輕的知識界的代表身分，相偕去參加一個政治研究所的餐敘會，發表了演說。他在結論的時候，更加意氣軒昂地說：

「……他們說什麼『反對新老殖民主義』；什麼『反對走資本主義路線的反動派』；什麼『中國人民支援一切英雄的民族民主運動的各族革命人民』；什麼『為祖國社會主義建設團結一致』。」

「這些只不過是煽動家的話，是感情衝動的、功利主義的語言。它也許足以發動一大群無知的暴民，卻絲毫沒有真理底價值。」

「真理，各位！為了真理底緣故！」

「而真理，是沒有國家、民族和黨派底界限的！」

唐倩在熱烈的掌聲中，偷偷地為他流下高興的眼淚。但是羅仲其的脾氣，卻逐漸地變得反覆無常了。許多的時候，他的確是個腦筋冷靜的新實證派底哲學家。然而，他也會突然地變得情緒激動，毫無理由地感到孤單，感到不被唐倩所愛，淚流滿面地乞求唐倩在愛情上的保證。而最壞的情況是：他又會因著唐倩過去和老莫的關係，大發醋勁，暴怒不可自遏。

分析起來，導使羅大頭變得這樣反常的，至少有下面的幾個原因：

羅仲其的不幸的童年，換句話說：他的家庭底災難，加上他長時期在不安定的恐懼中底生活，使他完全失去了面對實際問題底核心的勇氣。他埋首在哲學著作的書城中，實際上是在玄學的魔術裡找尋逃遁的處所。這樣，他找到了把一切都純粹化、追求最明白的意念的新實證主義。這個東西恰好從正面供給他逃避，「勾銷」一切使他的知識底良心發生疼痛的過去的、和現在的難結之理論和方法，從而把他的知性底弱質，整個兒給正當化了。但是，這畢竟只是解決了他的知識範圍的難結罷了。他逐漸感覺到：這種固執的和故意的歪曲，實在只不過是一種幻想而已。許多他所不能「勾銷」的事事物物，依然頑固地化裝成他的感情生活裡的事件，尋其[20]出路。他逐漸地被這樣重苦的矛盾所攻擊著了。

此其一。

其次，他越來越發覺到：唐倩這個女孩子，是敏慧而不可征服的。有一次，伊有些害羞地說：

「我一直有一個問題想問你。」

「嗯？」

「你曾說你在最後，是一個質疑論者。」

「不錯。」

「為著真理的緣故，所以必然地要成為質疑論者。」

「不錯的。」

「對於每樣事物，莫不投以莊嚴的質疑底眼光。」

「不錯。」

「因為質疑即所以保衛和發展真理。」
「不錯的。」
「以免真理為愚昧的、易受煽動的暴民給惡俗化了。」
「正是這樣。」
「可是，」唐倩憂愁地說：「當我們懷疑到質疑本身的時候，該怎麼辦呢？」

他立刻感到像是被一步步騙上一個絕境裡，而大為恚憤[21]起來。當然，以他在哲學上的訓練，再加上唐倩在主觀上本來就願意要從他那兒獲得一個解決，所以他只消兩下子就把這個難題[22]給「勾銷」了。

然而伊的這種本然的智慧，卻很使他覺得不自在了。伊已是那樣自在地、[23]用著伊底女性的方式，信仰著他所給伊的一切。每一樣事情，據他觀察的結果，包括吃喝、睡覺和議論，在伊都顯得自在而當然，絲毫沒有他那種內在的不可遏止的風暴。伊底這樣的安逸，雖說淺薄，卻有力地威脅著他。使他感覺到某種男性獨有的劣等感了。

此其二。

再次，唐倩的這種一如大地一般地包容一切、穩定而自在的氣質，在另一種意義上使他深感不安。那就是伊能夠從容而且泰然地提起伊過去和胖子老莫之間的事。

「你不知道他那戴著圓框眼鏡的樣子，有多麼好笑！」伊說：「只有在上床睡覺的時候，他才取下那副寶貝眼鏡，然後喝上半杯冷牛奶。」

「喝上半杯什麼？」

「冷牛奶。」

「噢！」他說。他幾乎衝口而出：「所以你一直到現在還在睡前喝上半杯冷牛奶！」

「他沒戴眼鏡的那種表情啊，」伊十分開心地笑著：「看起來像一個睜眼的瞎子。」

他說：「哦哦。」他的怒氣因看見伊竟懷著某一種寬容的友情敘述著老莫而上升著。但是他決定不讓伊看見他的妒忌，這是一種鬥爭啊！他想。

「不過他笑起來的時候倒蠻好看的，真的，」伊認真地說：「只有在笑著的時候，那個人才令人覺得溫柔，充滿感情。」

「你說夠了罷！」

「噢，」伊歉然地說：「難道你還吃他的醋嗎？」

伊於是很女性地因為他的還吃著那陳年老醋而高興得哼起他的江西小調來。

他的怒氣使他雙手發抖，「不能氣，不能氣，」他對自己說著。他走到廚房裡：「否則又讓伊勝利了」。他想：「這是一種鬥爭啊！」

像這一類的事，無需很久，就使他罹患了神經衰弱和偏頭痛的毛病了。然而，為了鬥爭底緣故，他連這些病痛都沒告訴伊；而且，有時正衝著偏頭發疼的時候，還得裝著快快樂樂地唱他的小調，以資掩飾呢。

此其三。

最後的一件事，則恐怕是最嚴重的罷：那就是他在床笫的生活中，發生了一股巨大的，對於自己的男性能力的不間斷的懷疑。

起初的時候，他是為了征服他所不識的那些胖子老莫留給唐倩在生活上的影響，而開始致力於那種生活的。然而，過不了多久，他就發現一件可怕的事實了。他理解到：男性底一般，是務必不斷地去證明他自己的性別的那種動物；他必須在床笫中證實自己。而且不幸的是：這證明只能支持證實過的事實罷了。換句話說：他必須在永久不斷的證實中，換來無窮的焦慮、敗北感和去勢的恐懼。而這去勢的恐怖症，又回過頭來侵蝕著他的信心。然而，當男性背負著這麼大的悲劇性底災難的時候，女性卻完全地自由的。女性之對於女性，是一種根本無須證明的、自明的事實。倘若伊獲得了，固然足以證明伊之為女性；而倘若未曾獲得，也根本不足以說明伊底失敗。

這樣的一個嚴重的質疑，終於把羅仲其逼得發狂，而終至於自殺[24]死了。

我們底美麗的唐倩，實在是傷心欲絕的了。伊是一點兒也不曉得伊底可憐的羅大頭的內部的糾結的。伊只知道：這個曠世無匹的天才，是怎樣痛苦地熱愛著伊的。至於一般讀書界的評論，則是：「天才與瘋狂之間，不過毫釐。」而且一直到他死後的半年，還有人不斷地寫著「我的朋友羅仲其和他的哲學」之類的文章，也誠可謂備極哀榮[25]的了。

3

羅仲其死了以後，沒有人會[26]想到唐倩竟然會如此之悲傷，至於形銷骨立，而且差不多有一年之久罷，伊的密而濃的髮茨之上，日日簪帶著一朵絲絨做成的素色[27]的小花，以誌哀思。事實上，每次伊回想起他的因火熱而雜沓的愛情而苦惱著的大大的臉，便止不住泫然落淚，唏噓不能自已了。

就是這樣，伊便再次從我們的小小的讀書界中消失了。然而，熟悉伊的兩次或者其中一次戀史的人們，卻依然不間斷地談論著伊。對於他們，唐倩實在是我們這個社會裡許許多多「離不開媽媽」的、「現實」、「沒有靈性」、而又「意志薄弱」的知識女子們的好榜樣。他們以欽羨而又亢奮的口氣，談論著伊如何是一個「全身都是熱力和智慧的女人」，是「一杯由玫瑰花釀成的火酒」，是「使男性得以完成的女性」，等等。

這種熱烈的、懷鄉病的議論逐漸變得幾乎是一種古典的傳說的時候，唐倩終於第三次綻開了一朵戀愛的花朵。然而，這次伊卻立刻從那些熱心的崇拜者們之中，招來浪潮一般的惡罵了。僅只因為這次選擇了一個十分體面的留美的青年紳士的緣故，伊於今便在隔夜之間被批評為：[28]墮落一至於成為一個「下賤的拜金主義者」、一個「民族意識薄弱」的「洋迷」，而且一歎再歎地說：唐倩終於「原來也只不過是一個惡俗的女人」罷了。

這些惡批評[29]，終於傳到唐倩的秀巧的耳朵裡的時候，伊只是揚了揚長在伊的已經十分豐腴起來了的額上的令人心軟的眉毛，說：

「喬，你向他們解釋罷！」

那個被稱為喬的漂亮的青年紳士，十分優雅地笑了起來。他用左手把西裝的第二個鈕扣解開了又扣上，扣上了又解開。

「美國的生活方式，不幸一直是落後地區的人們所妒忌的對象。」他說：「[30]我們也該知道：這種開明而自由的生活方式，只要充分的容忍，再假以時日，是一定能在世界的各個地方實現的。」

他說話的時候，一直是那麼優雅又和藹地笑著，彷彿一個耐心的教師。就是喬治・H・

D・周的這種溫和灑脫的紳士風采，吹開了唐倩的封凍的芳心的。他的西服總是剪裁得十分貼妥。他的穿著畢挺西褲的長腿，在第一次見著他的時候，就使伊的心為之悸悸不已。他的頭髮總是梳理得整齊俐落。而最別緻的，並不是他的寶石一般的袖釦；而是他的與西裝一個料子裁成的夾背心，它妥貼地罩著雪白的襯衫，令人歡悅。然後喬對你笑了，笑出淺淺的，年輕的皺紋來。

對於唐倩，這一切[31]誠然是一種不可抵禦的魅力。伊彷彿遇見了在西洋電影中習見的那些風流紳士一般。電影中的那種溫柔，那種英俊，那種高尚以及那種風流，都在喬治・H・D・周的最細小的動作上，活生生地具現了。所有這些，與過去偕同胖子老莫以及羅大頭們的生活，是何其不同。那些空虛的知性、激越的語言、紊亂而無規律的秩序、貧困而不安的生活以及索漠的性，都已經叫唐倩覺得疲倦不堪了。在朋友家認識他的那夜，他開車送伊回家。這首善的都市底魅人的夜，以千萬種溫柔底光輝[32]，搖曳著流進他們的車子。伊坐在舒適的車子裡，望著他滿有某種信心的側臉，覺得彷彿有一種生活上十分實在的東西打擊了伊。唐倩需要一種使伊覺得舒適和安全的東西，就好像此刻伊坐在車子裡的那種感覺。外面是囂鬧，是歡樂，是黑夜，而伊享受著它們，在這樣一個舒適又安全的車子裡。而車子流動著，彷彿一艘船。

「你知道嗎？」車子對著紅燈停下的時候，喬治・H・D・周說：「我離開美國，就不停地懷念著那個地方⋯⋯。」

車子又開動了。唐倩在車子變速的時候，震動了一下。「噢，請原諒。」他用英語說。唐倩微笑著。

「我在舊金山住了四年，然後在紐約做了兩年事。」他鄉愁地說：「我愛那些都市，They're just beautiful, you know.」

他說那些城市實在美好。他於是輕微地對自己笑起來。他說他實在止不住在言談中溜出英語來。喬治．H．D．周是學工程的。拿到碩士以後。在紐約考上了一家機械公司。這年秋天，他受公司的委託，回到這裡的分公司幫著解決一項技術上的問題。據他說，就只工業技術一層，中國跟美國比起來，簡直是絕望的。唐倩想了想，說：

「在那邊，做一個中國人，一定是一種負擔，是不是？」

「Well,」他說。伊喜歡他那種筆直地望著前路講話的樣子。他看起來那麼有把握，彷彿這世界就在他的掌握之中，一如那方向盤。「Well，不能說沒有差別的罷。」他接著說：「可是除了這一點，那邊的每一件事都叫你舒服：那種自由的生活，是不曾去過的人所沒法想像的。」他們看到一個加油站，他說：「請原諒我停下來加點油。」

「沒關係。」唐倩說。他下了車跟工人講話：「請你——」車門被關住了，把他的話也給關在外面。伊想到他要停下車加油，何至於也要請求「原諒」，便一個人抿著嘴笑了。不過伊已經決定從今以後，要好好地穿戴起來。伊知道：只要伊打扮起來，新的美豔，是依然會回到伊底生活裡來的。他開門進來。「對不起。」他說。車子又開動了，彷彿一艘船。

「這裡加油要自己下車開油箱的蓋子。但是在美國，工人會幫你做得好好的。中國的service就是這樣差！」

他似乎很遺憾地說。彷彿這又是中國之所以落後的一端。然後他接上方才的話題。他說：「那種自由，是無法想像的。……你在那些城市裡，開著車通過那些偉大的街道。那些有秩序的人群；那長長的金門大橋；太陽遠遠地落著……。沒有人干涉你；你愛怎麼樣，就怎麼樣。」他說他現在做夢也回到那邊去。事實上，他在九月裡就要回去了。他們數著他要回去的日期，使車子裡的兩個人都快樂起來。

「這次回去以後，我會懷念這裡的，」他迅速地瞥了唐倩一眼，說：「因為我在這兒碰到你，噢，你是如此地美麗，I'll miss you, really. I'll miss you very much.」

唐倩的臉以不令人察覺的程度紅了起來。他說那些話的表情是那麼堅定，使你分不出是一種恭維呢抑或是一種表白。「一個人應該為自己選擇一個安適的位置。到一個最使你安逸的地方，找一個最能滿足你的生活方式。這是做一個人的基本權利。國籍或民族，其實並不是重要。我們該學會做一個世界的公民。」他說：「請原諒，我顯然說的太多了。我不是多話的那種人，真的，可是你使我覺得要向你傾吐，不知道為什麼。」

那夜唐倩回到家裡，一進房間便坐在鏡前仔細地端詳著自己。想起離開九月只剩下四個月的時光，所以伊必須立刻動員起來了。伊忽然覺悟到：這差不多一年多來的不快樂的日子，實際上並不見得是因為傷羅仲其之逝而然的。羅的死，在隱約中，使伊感覺到一個沒有出路的窘迫。就是這種絕望的窘迫感綑綁了伊。但今夜伊忽然窺見另一個世界底存在。伊或者並不切膚地感覺到喬治．H．D．周所樂道的自覺的幸福云云底必要罷，然而那新世界底發現，豁然地使伊不由得有一線光明底再生之機，射入伊底無出路的生命中來。

果然，喬治．H．D．周忽然覺得唐倩正以令人目眩的變化，日復一日地美麗起來。每次遊罷歸去，他總是不免自問：是否他竟然已經同伊「掉進愛裡」。至於唐倩這一方面，則經過分析和計算的結果，知道了喬治．H．D．周一直都不是一個闊綽的人。數年[33]自食其力的留學生活，已經在他的生活的每一個細節上留下刻苦儉約的痕跡。當然，唐倩自己也相信：這種儉約，其實就是美國的生活方式的重要精神之一。因此，伊便很善於在適切的時候，表示了伊的[34]得體的儉約。這種[35]姿態果然立刻獲得喬治．H．D．周的歡心。

「為什麼要花那些錢去夜總會看蹩腳的節目呢？」伊說。

「沒地方去呀！」喬治・H・D・周說。

「隨便覓[36]個地方聊聊，不好嗎？」

於是他們找到一個小小的，安靜的地方喝咖啡。然而據他說，這咖啡實在不如他在美國的時候喝的香，特別是在舊金山的大學城裡的一個小咖啡鋪子裡的。

「那個鋪子是一個丹麥人開的，經常擠滿了買午餐的學生。」他說：「那裡的東西好吃，而且掌櫃檯的，是那個丹麥人的女兒：雪白的皮膚，金黃色的頭髮！」

兩個人都笑了起來。「我曾聽說北歐的女人最漂亮。」伊說。「你知道罷？」他說：「第一次遇見你，就覺得你的嘴唇的線條和下巴的樣子很像伊。」伊笑著說：「使你想起過去的韻事了。」

「Yeah,」他彷彿十分為難地說：「我們一起出去過幾次。伊差不多和每一個約伊的人出去。」

「你愛著伊的罷？」

「Oh, no!」喬治・H・D・周大聲地說：「No, no! 不過伊是一個熱情的女子，真的，一點也不像伊的冰封的祖國。有一個從曼哈坦來的美國小伙子為伊舉槍自殺了。」

伊微笑地傾聽著。他一下子就喝光那杯不如美國的那麼香的咖啡。伊看得出他在談論著那個丹麥女子時的一絲潛伏的激情。現在他要了一杯琴酒。他問唐倩是否也來一杯，伊笑著搖頭。唐倩開始抽他送給伊的薄荷香菸。

「你知道罷？」他啜了一口酒說：「你抽菸的樣子真好看。」他也摸出一根香菸，學著用拇指和食指拿香菸，唐倩於是止不住咯咯地笑起來。過了一會，伊說：

「伊叫什麼名字呢？」

「誰叫什麼名字呢？」

「那個丹麥女郎。」

「噢！」他說，喝下半杯琴酒，「叫安妮。Anne Kerckhoff，可是我們都叫安妮—— Annie。伊是個熱情的女子，真的。」他把剩下的半杯又喝光了。他說：「光談戀愛，安妮是個舉世無匹的對手。伊是那麼令人歡躍啊！但做妻子就不行了。每個男人都需要一個溫順賢淑的女人做妻子。」

唐倩微笑著。為了要顯得溫順賢淑起見，伊沉默著。

「妻子是妻子，」他用英文說：「情人是情人。……噢，你瞧，我又說得太多了。」

他又要了一杯威士忌蘇打。那夜喬治．H．D．周彷彿有些陶然了罷；他在回程的車上，不停地用他的輕度音盲的嗓子，反反覆覆地唱著他的舊金山州立大學時代的足球隊歌。而且在離開唐倩之前，適時地在伊的門口吻了伊的未曾預料的、驚詫的唇。

唐倩記牢了喬治．H．D．周的雙重標準：即所謂「溫順賢淑的妻子」以及「情人是情人，妻子是妻子」的哲學，而予以充分的把握，巧加運用。過不多久，這個對自己的事業充滿進取的雄心的青年紳士，便發現唐倩不論作為一個情人或妻子，都是個完美的上選女性。他在一個有月亮的晚上，肅穆地提出了求婚。唐倩裝著又驚又喜[37]的樣子答應了。於是他們訂了婚。

訂婚的儀式儘管有些豪華，卻是出奇地寂寞的。唐倩於茲才知道：在這裡，他幾乎連半個稍微近一點的親戚都沒有。只有一個又瘦又高的，看起來比喬治．H．D．周蒼老些的男子，是在大學裡同寢室的同學；另外一個矮小而老耄的髒老頭，是周在還沒出國以前的房東。

「周宏達，我知道你一定有今天的。」高個子抬著醉紅的臉說。

「老馬，謝謝你了。」

「記得我們那間爛宿舍嗎？」

喬治．H．D．周笑著。

「我們在冬天一塊蓋一條被子。」高個子用沙啞的聲音笑：「你說：『老馬，我們要這樣窘困到什麼時候？』我怎麼說咧？我說我顛沛得夠了，我不再為這操心。」

高個子讓喬治．H．D．周搬了搬肩膀，彷彿有些愧色。而周則有一種憐憫和驕傲的模樣。

「老馬，路是人走出來的。」周誠懇地說：「只要我們肯幹，機會總是在那兒。」

「好在是你自己要好，」高個子老馬說：「當年你媽還吩咐我要好好罩著你咧。」他搔了搔後腦袋瓜子，說：「我這輩子，是沒攪頭了，但我不難過，我廢了！」可是他哭了；然而只那麼一會兒，他又高興起來：「周宏達，我多喝幾杯酒，你不嫌我饞罷？以後也不知什麼時候才喝得上這麼好的洋酒。」

喬治．H．D．周友善而悲憫地笑著。至於那矮小的髒老頭，則一句話也不說地坐著，一點點酒，已經使他的瘦削的頰，紅成兩顆熟透的李子，看來彷彿一則童話裡快樂而好心的老頭。至於唐倩的母親，則靦覥不安地偎在美麗而煥發的女兒身邊，細細地談著話。伊的那種老棄婦獨有的苦楚的表情，在這歡喜的氛圍內，歪扭成一種十分繁雜的樣子。為了快樂或不幸底回憶罷，這操勞而苦命的女人時時掩面啜泣著。唐倩則時而陪著哭、時而哄勸著。[38]

為了要證明自己是個賢淑的妻子，唐倩也直到訂婚的那夜，才答應委身於他。那夜，喬治．H．D．周是充滿感情底。他訴說著他流浪的身世；他孤單的生命，誓言要用真誠的愛情侍奉伊於終生。這些款款的話，使本性良善的唐倩第一次因為被幸福所充滿的感覺而至於哭泣起來。可是那夜的性，對於唐倩，竟也成了一種新的經歷。伊發覺喬治．H．D．周，也許由於他是工程的技術者底緣故，是一個極端的性的技術主義者。他專注於性，一如他專注於一些技術問題一般。他的做法彷彿在一心一意地開動一架機器。唐倩覺得自己被一隻[39]技術性的手和銳利的觀察的眼，做著某種操作或試驗。因此，即使在那麼柔和，那麼暗淡的燈光裡，唐倩由於那種自己無法抑制的純機器的反應，覺到一種屈辱和憤怒所錯綜的羞恥感。然而，不久唐倩也就發現了：知識分子的性生活裡的那種令人恐怖和焦燥不安的非人化的性質，無不是由於深在於他們的心靈中的某一種無能和去勢的懼怖感所產生的。胖子老莫是這樣；羅大頭是這樣；而喬治．H．D．周更是這樣。

但不論如何，狡慧而善良的唐倩，終於成功地成為喬治．H．D．周先生的美眷，在那年的九月，離開了國門，到達那個偉大的新世界去了。第二年春天，消息傳來，說唐倩竟毅然地離開了可憐的喬治，嫁給一個在一家巨大的軍火公司主持高級研究機構的物理學博士。事實很明白：唐倩一直就把喬治當作達到目標的手段，何況回到美國以後的喬治，淹沒在一個龐大的公司裡的職員系統中，便很不若其在台灣[40]時那麼樣的神氣了。至於唐倩在那個新天地裡的生活，實在是快樂得超過了伊的想像。而伊的苦命的母親，也因為女兒不間斷的接濟，逐漸地寬裕起來了。我們的小小的讀書界，則似乎除了若干熟知掌故的人還偶爾談論著伊，便早已把伊給遺忘了。事實上，在胖子老莫沒落了，以及羅大頭的悲劇性的死亡以後，這小小的讀書界，也就寥落得不堪，乏善可陳了。這期間自然間或也不是沒有幾個人曾企圖仿效莫、羅二公，故作狷狂之言，也終於因為連他們的才情都沒有的緣故，便一直沒弄出什麼新名堂，鼓動出什麼新風氣來。而且最近正傳說他們竟霉氣得被一些人指斥為奸細，為萬惡不赦的共產黨，其零落廢頹的慘苦之境，實在是很可以想見的了。

附記：本文係虛構故事，倘有與某人之事跡雷同者，則純係偶合，作者概不負責。又：文中所引里爾克的詩係李魁賢譯文，載《笠》詩刊第十三期。[41]

初刊一九六七年一月《文學季刊》第二期
初收一九七二年小草出版社（香港）《陳映真選集》（劉紹銘編）
收入一九七五年十月遠景出版社《第一件差事》，一九八五年十二月人間出版社《陳映真小說選》，一九八八年四月人間出版社《陳映真作品集2・唐倩的喜劇》，二〇〇一年十月洪範書店《陳映真小說集2・唐倩的喜劇》

1 「要」，初刊版為「將」。
2 「了」，初刊版為「以」。

3 「鵝黃色」，初刊版為「藏色」。

4 「啊」，初刊版均作「呵」。

5 「，」，初刊版為「。」。

6 「怎樣」，初刊版為「怎麼」。

7 初刊版無「伊說。」。

8 初刊版無「在言談中」。

9 初刊版及洪範版原文均如此，疑應為「beatnik」，慣譯為「披頭族／比特尼克族」，用以描述第二次世界大戰之後「垮掉的一代」（Beat Generation）的美國次文化青年留著山羊鬍子、頭戴貝雷帽的形象。

10 初刊版此處有註腳標號「*」，註腳文字則置於文末。

11 「以」，初刊版為「用」。

12 「自己彷彿」，初刊版為「彷彿自己」。

13 「，便是這種永恆底創造性的開展！」，初刊版為「便是這種永恆的追求底創造性的開展！」。

14 「黑衫小怪物」，初刊版為「小怪物」。

15 「穿插」，初刊版為「竟而」。

16 「體現」，初刊版為「實現」。

17 洪範版為「，」，此處據初刊版改作「。」。

18 「繼承」，初刊版為「承繼」。

19 「比起來，他們搞存在主義的哪一個懂得什麼不安，什麼痛苦！」，初刊版為「我比他們搞存在主義的哪一個都懂得什麼不安，什麼痛苦！」。

20 「其」，初刊版為「求」。

21 「恚憤」，初刊版為「憤恚」。

22 「難題」，初刊版為「難結」。

23 「伊已是那樣自在地、」，初刊版為「伊只是那樣自在地，」。
24 初刊版此下有「身」。
25 「哀榮」，初刊版為「哀思」。
26 「會」，初刊版為「曾」。
27 「素色」，初刊版為「黑色」。
28 「為：」，初刊版為「伊竟」。
29 「惡批評」，初刊版為「惡風評」。
30 初刊版此下有「但是，」。
31 初刊版無「這一切」。
32 初刊版無「輝」。
33 「數年」，初刊版為「四年」。
34 初刊版此下有「一種」。
35 「這種」，初刊版為「這個」。
36 「覓」，初刊版為「找」。
37 「又驚又喜」，初刊版為「又驚又喜又羞」。
38 初刊版此下有「喬治・H・D・周則同證婚的法官認真地談論著些什麼。」。
39 「一隻」，初刊版為「一雙」。
40 「台灣」，初刊版為「國內」。
41 洪範版以此「附記」合併初刊版分列的「聲明」和「註」的文字內容，初刊版為：
□聲明：本文係虛構故事，倘有與某人之事跡雷同者，則純係偶合，作者概不負責。
□註：*引用李魁賢譯文，載詩刊《笠》第十三期「里爾克詩選4」。

ASA·NISI·MASA[1]

看了熱烈期待過的《8½》，覺得菲德瑞柯·費里尼誠不失其為大師，而且是一個極其狡猾聰慧的大師。思路精細，善於在知識的問題上操作鋒利的解剖刀，然後發而為冗長底議論的知識分子們，出奇不意地在這個片子裡，受到費里尼的一種帶著義大利風底惡戲的嘲弄，而無可奈何了。記得我曾為《劇場》季刊翻譯過一篇訪問費里尼的文章，於今回味起來，費里尼實在是一個極端能言善辯的人。所以，當他預先學舌地說：「礦泉上的白衣少女，是純潔、救贖……的象徵嗎？」；「兒時回憶的那段戲，是很富於鄉愁的，可是……。」；「我們取消象徵主義的時候已屆，刻不容緩！」的時候，我們實在不得不為他的那種雄辯者的狡猾，無可如何地笑了起來。

然而，費里尼的這種惡戲的表情，似乎並不讓人覺得他在從根本上否定喋喋不休的批評（criticism）。關於批評和藝術作品之間的關係，大約已經有眾多而繁瑣的理論。但批評和創作之間的差距，則誠然是批評和創作家都在私下感到萬分苦惱和尷尬的問題罷。尤有甚者，費里尼裝出一副比較嚴肅的臉孔，訴說創作家們非常陰私的問題，就是他們一向故意遺忘的創作上的偽善性。

包括藝術家在內的知識分子們，總是慣於用一種悲憤底先知或者使徒的姿勢，去審判人和他們的世界：關於人的背德、核武器、戰爭與和平、天主教、道德、越南戰爭、第三世界、自由民主、性以及愛之不在，等等。但是在很多的時候，這種自以為義(self-righteousness)底背後，卻包庇著他們自己在生活上和道德上的弱質。這一道德上之偽善的二元性(dualism)，也是許多知識人在非常之隱秘的時刻，感到十分之困惑和尷尬的罷。費里尼的這種惡作劇的誠實，給予常常被理論癖沖昏了頭的批評家——知識分子——們，以一個正中要害，但又傷人不重的一擊。據我想，他們除了抓抓後腦杓子，然後無可奈何地笑笑之外，實在是無計可施的罷。

像這一類精巧設計的狡猾，在整個片子裡，簡直俯拾即是。而我們之所以一點兒也沒有被這種狡猾所激怒底原因之一，恐怕便是他這種狡猾所彰顯的那份令人歡喜的聰慧。納粹德國的集中營；中世紀基督教的宗教裁判；羅馬時代的議士和奴隸，都被他以一種極其優美的畫面，自自由由地採用了，令人難忘。費里尼在他所要的處所，恁意塗上他所喜愛的顏色。他曾說電影之於他，是一種歡樂，而且便是他生活底本身。看來這話又似乎不止是一種雄辯而已了。可是，儘管他也曾極力地辯護，說他事先一直不曾讀過普魯斯特和喬哀斯，然而何其不幸地，不論我們怎麼不去想它，也終於不得不想到意識流啦，伊蒂柏錯綜（Oedipus Complex）等的問題來。實際上，由於費里尼用了那種友善底惡戲的調子，我想是不可能還會有人這麼不通人情地去孜孜於揭發他受了某派某人的影響底事實罷。費里尼的這一份狡慧，差不多一下子就討了人們底歡心。而這本身，便又是他之所以狡慧之處了。

■

在惡夢一般的第二次世界大戰以後，義大利以新寫實主義的電影，震撼了全世界。而菲德瑞柯．費里尼則自稱不論在他的理論和實際上，都不是新寫實主義者。他控訴新寫實主義已經「步入下坡」。因為在新寫實主義的電影裡，「衣衫襤褸、娼婦骯髒的衣物、不幸與貧苦……被不停地加以渲染」，所以它實在是一種「無知而又極其靈巧底欺詐」。除此以外，他似乎一有機會，便要極力批評新寫實主義電影的觀點和方法。那麼，什麼是費里尼自己的電影思想呢？

《8½》的戲劇動作是：電影導演圭多（Guido）的創作生活之從迷茫到得勝的經過。同這個戲劇動作相對應的意念，也是十分明白的。費里尼曾說：「人生最重要的事，是不斷地去悟到自我，不斷地去確證人在按著他自己的感覺，而不是支借來的格言生活著」。人們之所以迷茫而失落了快樂，是因為一切「體制、教育甚至宗教」一類的東西，都在派發給我們某種理念或格言，要我們這樣或者那樣。然而「到頭來由於我們畢竟沒有這樣或者那樣」，而「決定了人們永恆的失悔、痛苦、恐懼與挫敗」。圭多終於悟出了這個道理，決心「按著他本然的樣式」，「帶著淚、帶著怨懟、醉酒和激情，痛快地生活」，「而無懼怖」。這些話，和圭多在片終的一段心靈的獨白，在大體上，是互相一致的。

把人類不快樂的原因，說成是「本然」的「自我」之失落，實在絲毫沒有獨到的地方。我們可以在古老的禁欲主義宗教和哲學裡，以及近世的空想的社會改革派中，找到差不多的看法。這麼一來，其所據以提出的解決，也自不免流於空玄的了。圭多在那神秘的頓悟之間，得到了勝利和解決。他決心像導演馬戲班的小丑樂隊那樣，「一面創造，一面生活著」。倘若這只是限於一個電影導演對於他自己的藝術觀和世界觀的解決，則因為它完全是屬於個人的私事，便沒有什麼可以議論的地方；然而倘若要當作一種普遍世界觀而予以詮譯，予以宣傳，那麼希望每個人都通過這種神秘的頓悟，而得到人生無非是一個大馬戲團，應該各按各的角色，快樂地舞之蹈之的這種糖衣了的定命論的結論來，則作為思想家的費里尼，是十分令人遺憾的。問題似乎還並不止於此。據費里尼說，他是十分了解電影底侵略性的。電影以它特有的條件，直接而迅速地影響了觀眾的判斷、好惡、道德和知識。因為這個緣故，費里尼的電影不願意提供一種「集體的解答」，或者「教條式的解答」。對於費里尼來說，「去創造一種誠摯的告白，而止於觀眾開始思考之時，是比較誠實而且道德的」。固然，這樣的原則，就一個方向去看它的時候，自有其很可尊敬的地方；然而依循費里尼的一定的作用力而運動了的觀眾，即使這作用力果而「止於觀眾開始思考之時」，也終於因為慣性底緣故，不得不繼續向著一定的方向去運動的罷。這又足以見費里尼極端的狡慧之一端了。

事實是：不論使用如何雄辯底語言，都不能否認這麼一個簡單的事實，此即：在這個世界上從來沒有、而且將來也不會有一種抽象意義上的「獨立底個人」。人和他的勞作，自始便是一定條件下底結果，這結果又以一定的規範，去作用——或善或惡地——於那些繁瑣的條件。也因為這個緣故，一個人以及他的意念，便不得不是宗派性的了。大師菲德瑞柯・費里尼在排他性地批評了新寫實主義的那個片刻，便創立了他自己的宗派。而且最重要的是：這個宗派絕不僅限於一個孤立的費里尼，而且具有一個普遍性底意義。

果不其然，《8½》使用了一種「誠實的告白」，對於電影導演、批評、電影之作為企業以及他個人的偽善，做了十分精緻而狡慧的嘲弄。但想到這種高級的笑談（a piece of very sophisticated jock）底背後，竟而包藏了另外一種「靈巧底欺詐」，則似乎便不能為了一種知識上的享樂所帶來的一脈溫情，把我們給弄得懶於思考了罷。我們止不住不想：在西歐世界日益濃厚起來了的東西綏靖主義和多元化的傾向中，費里尼在電影思想和作風上的這種萎化底姿勢，固然是其來有自罷，也不能不為義大利昨日新寫實主義的偉大傳統底廢頹，扼腕嘆息了。

■

我們自然不是不曾讀過有人謂費里尼「不是一個思想家」，而且他在將電影「知識化的時候」，總是「最差」的。似乎也還有人說：「費里尼早期影片」之所以「了不起」，正是因為它們「完全避免智識化」的緣故。這些批評，或者並不無過於苛酷之嫌的罷；但就《8½》看來，則似乎也並非全無根據的。費里尼預先在這部片子中，藉著那位尖刻的劇作家說：「你的大毛病是影片裡缺少意念。它沒有哲學根基，它僅是一串無意義的片段。」然而這卻依然不能阻止人們誠懇地去尋找他為我們帶來的信息（message）。考其原因，是因為這部片子——除了它在意念上底弱質之外——實在拍得太美麗動人了。看過它的人，料必永遠忘不掉許多撼動人心的畫面，譬如納粹的毒氣室和集中營的映象；頹廢的古塚；白衣黑傘的修女們的行列；幼年回憶中的海濱；耶穌像下的小學廣場；宗教裁判的暗喻；蒸氣浴室中羅馬貴族和奴隸的映象；以及由一扇窗子啟閉的天人之界，在在都為我們留下終生難忘的欣賞的歡樂。費里尼的天才所創造的這些「視覺譬喻」，倘若我們能夠不勝惋惜地視費里尼為一個單純的stylist，則他給予我們滿足和快樂的這些成績，實在已經非常值得讚美的了。

而在這麼些令人感激的諸映象中，關於他對於童年時代所傾吐的一份輕微的感傷和鄉愁，是最令人難於忘懷的罷。我們彷彿覺得拍過了八部片子以後的費里尼，在疲倦的間歇中，使用他已經嫻熟了的技巧，緬懷童年時代的，古舊的義大利；樸拙的，勤勞而充滿了愛心的義大利，裝滿了童年的天真、荒嬉、神秘、恐懼和咒語的義大利。於今，我們方才明白費里尼一而再，再而三地說過的話：「一個藝術家……像一棵樹一樣，就在他生下的地方紮下根」；「一個人最能取得自由地表達的機會之所在」，便是他的「國家」；而且「即使他在他所願表達的事物上，受到環境層層的限制，也是如此的。」

費里尼按著他自己獨有底方法，他獨有的憂悒、神秘、天啟、象徵和詼諧，為他自己的祖國和人民做了詮譯。而且，像他在《8½》裡那樣，回到他自己的祖國，傳統和人民當中，取得了復甦，安息和靈感。當我們看見他怎樣定根在他光榮的祖國義大利——令我們想起驚詫的佛羅陵斯、文藝復興、大羅馬帝國的世界，基督教的龐大而古老的神職階級體系，墨索里尼，共產黨，集中營，抵抗運動，歌劇，娼妓，舟子底歌聲的義大利——吸取她的豐富乳汁，安隱在她母性的懷抱，便不禁令我們想起泛在於我們這裡的知識分子中間的那種令人悽苦的「沒有根連的感覺」(a sense of alienation)。所以，倘然《8½》能夠正面地給予我們什麼，則恐怕便是費里尼的這種童稚的，神秘的，感傷而又懷鄉病的咒語：

ASA・NISI・MASA！ASA・NISI・MASA！ASA・NISI・MASA！

註：文中引用的話，詳見《劇場》季刊第四期中有關費里尼的各篇文章。《8½》能在台北上映，《劇場》季刊的宣傳勢必有它一定的影響。在這裡，除了對勇氣可嘉的片商致敬以外，對於飄搖掙扎中的《劇場》季刊，表示深切的關懷。

初刊一九六七年一月《文學季刊》第二期，署名許南村
收入一九七六年十二月遠行出版社《知識人的偏執》（許南村著）

1 本篇為對義大利導演菲德瑞柯・費里尼（Federico Fellini）於一九六三年執導的電影《8½》之影評。

第一件差事

學校一畢業，我就調到這個小鎮上來，到現在已經快一年了。今天早上，佳賓旅社的少老板沒有敲門就闖到我的臥室裡。我的新婚的妻子吱的尖叫起來，忙著抓被子蓋在身上。這使我十分生氣了。少老板的臉色驚恐，慌忙退到客廳裡。我穿上長褲，走出臥室，順便把臥室的門帶上。妻已經在裡面罵起來了：

「冒失鬼，死人！」

我也因為十分生氣，所以也知道自己的臉上一定不甚好看罷。

「對不起對不起，」少老板一手護著心，哭喪著他的小小的臉說：「對不起對不起。」

「你這是幹什麼，啊[1]？」

「實在是這樣的。……」少老板說。

「死人，冒失鬼，死人！」妻在裡面說。

少老板用一種極其無告的眼色看著我。他說：

「對不起，杜先生。我太慌張了。我們旅社死了一個客人。」

「一個客人死了？」

「哎，死了一個客人。」少老板說：「你一定要來看看。」

我吩咐他保持現場，他便走了。雖然不太應該，我開始覺得有些興奮起來，怎麼[2]擺平它都不成。我走進臥室，在衣架上取下新發下來的凡力丁制服。妻捶著床鋪，嚷著說：

「那個冒失鬼，你一定要把他逮起來！」

伊的微微發紅的頭髮散落在枕頭上。我走過去親熱伊。伊還說：

「那個死人！」

「他們旅社裡死了一個客人。」我說。

妻突然又吱的尖叫起來，把我推得遠遠的。妻瞠著伊的不大的，卻因睡得飽足而發亮的眼睛看著我。

「你是警察的妻子，」我微笑著說：「這是我的第一件差事。」

「嘔。」妻說。

我彎著身體對著鏡子，看看是否需要刮刮鬍子。我看見妻低著頭抓著散亂的頭髮。伊說：

「嘔，嚇死人。」

我老是沒忘記在學校的時候尉教官講的一句話：偵辦案件是一種藝術、一種哲學、一種心理學、一種方法學……。我立意要做一個好的警察，這些，妻是不懂的。

「這是我的第一件差事。」我說。

制服是新挺挺的，可惜帽子卻是舊的。現在妻躺在床上，架起眼鏡讀著小說。

「早點回來，」伊說：「嚇死人。」

「哎，偵辦案件，是一種哲學，一種……。」

我說。可是這些，妻自然是不懂的。

縣裡的上級來到的時候，大約是下午六時左右。我把一切資料都弄好，呈給上級。上級說：[3]「很好，很好。」

「這是我的第一件差事。」我謙恭地說。

上級又說很好。他開始讀著我提供的簡單資料。

「胡心保，三十四歲。」上級說，很職業性地舒一口氣。

「是的。」

「一定有什麼原因。」上級說。[4]

「職業很好……，跑這麼遠來找死！」

「是的。我想一定有什麼原因。」[5]

上級說，他把資料攤[6]在桌上，站了起來。現場的房間裡雖然點著日光燈，總是還有些幽幽的感覺。胡心保那個死了的男人仰睡著，口沫從左邊流下來，把睡衣的領子和枕頭都弄溼了。李法醫掀開被子，在死人身上的這邊那邊摸弄著。上級啣了一支菸，我趕忙給點上火。

那個死了的男人終於給脫得一身精光。他是很好的一條漢子。大概是生活寬裕的緣故，才三十出頭，便在他的乳黃色的肚皮下面積蓄了一層很甸甸的脂肪。然而卻依舊看得出他從前定必是個筋骨結實的傢伙。他的臉看來彷彿有些羞澀的樣子，低垂著重厚的眼瞼，弄得我怎麼也不敢正眼去看他的似乎很纍纍的男性。上級抽著菸，輕輕地、簡捷地咳嗽起來。他說：

「跑到這裡來住幾天了？」

「三天了。」我說。我實在深怕叫上級看見我這樣被那個死屍的似乎羞恥著的表情給弄得很不安定的未熟練的心情。好在上級只是注視著那一具白色的屍體，細聲說：

「很好。」

李法醫沒給那死了的人穿上衣裳，就給蓋上被子。那個樣子在恍惚之間，就彷彿那死了的人只不過是睡著罷了。我學會了光著身子睡覺，是婚後的事。所以這個光景忽然使我有一種很是異樣的感覺。李法醫脫掉膠手套，拿起床邊的小小的青紫色的藥瓶，在日光燈下來復地照著。上級說：

「自殺的？」

「沒有他殺的痕跡。」法醫說。

「很好。」上級轉過來對我說：「一定有什麼原因。」

「一定有什麼原因。是的。」我立刻說。

「你說，這是你第一件差事？」

「是的。」

「那麼，」上級說：「那麼很重要的。」

「我要努力學習。」我肅然地說，遞給上級一支菸。上級說不要了。我把菸遞給法醫，他說謝謝。我為他點上火。上級把我的資料拿起來左翻右翻。

「這些人是你的線索。」上級說。

「是的。這三天裡，他們曾經跟他談過話，有了各種不同的關係。」我說：「這裡的少老板；一個體育教員，此外，就是一個叫林碧珍的女人。」

「交給你去辦了。」上級說。

「我一定盡力，一定盡力。」

上級伸出手[7]握住我的。我感覺到他的溫柔的握力，心裡十分地受了感動。上級坐上他們的紅色吉甫車，在蒼茫的暮色中開走了。上級在車上揚揚手，我在佳賓旅社的走廊下立正敬禮。許多人圍在路上，一個膽子比較大的農人問：

「杜先生，出了什麼事？」

「什麼事？命案啦。」我說。

「命案呀，」農人說：「什麼命案子？」

「少嚕嘛。不怕他跟你回家去？」

農夫連忙在地上吐口水。他說：

「跟我回家？去他的，去他的！」

人們嘩嘩[8]地笑起來，為我讓出一條路。天上開始不經意地點上稀稀落落的早星。我忽然有一點惦著家裡的女人了。然而這是我第一件差事，是很重要的。我對他們說：

「回家去吧，沒什麼熱鬧的，都回家去！」

1

第二天早上，我特地為胡心保的案子立了一個專門案卷。協助我的周警員說：

「昨天晚上，同林里長弄到十一點才完事。他太太真漂亮。」

「誰的太太真漂亮？」我說。

「那死人的。快九點半，他們才到，連夜運回去。」周警員說。他把一支菸啣在他的肥厚的嘴唇上。他說：

「他[9]有什麼事想不開？」

我弄好卷宗，夾在脇下。我說：

「我到佳賓旅社去一趟。」

周警員機械地站起來，戴上帽子。我連忙說：

「我一個人去得了。」

周警員又機械地坐下來，脫下帽子，擺在桌上[10]的右上角，用心地擺好。他漫不經心地說：

「什麼事想不開？那麼好看的老婆。」

外面是個大好天，一晴如洗。[11]

佳賓的少老板劉瑞昌依舊哭喪著臉。但是他還會忙不迭地說：

「杜先生您來。請坐請坐。」

「不客氣。」我說：「又打擾你，請你幫忙。」

他們的房間只用三夾板隔開的，倒是剛又刷新過的樣子。靠床的那面牆上，貼著一張陳舊的外國裸女畫。

劉瑞昌掏出一支香菸給我，又為我點火。他的瘦巴巴的手抖得厲害，使我禁不住笑了起來，竟把他的火給吹熄了。他重新劃過一支火來，手依然抖個不住。

「劉先生，沒事兒，你寬些心罷。」我說。

「叫我怎麼寬心，」他說著，便勉為其難地笑了起來，然而怎麼也笑不掉他一臉上的喪氣。

「有個人揀到我們這兒來死，你說，霉氣透了。」他艾艾地說：「這下生意都給壞了。」

劉瑞昌這個人似乎在一夜之間[12]瘦了許多。他的臉因此顯得有些彎曲，像隔夜給露水泡過了的燒餅。我打開卷宗，把半截菸擠死在菸灰盤子裡。

「你又不是沒有看過報，」我說：「人家的旅社裡給扔了手榴彈，打巴拉松，把人割成一截截的。生意還不照做？」

他用細小灰暗的眼睛望著我，細心地說：

「哦唷，哦唷。」

「現在，少老板，」我說：「你再說說，他怎麼來，怎麼住……。」

劉瑞昌把身體坐直起來，兩隻手互相握著。他看看我，努力地微笑了起來。他討好地說：

「我昨天統統說了：他那天下午上我這兒來住。——我得從哪兒說起呢？」

我開始有一點生氣了。我翻著卷宗，說：

「他是十六號那天來的。大概[13]下午四點鐘左右。」

「是是。」他十分認真地說。

「你說他來了，要房間。他看了幾間，都不甚滿意。」

「是是。後來他就說：你們這兒房間都不好。這樣。」

「嗯。」我說。

「後來我給他開那一間。那間的床是新的。但他並不認為很好。他走向窗子，打開它。他站在那兒看水渠上的小水泥橋。他說那橋很好看。」

「好。」

劉瑞昌欠過身來，伸著脖子說：

「你說什麼？」

「不，你說下去。」我說。

「他說那橋很好看，他要那間房[14]。他開始脫下外衣，解開領帶。我就想離開。我向他要身分證登記。他問我這裡叫什麼地方。我就告訴他這裡叫什麼地方。我看他的身分證，我說你老遠跑來的呀。他說是。我說出差來的吧，他說不是。他說是來散散心。」

「嗯，嗯。」

「我心裡想人家是到處旅行玩的，」他說，一層薄薄的悲慼慼罩著他的彎彎的臉。他說：「旅行旅行，到處走走，我說。他打開衣櫃，把衣褲吊起來。然後他瞧著衣櫃裡的鏡子，用右手搓著自己的臉。這個我們不管它，他說：想睡會兒。他就關門睡覺了。」

我們都沉默起來。劉瑞昌看著自己的穿著塑膠拖板的瘦腳丫子。我忽然想到那死人的一雙弓著的大腳板來：白的發青的顏色，香港腳像秋霜似的圈著腳底的肉。劉瑞昌忽然說：

「原先開雜貨鋪子，日子也過得馬馬虎虎。要不改成旅社，就沒這個霉氣事。」

牆上的外國女人笑得很俏皮，但確乎有點邪門兒。我忽然發現板牆上頭很隱秘地挖了幾個窺視的小洞，而且每個小洞都被紙捲兒給塞住了。我從不知道有這樣的惡作劇，就止不住也惡作劇地笑起來。

「是真的，」劉瑞昌說：「這個小鄉下，旅館真是沒什麼弄頭。有時候一兩天都空著，一點進帳沒有。真的。」

「哎，你寬寬心罷。」我說。

「我們世代都是守法的良民。」他頹喪地說：「不圖什麼飛黃騰達，也不去碰這種霉氣的事情。你看。」

他的灰暗的眼色因著煩惱而愈發灰暗了。我有些嫌惡起來。我說：

「曾有一個女人來找他？」

「那是最後一天晚上，」他低聲說：「杜先生，伊指名道姓地說來找胡先生的，絕對是外頭來的。我沒有叫女人給他，我發誓。」

「去你的。」我說。

「是是。」他說。

「他對你說：人活著幹嘛……不是，他對你說：人為什麼……。他是怎麼說的？」

「是這樣。」他又努力地坐直了身子。他確是個膽小的良民。他說：「但那女的確實是自己來找他的。」

「好。你少嘮叨。懂得罷？」我說：「我曉得你是好人，我怎麼不曉得？你老大種田，你弟弟上城裡做工。安分守己，很好。我怎麼不曉得。」

「是是。」他低聲說。

「下次不要替客人叫女人就好了。我來了結那死人的案，我問你什麼，你儘管說。你說：他怎麼說的？」

劉瑞昌俯著上半身聽著，連連點著頭。

「是這樣，」他謙遜地說：「那時候，他說你這兒生意好罷。我回頭看見他睡在床上，背對著我。我說小鄉下，怎麼會好。哦，他說：那你怎麼辦？那我怎麼辦，我說：還不是這樣一天過一天。他說：一天過一天[15]，我都過得心慌了，他說。我心裡好笑，就笑了。他翻過身來看我，那樣子也沒什麼特別，只是他的兩道眉毛好濃，對罷？」

「嗯。」我說。

「我跟他說：你年輕有為，賺的是大錢，沒有事到處旅行旅行，日子還不好過？他笑了起來，就是那麼淡淡地笑著。他嘆氣說：哎，年輕有為，可是忽然找不到路走了。他又淡淡地笑。」

「他說找不到什麼了？」我說。

「他說，他找不到路走了。他笑著這樣說，笑得叫人好放心，你不知道。然後他忽然坐起來，交架著他那兩條瘦長的腿。他說：你們這裡的床一定有臭蟲。我說：笑話笑話，尤其你這張床是新的。他又淡淡地笑，用左手摸著沙發床。他說：其實有沒有臭蟲，都沒關係。他開始用右手在他背上抓癢，把寬闊的胸脯挺起來，像一隻鴿子。」

他說著，把他自己的窄小的胸也挺了出來，因此在胸前的口袋裡摸出長方形的金馬牌香菸盒兒。這樣，他看起來又瘦又小，而且滑稽得有點討厭。我說：

「那句話他是怎麼說的？……人活著……怎麼說的？」

「他是這樣說的，」劉瑞昌說：「他說有沒有臭蟲都沒關係。——你聽我從頭說，你就知道啊，誰會曉得他是尋死來的人？」

現在我開始有些心煩起來。他講話就是這樣沒有要點。此外，我真想抽支菸，卻不幸自己忘了帶在身上。我無奈地說：

「嗯嗯。」

現在他又佝僂著他的身子深深地坐進他的椅子裡。窗外的陽光輻射在他右側的身上，叫他看來又戒懼又灰暗。

「有沒有臭蟲都沒關係，他說。他就是那麼樣一會兒用右手一會兒用左手去抓背上的癢。」他嘔嘔地說了：「有關係的是，他說。昨天我還在拼命趕路，今天你卻一下子看不見前面的東西，彷彿誰用橡皮什麼的把一切都給抹掉了。他還是淡淡地笑，笑得你一點都不擔心；一點兒都不。杜先生，這是真的。我這人什麼都沒用。但察言觀色，我是會一點的。」

現在我真想抽支菸。劉瑞昌這個傻瓜蛋還說他會察言觀色。我笑了起來。劉瑞昌用他那種單薄的、發愁的聲音繼續說：

「他就是那麼淡淡地笑。——哈哈——這樣子。他現在不去抓背上的癢了。他走到那扇窗前，默默地站著。我曉得他在看那座水泥橋。橋的兩頭都有燈，他說。我說這頭的燈早壞了，不亮。那頭的，一到入夜，就照得通亮通亮。」

我開始佯做在口袋裡摸菸的樣子。但是劉瑞昌卻自顧自說著：

「他舉起兩隻手攀著窗櫺。他是個很高大的傢伙，對不對？」

「對。」我乏力地說。

現在他看見我摸口袋找菸抽的樣子。他遞給我一支，又為我點上火。

「真高大，一看就是北方人的身架。他的身分證上說他在一個洋行裡當經理。年輕。你瞧，誰都算不出他是尋死來的。」

「總是有原因的。」我因為香菸的緣故一下子舒暢起來了。我說：「為事業，為愛情，為金錢，總得有一樣。你還是說他那句話怎麼說的罷。」

「你看罷。」他說：「他就站在窗邊兒，高舉著兩手攀住窗櫺……。」

「你昨天告訴我他說了句什麼話。」我惱火起來了。我說：「你先說他怎麼講的。我們總得找出一點他尋死的動機對不對？」

「是是。」他說：「他站在窗邊，他說了：人活著，真絕。他說的。」

「人活著，真絕？」我說。

「人活著真絕。他說的？」[16]

「你昨天不是這麼說的？」[17]

「我還能怎麼說。」

他說。這個灰暗的膽小的傢伙生氣起來了。

「我還能怎麼說？」他悒悒地說：「我談起這些，使我覺得彷彿他還活著。他太不應該，為什麼找到我這地方來尋死？」

劉瑞昌顯然激動起來了。他一定被這種事給嚇壞了，我想。

「好罷。」我乏力地說：「人活著真絕——怎麼個絕法兒。」

「是呀，怎麼個絕法？我問他。他說：那個橋兩頭點著燈。我說只有那頭的燈亮，這邊的壞了。它看來太像我記得的一座，只是沒有兩頭點燈，也這樣地弓著橋背，像貓一樣。他說。他在茶几上拿起一包菸，給我一支。好漂亮的盒子。是美國菸，我真樂呵。他悶悶地抽了一陣。那時我才十八歲，他說。他又那麼淡淡地笑起來。大夥兒連日連夜橫走了三個省分，他說：有個晚上，沒月亮，卻是滿天星星，像撒了一地黃豆。前頭說：今晚大家可以睡睡；一夥兒便一個個躺下來。我於是在星光下看見一座橋，像它那樣弓著橋背；那時候有個十四歲的小男孩一路跟著我，我對他說咱們到橋下睡，夜裡也少些露水；他說好。但他兩腳一軟，就癱在地上；我拉拉他，才知道他死了。說到這裡，他又笑了，就是那樣。他說：當天[18]大家全睡了，只有我一個人終夜沒睡，我一直看那座橋的影子，它只是靜靜地弓著。他說。」

我開始感覺到我只是在跟劉瑞昌這個傻瓜浪費時間罷了。

「這件案子是我第一件差事，」我鄭重地說：「我得做好它。這是很重要的……。」

「哦哦。」他說：「所以我願意詳細向您報告呀！他說第二天去瞧瞧那座橋。我一出了他的房間，他就熄燈睡覺了。」

「那麼算了。」我困惑地說：「可是我仍然記得你告訴我他說了一句什麼話。」

「第二天大早他就出去了。我看見他朝著水渠的小橋走去。那天他直到夜晚才回來。」他說。他站了起來，打開窗子。天氣開始有些燠熱起來。在窗邊的日光中，他看起來極其憔悴。他為自己點了一支菸，他的手指好猥瑣地發抖著。

「杜先生，」他說：「第二天他回到旅社來，說他在小學運動場上打了半天的球。」他還是那麼無表情地笑，「你一點也不會擔心他，杜先生。」

劉瑞昌望著窗外。不十分乾淨的雲朵兒均勻地拓滿了整個天空。我忽而想起家裡的女人早上買了一條兩個手掌寬的白鯧魚[19]。伊會在魚的身上擺上兩片斜切的殷紅色的辣椒，端在飯桌上。

「杜先生，」他依然看著窗外。他說：「杜先生。然後他向我要水洗澡。他打了半天的球了。我對他說你就是喜歡運動，怪不得你身體棒。他笑笑，就是那樣。然後他說：人為什麼能一天天過，卻明明不知道活著幹嘛？」

「就是這句話！」我大聲說：「人為什麼……你說說看：人為什麼——」

劉瑞昌這個少老板猛地喫了一驚。他慎慎地說：

「人為什麼能一天天過，卻不曉得幹嘛活著。大概是這樣。」他說。

「……人為什麼能一天天過……。」我沉吟著說。

「大概是這樣。」他說。

我開始很困乏起來。胡心保那個死了的漂亮的男人，原來大約並沒有什麼太大的道理罷。我想起他的似乎有些羞恥的死屍的表情；想起厚厚地緊閉著的他的眼瞼來。很偉岸的一個身體，一點兒也沒有飢餓、敗落、憔悴的意思的形貌。然而這卻是我的第一件差事。

「現在，」我說：「現在告訴我第三天的情形。你說他去理了髮。對罷？」

「對的。」他憂悒地說：「第三天一大早就下雨。你記得。」

「嗯。」

「一大早就下著雨。他醒來的時候，到櫃檯來取報紙。那時已快十一點了。早上下過雨啦？他狀似愉快地說。然後他站在檯邊翻報紙。我請他在椅子上坐著看，他笑著說不必了。他了了草草地就翻完了報紙。——報紙沒什麼看的，你曉得，總是說美國的飛機去轟炸的事，每天每天——。他把報紙還給我。好久沒這麼熟睡過了，他說，摸摸他的長滿了鬍渣渣的下巴。下午出去看看你們的街——『你們的街』，他說。我問起昨天他去看那座水泥橋的事。那時我才十八歲，他落寞地說：嘖嘖！他說，才十八歲。你現在也年輕呀，我說：氣色好，身體棒。他朝我那麼淡淡地笑了一下。又過了一個十八歲，他說：想起一些過往的事，真叫人開心。」

「真叫人開心？」我說。

「他說的：真叫人開心。」劉瑞昌慢吞吞地搖著他的小小的、發暗的頭。

「杜先生，」他說：「他就是那樣。你一點都不會去擔心他。你該為我美言美言。誰也料不到[20]他。他那麼處心積慮地尋死來的，你便什麼辦法兒也沒有，杜先生。」

「嗯。」我說：「然後他去理了髮。」

「是是。」他說：「他漱洗，吃午飯，然後出去。約莫八點鐘的時候，有個女人來。有沒有一個胡心保先生住你們這兒？伊說。我說有哇。我是他朋友，女的說。我說，哦，可是他現在不在，出去了。我去他房裡休息，女的說。他看我不放心，笑著說，你把我反鎖起來不就得了？我也笑了，就讓女的進去。他回來的時候，我看見他新理的頭。我說你理髮了，他沒做聲，只抓抓他的新頭。我說有一位小姐在房間裡等著他，他便匆匆地走了進去。」

就是這樣，我想。然後那天晚上他就死了。

「女人是夜裡三點多鐘走的。我還爬起來開門。他送到門口。我朝他笑，他也笑，笑得有些羞澀。你看罷，杜先生。」

「然後他就死了。」我說著，站了起來。

「杜先生你要為我美言美言。」他懊喪地說：「你得為我美言美言，杜先生。他用過的一床被，他的房錢，我都損失定了。」

我在卷宗裡拿出一個信封袋給他。

「他留給你的房錢，」我說：「他留下的。」

他怔怔的望著信封袋。上面寫著「佳賓旅社」，封口是開著的。我開始很惦念著一定有一條兩個手掌寬的白鯧魚的午餐了。

「這事不干你，老板。」我說：「我不是說了嗎？在旅館裡分了屍，殺了人，爆了手榴彈……，都不影響生意的。」

劉瑞昌怔怔地站著。我戴上帽子。夏季的新帽下半個月就要發了。

「他彷彿就還呆在那房間裡[21]。」他低聲說：「人本來就是賴著過日，死賴著。」

「這是他說的嗎？」我說。

他瞠著灰暗的眼睛，望著我。他說：

「是我說的，」他憨憨地笑皺了他的灰闇的小臉：「我已賴了半輩子了。好死不如賴活。」

「好死不如賴活。」我說。我有一種下了班的愉快的感覺。劉瑞昌數著鈔票。他不住地低聲說：

「好死不如賴活……。」

於是我便走了。劉瑞昌在後面一點也不熱心、念咒似地說要我吃了午飯走，等等。天氣依舊悶熱得不堪，所以肚子就分外地餓起來了。

2

那個小學的體育老師叫儲亦龍，四十二歲，北方人。

下午三點鐘的時候，我掛了個電話到學校去。

「……這是我的第一件差事，」我在電話裡說：「您是安全方面的老先進，我要向您好好學習。」

他的遙遠的聲音呵呵地笑了起來。別客氣，別客氣，他說：那我就在這邊候駕啦。

儲亦龍先生坐在體育室裡等我。他長得精壯，卻並不高大。我敬他香菸，他替我倒茶。外邊的教室傳來朗朗的讀書聲。

「那天早上我在操場上打球。」他說，望著窗外。窗外就是半舊的籃球場。一個矮小的女老師帶一群低年級的學生懶洋洋地做體操。他們左右地晃著小手，彷彿想甩去一身黏黏的陽光。

「我看見他從後面稻田裡走來。然後他就站在那兒，那一排矮籬笆外面。」他說：「然後他從後門走進來，站在球場旁邊的樹底下。」

球場旁邊有一棵苦苓樹，瘦楞楞地站著。

「我們誰也沒找誰講話。我打我的，他看他的。」他說：「我投了個好球，他就笑。呃，我心裡說：這個人也懂得打球。你找哪一位呀，我邊打邊說。散散步，他說：我打橋那邊兒來的。」

「那座橋兩頭兒有燈，一邊的燈壞了，一邊的還亮。」我說。

「對了。」他說：「我說：下來打兩個球罷。早就不打了，他說。然而他已經脫下外衣，走下場子裡。我傳給他一個球，他一接，一個反身上籃。球沒進。可是啊，同志，那個姿勢真漂亮，真漂亮。」

我一向是個體育的劣等生。然而我卻讚歎地說：

「哦哦。」

「我們倆就在場子上鬥起牛來了。」他說：然後他把聲音壓得低低的：「我老實告訴你罷，同志。他球打得真是不錯。我們一直玩到人家要在場子上上課。他要走，我沒讓他走。我請他到福利社喫冰。然後我們就在這裡坐，像現在這樣。不過我坐你那兒，他坐我這邊。」

然後他笑起來。他的黝黑的臉分不清是因為油光或汗水而發亮著。所有弄體育的都是這副模樣兒。窗外邊的矮籬上，牽牛花兒開著，到處綴著紅的、紫的小銅鈴般的花朵。

「這我們就聊起來啦。」他說：「我跟他說：你的球打的真好。他笑了，似乎有些羞澀的樣子。早就不打了，他說：打打球，真好。我走過去打開電風扇，讓它在我們之間來回地吹。打打球，最解悶了，我說。」

「是的。」我附和說：「最解悶兒不過了。」

「一上球場，你什麼都給忘了。」他怡然地說：「兩年前我兒子死了，我才又猛打起來。」

「噢。」我敬畏地說。

「老實告訴你罷，同志。」他迫切地說：「我那個兒子，真好。我今天老實告訴你：他真是好孩子。」

「是的是的。」我憂悒地說。

「書念的好，規規矩矩，又知道輕重。」他說著，卻一點兒也看不見愴然的顏色。他接著說：「想想我在他那個年紀，哼！不知享了多少福。我今天老實告訴你：我二十歲當了鄉長；二十歲。出門的時候騎著白馬，前後都跟著兵；前面一個班，後面一個班。這不是吹牛的，同志啊。」

「是的。」我謙遜地說。

「要什麼有什麼。」他笑起來：「要什麼有什麼。後來我到上海來讀書，才玩上體育。開始我是玩足球的。全中國的球隊比賽。真夠味。」

「是的。」我笑著地說。

「還有。——你去翻翻當時的舊報紙罷。」他說：「那時全上海比賽跳舞。我是探戈的第一名。」

他呵呵地笑起來。然後他說：

「可是我那兒子呢？帶他來的時候，他只三歲。然後他跟我過了一小輩子苦哈哈的日子。風水流轉，我的日子早過去了。兩年前他被車子給撞死了。我心頭真悶，就打起球來。一上球場，你把什麼都給忘了。」

他為我篩上茶。我又敬他一支菸。我說：

「您請節哀罷。」

「噢，沒什麼。」他說，兩隻手互相搓撫[22]著兩支黃銅色的胳臂：「我沒有為兒子淌過一滴淚水。」他微笑說：「你猜他怎麼樣說？」

我捉摸了半天，說：

「誰怎麼說？」

「就是那個人。我也同他談起我那兒子。你猜他怎麼說？他說：活著也未必比死了好過；死了也未必比活著幸福。這話我很受用。我在想：我沒有為我那兒子淌過一滴眼淚，大概也就是一直這麼想的罷。」

「過去了的事，」我說：「少去想它罷。」

「他跟你不一樣。」他又呵呵地笑起來了：「他怎麼說的，你猜猜。他說，想起過去的事，真叫人開心。」

「噢。」我說。

「你不曉得的，同志。」他喝了一口茶，小心不去喝那麼些漂浮的茶葉，他說：「你不曉得。你還年輕，太年輕了。」

「是的。」我抓著頭皮說。

「我今天老實告訴你罷。」他慎重地說：「今天，我們都不能提啦。我不說我自己，說他好了。他告訴我他家開的是錢莊。早上從前門進他家，等到你從後門摸出來，太陽已經落啦。你信嗎？——我是信的。」

他眈眈地注視著我，輕輕地點著頭。我連忙說：

「我也信。」

「後來他同他的同學，整個學校往南邊跑。他告訴我的。他家三代就只傳他那麼一個男丁。十多歲了還被抱在膝上餵飯吃。他說的。但老子臨走的時候[23]，在腰帶上為他串了沉甸甸的金子，他說的。還有一條上好的蒙古毯子。可是他們沿路趕程，也就沿路摔東西。有一天晚上，他把腰帶鬆下來，往河裡一抽，一串黃澄澄的金子就沉到河底去了。——這都是真的。」

「噉噉。」我惋惜地說。

「然後他告訴我怎麼打起球來的。」他說：「他到台灣來了，一夥兒等著編隊。那時候環境不好，他說：差不多每天都有同學病倒的，死掉的。我在廣州的時候，他說：親戚給了我幾個銀元。一半買了香蕉吃掉，另外的就是買球玩。沒日沒夜的打，他說：這樣，也便忘了想升學的念頭，也把這條命給打出了死亡。他邊說邊笑。想起這些過去的事，真開心，我們說。」

儲亦龍先生把菸屁股往窗外丟。窗外還是滯滯的雲，欲雨不雨的樣子。球場邊的苦苓樹，孤獨地在空漠中做徒然的伸展的姿勢。

「他跟我說：你那兒子，苦雖然苦，也有你這老子給背著，安安穩穩的讀了幾年好書。這話是對的。那時我想：儲家總算出了一個像樣的子孫。我荒唐了半生，這下半生做牛做馬都要供這個兒子愛讀什麼書讀什麼書；愛上哪裡去哪裡。——說起我的荒唐，是說不完的。」他又復呵呵地笑起來了。他接著說：「一半是環境，一半是時代。這也是他說的。風水流轉，他說：所以你享受的，就輪不著你兒子。——也輪不到我。他說。那時我才是個出十九歲的小伙子，他說：心裡不住地盤算：家人寶寶貝貝地送我出來，我又歷盡浩劫而不死，莫非有什麼意義罷。他說。然後小伙子拼命地讀書、拼命地參加各種考試。然而又怎樣呢？他說：我於今也小有地位，也結了婚，也養了個女兒。然而又怎樣呢？他說著，便恁意地惡笑起來。」

「這個人有點死心眼是不是？」我說。

他有一絲絲嫌惡地看了我一眼，旋即一個人微笑起來，使我心悸。

「也許是罷。」他說：「他說於今他忽然不曉得怎麼過來的，又將怎麼過下去。這好有一比，他對我說：好比你在航海，已非一日。但是忽然間羅盤停了，航路地圖模糊了，電訊斷絕了，海風也不吹了。他說得真絕，是不是？」

「嗯，真絕。」我困惑地說。

「我曾經一心為我那兒子努力地生活過，我跟你說實在話。至於這以前，那段享福的日子，我是從來不問這些的。我曾專心一志地對付那些共產黨。我今天跟你說實在話。我混在他們裡面，跟他們面對面，肩膀挨肩膀。對於共產黨，我是不很客氣的。」他說著，兩隻烱然的眼在他的黝黑的臉孔上閃爍著。他說：

「大凡逮到共產黨，就是活埋。——我今天跟你說很實在的話，同志。我曾專心一意[24]地同他們作對。有意思呵，我告訴你。在我手下埋掉的，大約不下於六百七百罷。」

他於是變得很躍躍然起來了，令人想見當年凌厲幹練的氣魄。

「功在國族，真是功在國族。」我肅然地輕喟著說。

「都是當年的舊事了。」他悵然地說：「我兒子落土的時候，叫我沒頭沒腦地想起了那些土匪。我對我自己說，我這半生，什麼事也不問啦。然而，同志，你請注意：我同他是截然不同的。兒子落土那天，我發願不再凌虐自己了。三餐有的吃，睡有個鋪兒，我便不再指望什麼了。我是怎麼也不凌虐自己的。像他那樣。」

「他太死心眼了。」我批評地說。他迅速地瞅了我一眼。在他的眼色中，似乎有一種無法了解的不屑，使我不安。然而他寬恕似地又笑了起來。

「死心眼，不錯的。」他說：「然而他於今死了，又如何呢？昨天早晨，我聽說他死了，使我沉思了半天。我很實在的告訴你罷，同志，他的心情，我是全了解的。我告訴他我那兒子。我一直為那兒子快快樂樂的過日子；為他弄錢，為他自己[25]穿舊的。他一邊聽，一邊在場子上蹦蹦地拍著球兒。然後他聚精會神地瞄準了[26]籃圈兒，一個長投，『唰！』進了。球從籃圈裡墜下，在地上蹦蹦地跳。他瞧著籃球架，說：我有老婆，也有兩個小孩。我一回到家，大女孩[27]總是抱著我的右腿。他邊說著邊看自己的右腿。可是怎樣呢？他說：儘管妻兒的笑語盈耳，我的心卻肅靜得很，只聽見過去的人和事物，在裡邊兒嘩嘩地流著。他說。」

「這真糟，」我說：「倘若一個人只是刻意地追索一件事，久了，他一定會瘋掉的。──是人家心理學上這樣說的。」

「然而我就不是這樣的。」他說：「我那兒子死了以後──唉唉，你真不曉得他，爭氣，要好，規矩。有哪一點像我咧？我那兒子死了以後，我只想著一樣事：現在，我對自己說，[28]為我這個兒子，我忘了過去的氣派，忘了過去的女人：一個在青島，一個在上海。我統統忘了，只剩下我那兒子。然後，他死了，我什麼也沒有，是不是？我什麼也不剩了。」

「什麼都不剩了嗎？」

「什麼也不剩了。」他說。然後他呷了一口茶，細心地嚥了下去。他說：「然而我不是這樣的。我就是不去凌虐自己，像他那樣。我也不希望你像我這樣，他對我說。我在籃底下上籃，球總是不進。他就站在那兒，把兩個胳臂抱在胸前。他說，就算我們都從今天開始數日子挨，我得比你挨長一段，他說著，很和善地笑起來了。聊閒天兒，請你不要介意。他說：我怎麼會介意。我今天很老實地告訴你，同志。從我當小伙子，我就喜歡耍猛鬥狠那一套，喫喝玩樂那一套。所以一旦走絕了[29]，就認了。你說他死心眼，或者不錯的。為什麼？因為他的路走絕了，尚且並不甘心。然而我是不會去凌虐自己的，像他那樣。」

「人就是不能死心眼，對罷？」我說。

「對的。」他肅穆地說：「然而有些事是你不了解的。在我們，經歷了多少變化過來的，你不知道。一些人離散了；產業地契一夜裡頭變成廢紙。風水流轉，我說過：像黑夜裡放的煙花，怎麼熱鬧，終歸是一團漆黑。所以，路走絕了，就得認。而倘若還不認，還死心眼，就得跟他一樣。你說對罷？同志。」

我不甚了然地說：

「對的，對的。」

「可是你呢？」他說，烱烱地盯著我瞧：「你呢？」

「我嗎？」我惶惶地說，幾乎為之色變了。

「你不一樣的。」他寬容地說：「完全不一樣的。你今年多大年紀？」

「二十五歲。」

「二十五歲。」他說。我抑止不住一種羞惡的感覺。我說：

「是的。」

「二十五歲，」他說：「換句話說：二十五個年頭裡，你在這裡長大，安安穩穩，沒兵沒災的。你的親戚朋友都在這裡或者那裡……。你就是這樣當然地過日子，好像一棵樹長著，它當然就長著。」

「像一棵樹嗎？」

他於是又呵呵地笑了。他說：

「這是他說的。那時候，我們不打球了，他走過去取下掛在那棵苦苓樹上的衣服。他跟我說，倘若人能夠像一棵樹那樣，就好了。我說，怎麼呢？樹從發芽的時候便長在泥土裡，往下扎根，往上抽芽。它就當然而然地長著了。有誰會比一棵樹快樂呢？」

「我想他算是個哲學家罷？」

「大概是罷。」他有些躊躇地說：「然而我們呢？他說：我們就像被剪除的樹枝，躺在地上。或者由於體內的水分未乾，或者因為露水的緣故，也許還會若無其事地怒張著枝葉罷。然而北風一吹，太陽一照，終於都要枯萎的。他說的。」

我沒說話，卻一直在捉摸著我是不是一棵樹的這麼一個有哲學意義的問題。校園裡的鐘聲，不曉得是第幾次叮叮噹噹地響了起來。

「大凡路走絕了，就得認了。這樣，或許還有路走，也或許原就沒有路了。」他說：「然而倘若還不認了，就會像他那樣。就是那麼樣。」

我開始收拾卷宗。我說：

「是的。」

「所以，」他說：「同志，這個案子，在我看來，是極其簡單的。像他那樣的事，我看得太多了。」

「謝謝您，同志。」我說，謙虛地握住他的修長的、多骨節的手。我說：「你使我增長了許多見識，真的。」

他的手握得極重，可以想見他曾是一個多麼幹練勇毅的戰士。他呵呵地笑起來。

「這是哪裡話，」他說：「一切全過去了。你英年有為，往後的，全看你們了。」

我在他的似乎有些嘲笑的眼色裡，止不住微微地戰慄起來。他說沒事可以常來閒聊天兒，我則說一定一定，便辭了出來。

傍晚的時分了。天空依然是滯重的[30]、普遍的雲。然而水田裡青翠的水稻，在溫熱的晚風中櫛比地舞著。我抬頭遠望的時候，看見在機場後面的兩個乳房似的小山崗，在傍晚的煙靄中劃著十分溫柔的曲線。妻在仰臥的時候的乳房就是那樣：看來豐沃而且多產。有一棵樹俏皮地長在那個該是乳頭的地方，便使我一個人很是開心地笑了起來。那種開心，便彷彿聽了一支淫蕩的笑話似的。但是在次一個片刻裡，我忽然開始毫無結論地想起人是不是像一棵樹那樣活著的問題來了。

3

兩天來，上級協調了各個有關單位，陸陸續續地寄來關於神秘的林碧珍的初步資料。第四天，上面的電話來了，為我安排好一個會晤的地點。

「……你說過：這是你的第一件差事。」上級在電話裡的老遠的那邊說。

「是的是的。」

「這個女的，很大方，他×的。」他忽然笑了起來，似乎為了掩飾無意間在下級前面說溜了的那句咒語而笑得很不真實。

「是的是的。」

「要表現出你的風度，你的修養，你的才幹呵！」

「是的是的。」

在北上的火車上，我反反覆覆地翻閱那些資料：

林碧珍，二十五歲，大學畢業，丹洛普台灣化學公司化驗員。未婚。

車子轆轆地飛馳著。浴著秋的太陽的田野，彷彿在以某一個不能看見的地方做中心，在窗外慢慢地旋轉。我抽著香菸，忽然因為我要同一個大學畢了業的女子[31]晤談，而重又感到由於自己始終沒有考取過大學的——差不多已經陌生了的——悲哀。那時候，自己真是用功得不得了的。故鄉的太陽又大又毒。但屋後的芒果樹下卻有一股颼颼不絕的風，自己便整天在那兒哇啦哇啦地背誦英語單字。[32]

約談的地方，是一個叫作「火奴魯魯」的洋喫茶店。在二層樓上，可以從晶亮的落地窗看見馬路上熙攘得令人不可思議的街道。幾株室內植物這裡那裡地站在植盆上，和淺褐色的窗帘相映成一種令人只想喝茶談天的氣氛。因為是中午時分罷，整個室內只有我這麼一個客人。櫃檯的女孩聚精會神地讀著一本厚厚的小說。一個男孩子為我端上咖啡的時候，一支音樂便開始慵懶地在室內流動起來。

第一次喝咖啡，是結婚以後的事。妻的朋友送了兩罐咖啡精，因為據說它能提人精神，每天早上上班前便總要裝在一隻妻作為嫁妝帶來的十分精緻的東洋杯子裡，喝上那麼一碗，也免得同事們說我婚後便精神萎靡啦等等——好像他們取笑過早我半年前結了婚的老李那樣。然則不料一喝就喜歡起來，所以不到一個月，就把兩罐褐色的粉末給泡著喝光了。喝光了以後，由於鄉下沒地方去買，便也一直都不喝了。

這樣地想著的時候，便聽見有人上樓的聲音。回頭一看，是這裡的耿組長帶著一個小姐上來了。我站了起來。

「你到得早。」耿組長笑著說。

我頓時因為耿組長之穿著一身整齊的制服而難過起來；這樣，豈不是太像在押解一個人犯的麼？然而這位當然是林碧珍的女子卻一點兒也沒有為難的樣子。

「這位是杜同志。」耿組長說。

「你好——要麻煩你了。」我說。

伊微笑著，以幾乎令人察覺不到的樣子點了點頭。「你們談談。」耿組長說，便走了。

我們差不多在同時坐了下來。音樂依然流動著。伊從手提包裡取出一包深藍色的香菸，啣在伊的梭形的唇上。我為伊點上火。

「抽菸？」伊說。

「剛剛丟掉。」

我微笑著說。我們沉默地聽著音樂，它像一隻紙摺的飛機般漫然[33]地飛翔在室內。伊說：

「第二天下了班，我才曉得他竟死了。」

「你收到他的信嗎？」

伊搖搖頭。伊的頭髮帶著些微的赤褐色，光滑地披在伊的肩上。小男孩為伊端來咖啡。伊的臉色也是一種立著的梭形，即便是背著光，也可以看到伊的白皙的皮膚。

「我就住在他的隔壁——我們只隔著一個天井。但我們卻住在兩棟不同的公寓裡。他們家住四樓，我住三樓。」

伊開始俐落地加方糖塊，我這才曉得那一小瓷杯牛奶是供人加進咖啡裡的。

「我們還不認識的時候，常常在天井看見他早晨盥洗的樣子。他聚精會神地刮鬍子；他刷牙的時候總是弄得滿嘴都是白泡泡。」

伊叮叮噹噹地用小銀匙搖著杯子。伊一個人在回憶裡笑起來，彷彿一點兒也無視於我的存在那麼樣。伊的那一雙要是雙眼皮就會很好看的眼睛，溫柔地注視著杯子裡的乳褐色的小小的漩渦。

「那天早晨，因為是我的例假，便一個人賴在床上。」伊說：「恍惚間聽見天井那邊有嚶嚶的哭聲。我一下子便認出是小華華的聲音了。他一向最鍾愛這個大女兒。」

伊的抽著菸的手短而豐腴，令我想起故鄉屋前老池塘裡釣上來的鯽魚。那鯽魚是黑色的，但伊的手卻白得像油菜梗。

「我披上晨衣，衝到天井去。小華華在他從來漱洗的地方嗚嗚地哭著。五樓的人望下看，三樓、二樓的人望上看，一個送牛奶的胖女人扶著腳踏車在天井底下把整個兒臉都望上翹著。三個警察走了出去。他們都沉默著，只有小華華一個人在哭。」

我迅速地摸出我的香菸，點了火。原是恐怕伊會堅持我抽伊的香菸的。然而伊卻似乎沒有那樣的意思。我把胡心保留下的一個小封袋交給伊，伊看著封袋上的字，小心地不去撕壞它。

「我在想你們何以會那麼迅速地找到我。這上面有我的住址。」

伊笑了起來；伊的梭形的唇裡面，有一排稍微參差的細細的牙齒。三枚連串的鑰匙從封袋的開口鏘然滑落。這使伊的笑臉慢慢地斂收起來。伊撫摸著那些鑰匙，至於有些淒然的樣子。我說：

「你離開他以後，就在那個晚上，他死了。」

伊在紙袋裡尋找著別的什麼，卻什麼也沒有找到。伊把那三枚鑰匙玩弄似地推到桌子的中央。它們安靜地躺臥在那裡，發著慵慵的光亮。

「所以，」我說：「你能不能告訴我們，他為什麼……，比方說罷，是不是有什麼跡象。」

「我們是情人。」伊重又點上伊的一根又長又白的香菸，猛烈地吸著，至於伊的看來有些昏濁的珍珠項圈微微地蠕動起來。

「你當然知道他已經有了妻兒。」我細聲說。

「我當然曉得。」

伊忽然沉默起來。不曉得在什麼時候，音樂早已停了。伊囁嚅地說：「我當然曉得。」伊輕輕地呷了一口咖啡，還沒放下來，便若有所思地又啜了一口。伊說了：

「他的妻子真好看。我和他一起玩了以後[34]，我還常常看見他帶著一家人郊遊歸來的樣子。他們看來那麼快樂，卻一點都不令人嫉妒。——然而，我對於他，真是一無所知啊。」

伊似乎有些激動起來。「這樣不是很好嗎？他說。我甚至不曉得他的名字。我為他起了一個名字，Jason，一個希臘神話裡的航海人。他好喜歡那個名字，因為他喜歡那航海人的故事。我們都不想多曉得對方的事。這樣不是很好嗎？他說。」

伊似乎有些哽咽了罷。伊低著頭說：「你知道，他不是會傾訴的那種男人。那天，他掛了一個長途電話給我，我正在做一項頂重要的化驗工作。Mr. Abenstein[35]從來不准在我們工作的時候接電話。我不曉得是他打來的。而況我們剛說好了要分手的。」伊寂寞地笑了起來。

「那就是說：」我迅速地問：「你們有了爭吵？」

伊的臉和微紅的頭髮徐徐地搖著伊的否定的意思。

「他只是說要分開。但我並不太發愁。因為這已經不是第一次了。他總是過不多久就回來[36]。他總是默默地回到我的身邊；我學會了不去問他，恁他耍[37]著我。這使我覺得彷彿是他從來就不曾離開過[38]。他只不過從一個短暫的旅行裡回來罷了，他回來，看起來那麼疲倦。但他卻總是那麼熱情。」

「林小姐。」我困難地說：「我們覺得，總該有個理由罷。」

「理由嗎？」伊說：「我愛他，杜先生。我瘋狂地愛著他。然而他什麼也沒告訴我。昨天我整天都在想：我愛上了一個航海人；你不曉得他是從哪裡來的。只有他在這兒停泊的時候他才來。他來了，因為他要你。你被他要著，你便沒心思去想別的了。他正就是那個航海人。」

我嘆了一口氣。我一下子不曉得該如何繼續這種詢問了。然而我依舊耐心地說：

「我的意思是：他說要分開，總該有個理由，是不是？」

伊沉默起來。沒多久，另外一支音樂就偷偷地響起來了。一個禿著頭的男人戴著墨鏡，在角落的檯子上喝著一大杯橘子水，專心地讀著報紙。

「他說我們的情況是一種欺罔的關係。」伊說。

「他愛他的妻女——是不是這個意思？」

伊努力地搖了搖頭。

「並不是這個意思。他愛他的妻女，是的罷——應該說是的。他照顧他的家庭，像一個好園丁看顧他的果樹園。他常常把小華華舉得高高地，大聲地笑著，兩棟公寓的人都能聽見他。」

「那麼，我便不明白。」

「他說，他原想能因為他使我快樂」，伊困難地說著：「——使我活著，而盼望他自己也能找到[39]快樂——使他活著的理由。」伊無奈地笑了，彷彿對於[40]自己的話很不滿意的樣子。然而伊繼續說：「但後來他說這是不行的。因為這是一種欺騙。」

我又開始點上我的香菸。「試試這個。」伊說，把伊的深藍色的菸盒擺在我的跟前來。「一樣的。」我說。伊開始又去撫弄那一堆安靜地躺臥在桌子中央的冷冷的鑰匙。

「你還是不明白的罷？」伊說著，友善地笑了起來。

「不明白。」

伊忽然那麼筆直地望著我。過了一會，伊說：「他是第一個使我滿足的男人[41]。」

我們沉默地抽著各自的香菸。伊把火柴誇張地搖動著，然後丟進菸灰碟子裡。也許只是為了幫助伊的敘述的緣故罷；但是，伊仍然不能不說是個抽菸很多的女子。

「也許你曉得我是誰家的女兒。」伊啣著香菸的梭形的唇微笑著。提起她的家族，只要連想到我們日常用著的最著名的牙膏和內衣都是伊家的產業，就可以想到伊的豪富罷。報紙上時常登載著伊的父親的消息，而且往往都稱他為「本省企業界鉅子」之類的。「我們都曉得。」我說。

「我的父親聲稱他有多麼愛戀著我那早已逝去的母親。他每次都在忌日裡為伊慟哭——至今也是這樣的。」音樂頓時變得十分熱鬧了。伊於是只去抽著伊的香菸。伊的擎著香菸的手，看起來真像故鄉的又短又肥的鯽魚。你將它從水面釣上來的時候，它便在草地上直直地躺著，一點兒也不跳躍。

「高中二那年，父親從日本帶回來一個女人，還有兩個幼小的孩子。」伊幽幽地說：「我立刻搬出家門，一直都是一個人住著。我因此變壞了。」

伊調侃也似[42]地笑起來。現在我才看出那個禿著頭戴墨眼鏡的男人是坐著睡著了。我原以為他一直都在聽著我們的談話，正奇異著何以他竟有那麼好的聽力。他的頭，在一定的間隔中微微地向左邊急速地頹落，然後又急速地擺直了。

「然而，他卻是第一個使我滿足的男人。」伊說：「你使我活起來了！我對他說。」伊的背著光線的臉，約略地在一瞬間紅了起來：「那時候，他忽然沉默地望著我。我使你活起來，是真的嗎？他說。我說：我的父母生了我，而你卻活了我。然後他歡喜地笑起來。——我從來沒有看過一個男人笑得這麼歡悅。現在，他說：現在我為了使你活著而活著。這是個挺好的理由，他說的。」

這個時候，音樂突然停住了。麥克風開始嗡嗡地響了起來。故鄉的鄰鎮，就是一個海濱。記得小的時候在海濱上，把貝殼貼在耳朵裡，便聽見這樣嗡嗡的聲音。太陽最大的季節，整個沙灘都是亮晃晃的白沙。然而武裝的兵，卻永遠向著海，毫不疲倦地孤獨地站著。

「來賓白先生電話。」麥克風重覆地說。

戴著墨鏡的禿頭的男人搖擺著醒來了。他把半杯橘子水滋滋地吸完了。沒有人到櫃檯那邊聽電話，音樂於是又響了起來。

「從那以後，他專心地過著我們的那種生活。那時候，他差不多專心於那種生活，到了忘我的地步。能使你的生命那麼樣地飛躍，他說：令我也感染了那種歡悅。然後有一天，他忽然說：birdie（Mr. Abenstein管我叫birdie，他說我看起來像他們澳洲的一種菫色的鳥），我們只不過在欺騙著自己罷了。我們分手罷。他說。你不是說喜歡生命在躍動著的感覺嗎？我說：[43]我的父母生了我；你卻活了我。不要忘記。我說。我哭了。然而他依然走了。我依舊每天在天井看見他在四樓刮著鬍子。他看到我的時候，也照樣毫不造作地笑笑。早安，他說，滿腮子都是白色的肥皂泡泡。他照樣在例假帶著他美麗的妻子和小華華出去。他的太太真漂亮。」

「真是難以明白的人，」我說：「真是難以明白的人。」

林碧珍笑起來。現在那個禿了頭的、戴著墨鏡的人開始離去。落地窗外的街道彷彿有些黑暗，然而那熙攘卻加倍了。

「然後他回來了。有時候是一個電話，有時是一封信。birdie，什麼時候我在什麼車站等你。那兒離海水浴場很近呢。你穿那件黃色的綴紋裙子來罷，他說。他回來了，然後他又離去。杜先生，他是個不快樂的人。然而他看起來永遠那麼若無其事——頂多有時候看起來勞頓些罷了。他總是那麼溫和地笑著。」

小男孩為我們換了兩杯咖啡。「我喝不下了。」林碧珍說。現在我首先把小瓷杯裡的牛奶倒進冒著煙霧的熱咖啡裡。香菸抽多了，喝杯熱咖啡是十分受用的。我們沉默了一會。

「你說前一天他打了長途電話……。」我說。

「嗯嗯。」伊沉吟著說。伊開始為伊的精緻的腕錶上著弦。「Mr. Abenstein從來便不准我們在工作中出去接電話。」伊說：「午飯後問接線生，說是並沒留下名字[44]。五點鐘的時候他又打來了。birdie, birdie，他說。他的聲音似乎很愉快。他告訴我他在什麼地方。出差嗎？我說。我幾乎要哭出來了。那兩天我好想念他。不，他說：忽然想旅行罷了。我的眼淚奪眶而下：我的航海人又回來了。Jason, Jason……我喃喃地說。他似乎講了什麼，但我沒聽見，我得馬上去參加一個會報呢，我大聲說：我去看你。然後掛了電話。」

「是的。」我期待地說。

「下了班是連忙趕車到你們那個地方。好在只有那麼一家旅社，我很容易便找到了他。那個時候，他並不在。茶房說他出去了。窗子是開著的，可以看見一片稻田；水渠上弓著一座破舊的小石橋。他的房間收拾得好整潔——他一向是個有秩序的人。桌子[45]有一疊信紙。抱月，小華華，信上寫著。除此以外，什麼也沒寫上。」

「抱月？」我說：「抱月是誰？」

「他的妻子。」伊說。

「不對的，」我開始翻資料袋：「許香，這裡寫著。」

「是他的妻子，」伊落寞地笑了起來：「他說的。這以前我是從來不曾知道他的妻子的名字的。許香，是，不錯的。抱月則是他為伊取的。」

「哦哦。」我說。

「小時候，曾喜歡著一個年紀相彷彿的，家裡的廚娘的女兒，他說：那小女娃真漂亮。他緬懷地笑起來。彷彿記得人家都叫伊『抱月兒』，也不曉得該怎麼寫，就按著聲音，似乎是這個『抱月』罷。他因為面貌的酷似而娶了現在的妻子。」

伊重又拿起一支長腳的、雪白的伊的香菸。我為她點上火。「謝謝你。」伊說著，漫漫地吐出一縷青色的煙來。

「他從來沒有像那天那樣談論著他的妻子的。伊是個十分柔順的女人，他說，然而故鄉的抱月兒，卻是個十分倔強的女孩，說什麼也不跟他一起玩，害得伊不時因而遭受伊的母親的笞打。每次想起何以小抱月兒竟厭恨自己一至於斯，就是到了現在，他說：也很覺得寂寞哩。」伊幽幽地說：「他的妻子真漂亮。」

「人家都這麼說的。」

「我從沒見過他像那天那麼愛戀地講著他的妻子。伊的娘家，在山坡上拓種著一個柿子園。這又趕巧使他想起故鄉的蘋果園了：是他說的。伊讀書不多，然而即便已經供給了伊相當好的生活，他說：伊還是事無鉅細，都是由伊每日辛辛勤勤地料理著的。他說：什麼使伊那麼樣執迷地生活著呢？有時候，他甚至想到伊早已知道了他同我的關係，他說：然而伊仍舊快樂地、強韌地生活著，令人恐懼起來。」

「但是我們並不曾找到你說的這張信箋，」我說：「我們只看見一疊空白的，什麼跡痕也沒有。」

「是我給撕掉的。」伊低頭說，微笑起來。

「哦哦。」

「我嫉妒。」伊說：「我從來沒有見過他懷著那麼濃濃的懷念談論著他的妻子的。蔑視一切輕視、冷淡、欺騙而孜孜不懈地生活！他說，這是很可怕的。」

「你們爭吵了。」

「我老遠趕去[46]看他，不能淨聽著他講那些的，是不是？」伊約略有些羞澀地說：「但是你永遠同他吵不起來的。他那麼溫和地笑著。傻瓜，他說。我對他說你不該打這個電話給我——你是個騙子，你一直愛著你的妻子。你雙重人格，你懦弱卑怯——我哭了。」

現在他們淨揀些輕鬆的舞曲放。室內的客人一下子多了起來。兩個年輕的情侶絮絮不休地談著，還旁若無人地親吻著。只有那幾棵室內植物們，像標本一般兀自站立著。

「birdie, birdie,」伊說著，為了抑制伊的激動而沉默起來。「birdie，他說：你這小傻瓜。我那時真的抑制不住想打電話給你的衝動呀，他說。他的樣子好落寞。」

伊在皮包裡取出一小方塊綠色的手絹，拭掉發光的淚水。伊歉然地笑了。

「然而，那時候，我卻不知道是生氣呢還是傷心，堅持著要回家。既來了，明天再回去罷，他說。他試圖要我，但怎麼也不能成功。這使他一下子有些悲愁起來。你一定要回去，就回去也好，他說。我無力地說：把鑰匙還我罷。傻瓜，他說：我會的，但不是現在。」

「然後？」

「然後，我便走了，連夜坐了計程車回來的。」

就是這樣罷，我想：一個厭世者。就是這樣。我把咖啡喝光[47]。「謝謝，」我說：「太打擾你了。」伊笑了笑，說：

「我還以為他依舊會回來的。他只不過是個不快樂的航海人。」伊拾起桌子上的鑰匙，丟進皮包裡。伊說：「他開我的房門的時候，可以一點兒聲音也沒有。」伊輕輕地吹了驚歎的口哨，然後無可奈何地笑著。

走下「火奴魯魯」的樓梯，伊便活潑地跳上一輛計程車。「再見，杜先生。」伊說。車子便倏忽消失在都市的傍晚裡了。天氣開始有些轉涼了，一陣陣忽然而來的晚風，夾著市聲和灰塵吹來。我想：這次回去，除了帶兩罐咖啡，也得帶罐牛奶罷。[48]

我花了一個禮拜的時間，做了結案的報告。寫著報告的時候，我才深深地體會到尉教官的話：現代的世界，最需要的是一種人生哲學。尉教官一生以宏揚我國固有八德為聖職，奔波呼號，三十餘年如一日。老實說，我這個一向被尉教官視為得意門生的，也直到我辦了這第一件差事之後，才曉得方今之世，真是人欲橫流，惡惡濁濁，令志士仁人疾首痛心。尉教官的先見洞識，何等令人欽佩！

這是一種厭世的自殺事件。只不過是這樣。但在這一事件底背後隱藏著多少國難深重、世道毀墮的悲慘事實！因此，我花了五分之三的篇幅從如何導人欲歸於正流，實踐我國固有八德至理真法，以收世界和平方正之效。關於和平的真諦，我記不清在什麼書上曾經讀過這樣幾句話：

> 天地一切何以致其「和」？必其「性」是相感應，然後其「能」可相和合。依物理學必是異性才能相感引，同性則相拒斥。或見有同性相感引者，必是其同中有異，所感的在其異性之點，而非其同性之點。所謂異性之屬類至為繁多，例舉其大者，如生物上之一陰一陽；在人事上之一主一從；在數理上之一奇一偶……等，凡事物之相對立者，皆屬異性之別類。宇宙間大如太陽系，太陽為主為陽，眾星球是從是陰，其性屬[49]相異故相感引，遂發生太陽系之功能。小如一原子，核子為主為陽，眾電子為從為陰，其屬性相異故相感引，遂發生其原子之功能。一國家，元首是主是陽，眾臣民是從是陰，其屬性相異，故發生一國家之功能。又於數理上，一三五七九是奇是陽，二四六八十是從是陰，其屬性相異，故發生數學的功能。總之，宇宙之一切能發生相感和之作用，必是感和於其相異之性能而無疑。一個集體中的同異性與別一個集體中的同異性，常起交錯複雜的之感和。整個宇宙就是交錯複雜成為電磁體系的感和體。

面對這樣混濁的人世，能不有所感慨嗎？尉教官說過：作為一個現代的安全官員，應該有哲學、倫理學的修養，是一點也不錯的。一個安全官員終日耳目所見，盡是凶淫放侈，如果沒有高深堅定的倫理學的工夫，豈不先人墮落於黑暗和罪惡之中嗎？

當我寫好了報告書的最後一頁的時候，夜已深沉了。妻早已在床上睡著了。燈光下，伊的穿著褻衣的睡態，是十分撩人的。閨房的私愛，也正是先賢聖哲所界定的、有別於天下國家之公愛的人類至情真道；世界種族便賴之以延發[50]；一切仁愛、慈孝的至倫便是賴之以定立。我的心遂充滿了一種至大的歡喜，至於心為之悸悸起來。

於是我關了燈。

……。

初刊一九六七年四月《文學季刊》第三期
初收一九七二年小草出版社（香港）《陳映真選集》（劉紹銘編）
收入一九七五年十月遠景出版社《第一件差事》，一九八五年十二月人間出版社《陳映真小說選》，一九八八年四月人間出版社《陳映真作品集

2．唐倩的喜劇》，二〇〇一年十月洪範書店《陳映真小說集2．唐倩的喜劇》

1 「啊」，初刊版均作「呵」。
2 初刊版此下有「想」。
3 初刊版此下另起一行。
4 初刊版無「『一定有什麼原因。』上級說。」。
5 初刊版此下有「我說。」，並另起一行「很好，一定有什麼原因。」。
6 「攤」，初刊版為「擺」。
7 「伸出手」，初刊版為「伸出手來」。
8 「嘩嘩」，初刊版為「譁譁」。
9 初刊版無「他」。
10 「桌上」，初刊版為「桌子」。
11 初刊版此下空一行。
12 「在一夜之間」，初刊版為「比昨夜」。
13 「大概」，初刊版為「大概是」。
14 「那間房」，初刊版為「那個房間」。
15 「一天過一天」，初刊版為「一天過一天，一天過一天」。
16 「？」，初刊版為「。」。
17 「？」，初刊版為「。」。

18 「當天」，初刊版為「當時」。
19 「白鯧魚」，初刊版均為「白鯧魚」。
20 「料不到」，初刊版為「防不到」。
21 「那房間裡」，初刊版為「他那房間裡」。
22 「搓撫」，初刊版為「互搓」。
23 「但老子臨走的時候」，初刊版為「他老子在他臨走的時候」。
24 「專心一意」，初刊版為「一心一志」。
25 初刊版無「自己」。
26 「瞄準了」，初刊版為「瞄準著」。
27 「大女孩」，初刊版為「大女孩子」。
28 「：現在，我對自己說，」，初刊版為「；現在，我對自己說：好了，現在，我怎麼打發往後的日子？我對我自己說。」
29 「一旦走絕了」，初刊版為「一旦路走絕了」。
30 「依然是滯重的」，初刊版為「依然滿是滯重的」。
31 「畢了業的女子」，初刊版為「畢業生」。
32 初刊版此下空一行。
33 「漫然」，初刊版為「漫漫」。
34 「我和他一起玩了以後」，初刊版為「我和他去一起玩了以後」。
35 「Mr. Abenstein」，初刊版均作「Mr. Ebenstein」。
36 「就回來」，初刊版為「就會回來」。
37 「耍」，初刊版為「要」。
38 「這使我覺得彷彿是他從來就不曾離開過」，初刊版為「這彷彿是他從來就不曾分開過」。
39 初刊版此下有「使他」。

40 初刊版此下有「伊」。

41 「他是第一個使我滿足的男人」，初刊版為「他是使我滿足的第一個男人」。

42 初刊版無「也似」。

43 初刊版此下有「Jason，」。

44 「並沒留下名字」，初刊版為「並沒有留下名字」。

45 「桌子」，初刊版為「桌子上」。

46 「趕去」，初刊版為「趕來」。

47 「喝光」，初刊版為「喝個光」。

48 初刊版此下有分段標號「■ ■」。

49 洪範版及初刊版此處均為「性屬」，後文三處洪範版均改作「屬性」。

50 「便賴之以延發」，初刊版為「便是賴以延發」。

六月裡的玫瑰花

1

疲倦的月亮

門開了。像地窖一般幽暗的酒吧，便在一霎時間掠過一片白色的日光。一個又瘦又高的黑人走了進來。厚厚的門在他身後慢慢地關上了。黑人輕輕地唱著一支在他尚未走進酒吧之前就唱著的歌，摸索著走到靠近冷氣機的一張小檯子。他把照像機擱在檯子上，用厚厚的嘴唇從菸盒裡啄出一支長腳的香菸，點上火。他一邊噴著青煙，一邊還不住地哼著。

——莫妮達，美麗的莫妮達呵；
才十四歲，
養下又白又胖的娃娃，

……。

一個吧女走過來坐在他的身邊。黑人依舊唱著：「莫妮達，你快快樂樂，從不抱怨。」吧女看看等在一邊的僕歐，對黑人說：

「請我喝一杯，怎麼樣？」

黑人瞇著眼伸懶腰，露出一排雪白的牙齒，在黑暗中發亮。他張開嘴的時候，那一排牙齒差不多就占滿了他下半個臉。「當然。」他說。

「威士忌蘇打。」伊對僕歐說：「你呢？」

現在他認真地盯著伊瞧著。他的雪白的馬牙齒被厚厚的嘴唇蓋著。他的頭髮像剛剛拆下來的毛線，密密麻麻地捲著，看起來彷彿只是用漿糊貼在他的突著後腦的頭上。他有一對大大的突出的眼睛。這眼睛一本正經地瞧著伊，令伊想起故鄉的一隻操勞過度的老黃牛。

「嗨，甜姐姐。」他鍾情地說。

「我叫艾密麗·黃。」伊說：「弟兄們都叫我艾密。」

「嗨，艾密。」他說。

「人家等著你點酒咧。」伊笑著說。

「杜松子酒加冰塊。」他說。

地窖裡都是便裝的和軍裝的美國兵士。

低低的天花板裝潢得像沙發一般，而一盞盞微弱的燈嵌在上面，彷彿一朵朵疲倦的月亮。

艾密麗．黃在手提包裡找出香菸。

「好像在哪兒見過？」伊不頂真地說。

「我可記不得了。」他露著白牙齒調侃地笑著。伊讓他點好菸。伊是懂得這個調侃的。然而伊仍舊漫不經心地讓他擰了擰伊的裸露的背。「比方說在通到你們辦公的團部的路邊。」伊說。

他開心地笑起來，睇著他的快樂的牛眼睛。有一個喝得爛醉的胖子大聲吼著說：「我跟上帝說，這裡的娘兒們，比東京的好一千萬倍——伊們又夠味，又便宜……。」

「艾密麗，甜姐姐，」黑人說：「我們根本沒有在什麼通到團部的路上見過面。我剛剛從越南來。[2]」

他的黑色的大手掌壓住伊的並不白皙的手。艾密麗．黃看著他的黑色的手巴掌。他的指甲像一顆顆乳褐色的小石頭，在沙灘上被溪水沖涮得好乾淨。艾密麗的威士忌蘇打和黑人的杜松子酒加冰塊端上來了。黑人伸手去接他的杯子，直接送到嘴巴喝著。他睇著大眼睛說：

「真口渴。」他用一隻空著的手去撫摸伊的背。「我們沒有在什麼地方碰過面。我第一次來這裡渡我的七天假。」

「噢。」伊說。他的觸力溫柔得出乎伊的意外。「不管怎樣。」伊說：「歡迎你，兵士先生。」

他們碰了杯。

「你叫我巴尼好了。」然後他軍事性地說：「合眾國陸軍第二十六軍團直屬機動連隊，上等兵巴爾奈．E．威廉斯請你跳一隻舞。」

他站起來，像一隻長腳的海蜘蛛。伊開始被這個並不漂亮的黑人士兵弄得有些開心起來。艾密麗．黃很曉得這個開心的重要性：伊們是並不常常會遇見這種令人開心的客人的。而倘若有一個這樣的客人，便會使他們忘掉伊們的職業性，而且間或也會有某一種戀愛的陶醉的快樂。音樂雖是瘋狂地快，他們倆卻逕自在角落裡慢條斯理地磨咕著。艾密麗仰著那看著就令人發酸的脖子，讓他貼著臉。他的黑色的手在伊的裸裎的並不白皙的背上揉著。伊是個健壯的女人。這只要看見伊的特別寬闊的肩背就能明白了。兩種不相同的膚色相擁抱著，便有某種色情的氣息。

「你作戰的時候很勇敢嗎？」伊說。

他用他的厚嘴找到了伊的大耳朵。他低低的說：

「關於這個，今晚你會在床上曉得的。」

伊喫喫地笑了起來。「你是個壞孩子。」艾密麗說。伊忽然看見他們的對面有一個英俊的白人軍官和一個漂亮得令人嫉妒的女人跳衝浪舞。那個白白的女人留著一頭長長的蘇西黃式的長髮。伊的舞姿像滿月下的潮汐，冰凝而激烈的。艾密麗．黃聚精會神地看著。伊從而說：

「巴尼，我要你看一個漂亮的×貨。」伊用力按住他貼著伊的頭：「不過你不許愛上她。」

黑人士兵笑了起來：「甜姐姐，我不會的。」「你發誓。」伊說。「我——發誓。」他說。然而伊的香味開始使他激動起來了。他撫摸著整個伊的裸露的背，伊推開他。他開始去看那個「漂亮的×貨」。

「噢！」他說：「排長史坦萊．伯齊！」

那個英俊的白人軍官轉過臉來張望著。「耶穌基督！」巴爾奈說：「他是個又可惡又神氣的傢伙！」

「喲荷[3]！你這蠢驢子。」軍官看見他了：「你這蠢驢子！」他興高采烈地說。他拉著那個長頭髮的女人走了過來。「排長史坦萊。」黑人笑著說：「在這兒碰見你真高興。」

軍官朗朗地笑了起來，露著一排健康的牙齒。他的胸膛寬闊，薄薄的嘴上留著很精神的短髭。金黃色的頭髮整齊地貼著他方形的頭顱。「你是一頭蠢驢子。」他快樂地說。他是個典型的東部世家子弟。軍官的臉不知道是日晒或醉酒而發紅，顯得精神抖擻。他神氣地凝望著一下子拘謹起來了的黑人小兵。他說：

「你曉得嗎？今天是你的偉大的日子。」他又哈哈地笑了起來。實際上，排長史坦萊・伯齊已有幾分醉意了。他壓低聲音說：「也許是你的家族歷史中最了不起的日子。」他惡戲地眨眨眼，然後提高嗓門兒說：

「先生們，安靜。安靜。」

他走向酒櫃檯。「先生們，安靜。」他說，他在燈光下微笑著，像一個預備演說的年輕的參議員。這個地窖般的酒吧間於是便安靜得只剩下被轉弱的唱片聲。他說：

「排長史坦萊・伯齊就地宣布我們偉大的合眾國政府頒給上等兵巴爾奈・E・威爾斯的榮譽……。」

酒吧裡的軍人們一齊望著站在牆角的黑人士兵，看見他反抱著艾密麗出神地呆立著。醉酒的狂笑和戲謔的掌聲響了起來。

排長史坦萊用東部特有的造作的口音，宣布黑人上等兵巴爾奈・E・威廉斯因為殲滅了長期躲在一個村莊上的敵人之功，著令晉升軍曹。他用大學裡的演說課的姿態說：

「巴爾奈・E・威廉斯是個偉大的合眾國戰士，偉大的愛國者。他為了我們合眾國所賴以奠立的信念，遠征沙場。當他為了保衛並協助建立一個獨立、自由的友邦而戰之時，他已經為我們自立國之初即深信弗移的公正、民主、自由與和平的傳統，增添了一份榮耀。」

一陣真實的和酒醉的掌聲熱烈地響起。軍曹巴爾奈不知道在什麼時候飲泣著。「哦，哦，耶穌基督呵，」他哭著說。「別哭罷，我的寶貝。」艾密麗高興地說，抱著他像抱著一株高過圍牆的樹。「耶穌基督喲，我多麼快樂。」他開始失聲，竟漸漸至於號啕了。

「耶穌基督呵。……」他說。

「別哭，乖寶貝。」艾密麗的眼圈紅了起來：「別哭，乖寶貝。」

「別哭，寶貝，別哭。」有人在齊聲嘲弄地和著。

「耶穌——哦，好耶穌。」他失聲說：「我的曾祖父只不過是個奴隸呢！」

「別哭，乖寶貝。」伊說。

「別哭，寶貝，別哭！」酒醉的人們唱和著。

土撥鼠

軍曹和艾密麗過了一個狂歡的夜晚。對於軍曹巴爾奈，彷彿世界上一切的希望之[4]門都為他打開：成功、希望、榮譽和尊嚴都對著他和藹而謙遜地微笑著。而他的榮耀和快樂，完完全全地感染了艾密麗。「你曉得嗎？」軍曹用他的手指擠著伊的扁平的鼻子說：「你吱吱喳喳地講個不停，像一隻小麻雀。」

伊沉默起來。「你不喜歡的嗎？」伊憂悒地說。軍曹抱住伊。他的黑色的身體像一株野生的熱帶樹。他吻著伊的小小的鼻子。「呵呵，一點兒也不，」他說：「你是世上唯一分享了我的快樂的女子。」他放開伊，相對地跪著，他半舉著左手，把右手放在伊的肩上，他扮著肅穆的臉，說：「我是一個非洲的君王，他統治著炎熱而幽暗的土地。他君臨那裡的森林、激流、蟒蛇、猛獅、象牙和鑽石。」

伊立時在床上伏拜起來，伊的乳房垂在床單上，好像一對果實，在豐收的時節靜靜地懸垂著。伊不住地說，「王啊，哦，王啊。」

「你是王的麻雀，你是王所鍾愛的妾。」他說：「你是陪伴王渡過他的假期的唯一的幸運女人。」

小麻雀鍾情而感動地擁抱軍曹。伊親吻他，像一隻白色的、妖嬌的小母雞在一片黑泥土的大地上快樂地啄食。「我是你的小麻雀，我是王的愛妾。」伊喃喃地說：「我要服侍你，領你去另一個有風的小鄉下。」

「另一個有風的小鄉下嗎？」軍曹說。

「是的，我的王啊。」小麻雀說：「像今天我們去過的那個小小的村莊。王說：『喲，這是個有風的小鄉村，好像你生長的故鄉……。』」

黑色的國王躺在床上。這是一張觀光飯店裡的大而講究的床，床頭有金黃色的精巧雕刻。

「但願你去過我們的古老的，古老的南方。」軍曹說：「我們住在那裡，一代又一代。在那兒唱歌、祈禱、流淚、酒醉、辛勤地工作，並且把我們的骨頭埋在那裡。」

「倘若你歡喜，明天我帶你到另外一個鄉下去。」小麻雀興奮地說：「那裡有一個小小的漁港，漁船們忙碌地從海裡撈來大批大批的魚蝦倒在這個小小的漁港上。」

「噢，不，」軍曹說。

「隨你高興，」小麻雀說。伊下床去為他倒水，伊的肩背寬大而光滑，好像一個等待開墾的山坡。

軍曹側身起來喝水。他用雙手捧著茶杯，像一個嬰孩。伊撫摸著他的黑色的肚皮，看見伊自己的手被襯托得好白好白，但伊斷不是個色白的女子。「你不是說這裡的風景，到處都一樣的嗎？」軍曹歉然地說。

「沒錯，」伊笑著說，「Yeah, that's true.」

「Yeah, that's true,」軍曹說。他從杯子底去望天花板，細瞇著另一隻眼睛，像是在用望遠鏡照著某一個遙遠的地方。他低低地說：「Yeah, that's true，到處都一樣的。全世界的鄉下都是一個模樣。」

伊的手在他的黑色的身體上徙行。「是嗎？」艾密麗說。

「今天我看到你們的鄉下，到處是一大片稻田。太陽晒在隨風波動的稻子上。就差沒有砲聲，沒有硝煙，沒有那稠密的森林——否則那樣子太像我們打仗的地方了。」他忽然咯咯地笑起來，因為艾密麗撫摸著他的恥毛。他躲開伊，把杯子放在床邊的茶几上。他又咯咯地笑。他抓住艾密麗的手。「不要這樣，」軍曹笑著說：「你是個小蕩婦。」

「你不喜歡嗎？」

「不，不是這個時候。」軍曹說，憂悒地吻著被他抓住的伊的手。伊笑了起來。

「我的意思是，」伊說：「你不喜歡鄉村的那種樣子，因為——。」

「我不知道。」軍曹說。他的厚厚的嘴唇像吸盤一樣有力地吸吮著伊的手背。

「因為打仗嗎？」

「噢，不，」軍曹迅速地說：「我的曾祖父也是個軍人。他參加李將軍，打北佬。」他望著茶几，在杯子和一個小口琴之間拿了一包香菸，用他的厚厚的嘴唇啄出一根又長又白的香菸來。伊為他點火，他的樣子真像一個軍人。

「現在我是個軍曹了。」他充滿自信地說：「軍曹上去是少尉、中尉、上尉，再上去是少校、中校，然後就是上校。」

「你一定辦得到，」伊快樂地說：「你一定辦得到。」

「那時候，人們便叫我巴爾奈上校——一直到我老了，小伙子們還會恭敬地叫我巴爾奈上校，巴爾奈上校。」

伊其實並不了解一個上校的榮譽的。然而伊卻忠心地[5]相信他必有一日成為一個上校，成為一個狂野而瀟灑的軍官，好像那個為他頒布晉升狀的史坦萊排長。

「那個時候，人們將邀請我做善鄰委員會的委員，同白人一起參加宴會，甚至給白人的小伙子一點有用的、聰明的忠告。」他微笑地說：「而且我將有一幢乾淨、安適的大房子，被高大的南方的榕樹包庇著。榕樹的影子使草坪永遠蔭綠……。」

「巴爾奈上校，」伊低聲說：「你沒提到上校夫人呢。」

軍曹歡喜地喫了一驚。他的小麻雀正憂愁地玩弄著一隻銀色的髮夾。他伸手去擁抱伊，他說：「你是我的寶貝，我的小麻雀……。」伊沒做聲，卻馴良一如鴿子，任他親暱。但伊始終不能專心。伊說：

「他們都是高尚的人嗎？」

「誰是高尚的人？」

「巴爾奈上校的朋友們。」

「當然，他們都是高尚的人。」軍曹笑著說。

「你要娶他們之中的某一個女兒。」伊幽然地說。

黑人軍曹沉靜地望著一個冷氣的出口。冷風徐徐地流渡著，使得深垂的窗幔不住地晃動。他因為新的野心，有些困難地拒絕著某種感動。但是他仍然說：

「我誰也不娶，我只娶你：我的寶貝，我的小麻雀。」

「真的嗎？」伊欣悅地說。

「真的。」軍曹說。

艾密麗蠕動著鑽進他的臂彎裡，使他想起遙遠的故鄉的土撥鼠。「真的嗎？」伊說。「耶穌基督作證，你必是我的上校夫人。」他說。他開始吻他的土撥鼠。但他知道伊一直不能專心做愛。

「巴尼。」伊親愛地說。

「Yeah?」

「巴尼，你聽我說，」伊輕輕地咬著他的黑色的手指頭。「只要你這句話，我已經很高興了。」

「什麼意思？」軍曹說。

「什麼意思嗎？」伊微笑著說：「我只不過是吧女，我不能做上校夫人。」

「艾密！」他說。

「即使我不是吧女，我也是個養女——你懂嗎？」

「噢，我不明白，」他笑著說：「可是，都一樣，你是我的上校夫人。」

「養女是從小就被賣出去的那種女孩，」伊說：「我的母親也是一個養女。我的外祖母也是。」

「耶穌！」軍曹嘆息著說：「一百年前，我們曾經像牲口般被拍賣！可是你瞧，現在我是個軍曹哩……。」

「是的，我為你高興。」小痲雀快樂地說：「我從小就在那些陰暗的房子裡長大。你看到鄉下的那種房子的。但有什麼關係？我現在比他們誰人都活得舒服，就好比現在你是個軍曹，明天你可能是個神氣十足的上校。」

「你在那些房子長大嗎？」軍曹沉吟著說：「我記得我立了功的那個戰場，也有那樣低矮的、陰暗的屋子。我持著槍走進屋子。一個小小的女孩坐在角落裡抱著一個斷了手臂的布娃娃。伊既不駭怕，也不哭喊！你也在那樣的屋子住著長大嗎？」

「告訴我你把口香糖送給那個小小的女孩，」伊懇切地說：「你把那小小的女孩帶到部隊上，給了許多罐頭和口糧。」

「當然，」軍曹說：「當然！主耶穌呵，我把所有的口香糖、罐頭和口糧給了伊。」

「我知道你是那樣的。」伊安慰地說：「今天你也給了那些圍繞著你的那些小孩每人一片口香糖。」

軍曹沉默著，隨即點燃了一根香菸。他說：「可是我不喜歡你們這兒或者那兒的稻田，不喜歡那些太陽，那些惡意的森林，以及躲在林子裡的那些狗娘養的——他們像螞蝗一樣令人作嘔。」

「The son of a bitch!」伊咒詛著說。

「你分不開他們誰是誰，天殺的，」軍曹憤怒地說：「可是我也不歡喜看著莊稼被我們燒成灰燼，真的。因為我是個農夫啊。」

「可是一打完仗，你已經是個上校了。」

「對啦！」變得有些憂悒了的軍曹，忽然高興起來：「想想看，當年我的曾祖父參加李將軍的時候，他只不過是個馬夫呢。」

他們於是開始興奮起來，然後在疲倦中熟睡。然而，到了天將破曉的時分，軍曹忽然在睡夢中嘯喊起來，那聲音彷彿尚未使用語言的時代裡的人類在驚懼地呼喊一般。

你是一隻鴨子

軍曹巴爾奈・E・威廉斯病了。因為自從那天以後，他在每天夜裡都會發生長時間的夢魘，怎麼也弄不清醒。他被送到市郊的一所漂亮的精神醫院。負責治療他的是一個野心勃勃的年輕的醫生。他能說一口很好的英文，但軍曹並不喜歡他。因為他不停地問他許多他想忘卻的往事。然而夢魘像鬼魂一般在每天深夜裡一定的時刻困擾著他，使他恐懼萬分。因此，軍曹不能不逐漸仰賴這個神氣的中國醫生。事實上，他一向厭惡又駭怕那種自信、驕傲和高尚的人們。

「覺得好些嗎？」醫生笑著說。他的聲音聽起來有點像鴨子叫，軍曹想。他頹喪地說：

「夢魘一直不停，你曉得的。」

「我們終於會找到的，」鴨子說：「我們正在尋找：什麼事使你這樣。」他職業性地笑了起來。他實在是一隻神氣兮兮的鴨子(duck)，而不是醫生(Doc.)。

「Yeah, duck.」軍曹惡作劇地笑起來，「Yeah, duck.」

「好極了，」醫生說：「現在，你想想，在這以前，你有沒有過夢魘的經驗呢？」

「耶穌！從來沒有過，」軍曹惡燥地說：「有過一次罷，但那時候我還只是個小孩子。」

「你說你小的時候有過一次夢魘，好極了。」醫生高興地說：「你記得為什麼嗎？」

「我不記得了。」

他們沉默起來。於是醫生對著他微笑著。他實在是一隻可恨的鴨子，軍曹想著。然而他不禁憂悒起來。

「也許因為我駭怕——我不曉得。」他沮喪地說：「我的父親會唱許多好聽的歌——特別是如果有人借給他一隻好吉他。」

「你的父親會唱許多好聽的歌嗎？」

「世界上沒有人能唱得比他更好。」軍曹寂寞地笑著。

「這似乎沒有什麼好駭怕的，是不是？」

「我不曉得，」軍曹用雙手蒙住眼睛，他不住地搖著頭，「我不曉得，」他說：「醫生，我必須告訴你每樣事嗎？」

「你必須告訴每樣事，」鴨子溫柔地說：「我們在幫助你，你瞧。」

醫生為軍曹點上一支菸。軍曹的擎著菸的手微微地發抖。但醫生故意漠視它。「好吧，」軍曹無助地說：「他常常在夜裡帶我出去逛，在深夜的街燈下流浪。他對我真好，醫生。」軍曹疲憊地笑起來。醫生說：

「說下去，我聽著。」

「他一口一口地喝著酒，然後開始用他渾圓的低音輕輕地唱歌，」軍曹說：「在寒冷的夜裡，他喝完酒，唱完歌，說：孩子，我們回家去。」

「你的父親說：孩子，我們回家去——說下去。」

「我們回家去。有時候，有時候那個白人還沒有走，我們就得躲著等他。然後我的母親在門口送走那個白人——他是一隻骯髒的豬！而母親的身上什麼也沒有穿。」

軍曹開始哭泣，茶几上一隻杯子裡，插著一株開得很精神的紅玫瑰。

「感情的發洩對於你是很好的，」醫生說：「現在一切都過去了。感情的發洩對於你是很好的。」

「但願如此。」軍曹說，他又換了一支菸：「然後我們回到家裡，我的父親開始毒打我的母親，咒罵我的母親。而伊只是低聲哭著，從來不反抗的。然後我們擠在一張床上睡。」他把香菸溺在盛有薄水的菸灰缸，看著水分慢慢地把一小截香菸溼透。他說：「就是在那些夜裡，我開始夢魘。」

「這是一隻令人悲傷的故事。」醫生溫和地嘆息說：「可是永遠不要懊悔你告訴了我這些事。我是個醫生呢。我們已經開始找到一個方向：是那些憤怒、恐懼和不安的事使你發生夢魘。讓我們往這個方向去找尋——你永遠不必懊悔你告訴了我這麼些，」他說：「我是一個醫生呢。」

「那要看你能不能治好我了。」

醫生同軍曹都笑了起來。「現在我覺得好些了，」軍曹說：「現在我對你覺得自在些。」醫生笑了笑。「好極了，」醫生說：「好極了。紀錄上說你立過軍功——打仗對於你沒什麼困惱罷？」

「沒什麼困惱，」軍曹說。

「比方說，有些駭怕。」

「有些駭怕，」軍曹認真地說：「開始的時候，是的。但你一下子就喜歡它了——你曉得，在我的平生，第一次同白人平等地躲在戰壕裡，吃乾糧，玩牌，出任務，一點差別也沒有。他們被敵人擊倒了，一點也沒有特殊。在打仗的時候，你成為一個完完全全的合眾國的公民。」

「在打仗以前呢？」

軍曹笑了起來。「在打仗以前！主耶穌！你從很小的時候就曉得你不能走到白人的街道。噢。那條乾淨的、漂亮的、寬敞的街道，好耶穌！你從小就曉得不能同狄克、湯姆、傑米玩。這使你憤怒，醫生。你的世界只有那麼一丁點，永遠是那麼失望，骯髒。」

「你是一個敏感的孩子。」醫生說。

「有一次我偷偷地用肥皂拼命地洗我的臉，」軍曹嘩嘩地笑起來：「希望把膚色洗白——耶穌基督！」

「噢。」醫生說：「因此你喜歡軍隊。你同那些狄克、湯姆一道作戰。你沒有了自卑感。」

「我不知道，」他說：「有時候我真希望戰爭永遠沒有完。有一次，我冒著彈雨把羅吉拖回戰壕，羅吉打從我們在船上的時候就認識了。敵人打爛了他的左肩，整個打爛了——the son of a bitch!——他說：巴尼，真感謝你救我。然後他若無其事地死掉了。他說：巴尼，我真感謝你。我忽然想到這半生從來沒有一個白人對我這樣說過。我哭了，醫生，」軍曹自嘲地說：「他們說巴尼是個重感情的人。」

「你是的。」

「我不知道。」軍曹說。

「你是的，」醫生說：「現在，你能不能想一想，這次發生夢魘之前有什麼特殊的事情呢？」

「實際上，最近是我覺得最快樂的時候。」軍曹說：「我遇見了一個女孩。」

「你愛上了這個女孩。」醫生愉快地說。

「我常常想：我愛上伊了嗎？」軍曹說：「伊是個吧女，我愛上伊了嗎？」

「伊苦惱著你嗎？」

「絕不，」他說：「艾密麗是個好女孩，艾密麗是個可憐的好天使。」

「艾密麗是個可憐的好天使？」

「艾密麗是個可憐的好天使。」軍曹說：「艾密麗是個養女——從小就賣給別人的那種女孩。」

「伊愛上了你嗎？」

「我不知道。」軍曹說：「用你們的話說，伊有一種自卑感——我說對了嗎？」

「yes, inferiority complex.」

「艾密麗說伊不配嫁給我，因為我有一天要成為上校。」軍曹靦腆地說：「這是伊說的。」

「不管怎樣，伊沒有令你困惱嗎？」

「絕對沒有——主耶穌曉得——艾密麗是個甜姐姐。」

「你說伊是個可憐的好天使，」醫生說：「沒有令你想起什麼嗎？」

「伊告訴我伊生長在那些低矮的、陰暗的屋子，」軍曹說：「這困惱我。但不是艾密麗困惱了我——艾密麗是個可憐的好天使。」

「那些低矮的、陰暗的屋子令你困惱嗎？」

軍曹忽然驚慌起來。「我猜是的，」他嚅然地說：「我猜是的。」

「我們又找到一個死結了，軍曹，」醫生嚴肅地說：「不要放鬆它。」

「艾密麗帶我到一個小村莊去玩。」軍曹沉悒地說：「那裡的太陽，太陽下的稻田，甚至於茂盛的竹林，使我想起另一個村莊，醫生。」

「你記得這個村莊嗎？」

「我但願不記得。那時候，約有四倍於我們的敵人從四面八方包圍著我們。那些穿著黑衫的螞蝗，那些狗狼養的，」軍曹激怒地說：「我們被殲滅了。那些狗娘養的！」

「你說你們被殲滅了。說下去，軍曹。」

「只有我一個人活著。敵人退去以後，我帶著我的自動步槍連夜地跑。後來，我想我仆倒在一個樹根上，睡著了。因為醒來的時候，我正擁著槍躺在樹下。」軍曹說：「也許是那強烈的陽光罷，我變得十分緊張。我緊緊地握著槍，只要看見任何出聲或晃動的東西，我就開槍。」

「你變得十分緊張，只要看見出聲的或晃動的東西，你就扣扳機。」醫生說。

「我猜想我是這樣地走進一個小小的村莊。那些太陽，」軍曹憂悒地說：「那些稻田，那些猙獰的森林。我不斷地開槍，一直到我走進一間矮小的屋子。」

「你走進一間矮小的屋子。說下去。」

「屋子裡坐著一個小女孩，抱著斷了胳臂的布娃娃。」軍曹說：「小女孩既不駭怕，又不哭喊。伊只是睜著大大的眼睛看著我。我扣了扳機——耶穌基督喲——」

軍曹開始飲泣起來。醫生為他倒了一杯涼水。「醫生，我必須那樣，相信我。」他說。

「我完全相信你，」醫生說：「喝杯水。我完全相信你。」

「你分不清他們誰是誰——他們看起來都一樣。扁平的臉，斜翹的眼、黑色的棉布衫。而我只有一個人，你相信我嗎？」

「我完全相信你。」醫生說：「我沒忘了你是在一個戰場上。」

「我昏睡在那個矮小的屋子外。」軍曹輕輕地說：「直到我們的部隊開來。他們說我把整個村莊打爛了[6]。」

軍曹又開始飲泣。「好耶穌，」他說：「你一定知道我不是存心那樣。你分不清他們誰是共產黨，誰又不是……」

「喝杯水，軍曹。」醫生柔和地說：「感情的發洩對你是一件好事——極好的事。」

「噢，好耶穌……。」軍曹喃喃地說。他的眼淚靜靜地滑下他黝黑的臉頰，像一粒雨珠掛在古老的、黑色的岩石上。

紅色的髮巾

軍曹巴爾奈·E·威廉斯抱著一大束紅的以及黃的玫瑰花，走下計程車，張開他的海蜘蛛一般的長腿，走向一家小小的公寓。七月的暑氣從狹小的樓梯四周包圍著他。他的臉因微汗而發著油光，汗水滲滲地聚在他卷曲如毛線一般的髮腳上。然而軍曹卻愉快地唱著歌：

——莫妮達，美麗的莫妮達喲，
你快快樂樂，從不抱怨。

他因為上著樓梯而氣喘著。他打開了一扇小房門，一眼就看見伊的可愛的但不甚牢固的小床。床上留著一支銀色的髮夾。

「艾密麗！」他快樂地氣喘著。他說：「艾密麗我的小麻雀！」

伊從浴室裡衝了出來。伊穿著一件陳舊的晨衣，一條紅色的髮巾包住伊的整個的頭髮，拓出伊的也是微突著後腦的頭顱。「哦，」小麻雀說：「哦！」他們擁抱起來。他親吻著伊的依然沾著水珠的頸項。「哦，哦，」伊快樂地哭泣著：「巴尼，你是個壞透了的孩子，」伊說：「壞到骨子裡。」

軍曹俯身去拾著撒滿了一地的紅的以及黃的玫瑰花。「你瞧，」他說：「我出院了。我一個勁兒坐車回來了。」伊歡樂地笑著。「這麼些漂亮的玫瑰花！」伊說，流著眼淚。

「整整的一個六月！」他把玫瑰花分別插進四個寬頸的空酒瓶。他說：「整整的一個六月，他們不讓我們見面。」他把剩下的花又分別裝在茶杯、罐子和空罐頭裡。「但是你卻每天送來一朵玫瑰——整整一個六月裡。」
「他們告訴我他們待你很好。」伊說：「是真的嗎？」
「Why, Yeah!」他又笑出一排雪白的馬牙齒：「他們待我像一個老好朋友。」
「我一直擔心著。」伊為他脫下卡其軍服，吻著他的黑色的、瘦削的胸。「我有一個叔叔，我記得。他——」
「他——」軍曹說。
「他們把他鎖在一個黑屋子裡。二十多年了。」
「他瘋了。」軍曹露著牙齒笑。
「別提他！」伊急著說：「我只是擔心著。」
「不要怕瘋子。」軍曹溫柔地說：「他們只是心裡受了傷，好像我們的皮膚受了傷，是一樣的——鴨子這樣說的。」他開始告訴伊那個醫生如何像一隻神氣的鴨子。伊為他掛起軍衣。「我一點也不駭怕，」伊愉快地說：「我們忘記它不好嗎？」他從背後抱著伊。軍曹說：「我現在健康得像一條快樂的公牛，艾密麗，你是我的新娘，你嫁給我嗎？」
伊轉過身來。他們沉默著。伊笑起來，眼睛閃爍著快樂的淚光。「我永遠是你的新娘，」艾密麗說，伊的塌鼻子愉快地翕動著：「我永遠都是你的新娘，但你不能娶我，我只不過是個吧女。」

「小麻雀，聽我說，」軍曹嚴肅地說。他嚴肅得可以把整個太陽塗成黑顏色。他說：「你曉得嗎？我是個奴隸的子孫——一個奴隸哩。」

即使伊曉得 slave 翻成「奴隸」，也不能十分懂得它的意義罷。伊搖著頭，說：

「可是你要成為一個上校。」伊把紅色的髮巾解開，伊的短短的半溼的頭髮冷冷地滑落。「但是都一樣，我永遠是你的新娘，」伊笑著說：「只要你走之前愛著我，就行了。」

「你是個傻楞楞的小麻雀，」他充滿健康人的自信說：「軍曹說，他要娶你，就要娶你。」

「你不必那樣，真的，」伊說。伊於是在他的懷裡快樂地擺動，像一隻棕色的土撥鼠。「只要在你走之前愛著我——完全地愛著我——就行了。」軍曹巴爾奈・E・威廉斯憂悒起來，他說：

「他們告訴了你我就要走的嗎？」

「你們終歸要走的。」伊細聲說：「忘了它吧，讓我們快快樂樂地過完你的假期。——你還有多少假期呢？」

「四天。」他嘆息著低聲說，望著一桌子一床頭的紅的以及黃的玫瑰。他們沉默著。

「四天。」伊無聲地說。

「小麻雀，你聽我說……。」

小麻雀開始無聲地流淚。「四天也好。」小麻雀說。伊開始脫下伊的晨衣，伊的彷彿豐碩了些的乳房微微地躍動著。伊打開床邊的電扇，側臥在床上。「小麻雀，你聽我說——。」軍曹親吻著伊：「在醫院的時候，我對我自己說：平生第一次，有個人使我覺得我自己有多重要。那個人就是你，我的小麻雀。我又對我自己說：平生第一次，我的生命裡有了一個目的，為它奮鬥。」「我愛你。」小麻雀嘆息著說：「我愛你。」軍曹輕輕地吻著伊的全身。「我不願離開你，你相信嗎？但我要再回到那個戰場，我要殺光那些躲在森林裡的黑色的山螞蝗，那些狗娘養的。我要成為一個勇敢的軍人，一個上校。我要成為你的驕傲。」艾密麗好幾次想告訴他伊已經為他懷了一個月的小孩。那一定是個漂亮的、黑色的小男孩，伊想著：眨著一對大大的金魚眼，像他的父親一樣。然而伊只是說：「我會以你為我的驕傲的。」伊快樂地微笑著。軍曹開始因激動而氣喘著。孩子一定是個漂亮的小男孩，眨著一對大大的金魚眼睛，像他的父親一樣，伊兀自想著。

燦爛的陽光

一個有霧的夜晚，伊下班回到家裡。伊在門底下撿起一封漂亮的白信封。伊打開燈，從信封裡抽出一張裝潢得十分精緻的信。伊看到一隻憤怒的梟鷹，抓著一簇銳利的箭，彷彿意欲振羽而去。伊一下子記起他晉升軍曹的證書上，也有這樣一隻鷹揚的猛禽。伊快樂地親吻著信紙。「巴尼，你辦到了——雖然我不曉得你又升成了什麼。」伊喃喃地說：「you make it, Barney, you make it!」

伊把那漂亮的信紙擺在桌上。軍曹巴爾奈·E·威廉斯的照片在鏡框裡溫柔地笑著。伊脫去衣服，開始洗浴。伊快樂地用口哨吹著他的〈美麗的莫妮達〉，想起他上船的模樣來。戴著船行帽的他的側臉，看起來真像一個勇敢的軍人。那時候，燦爛的陽光照耀在那隻巨大無比的戰艦上，也照著他的嶄新的卡其軍裝。他頻頻張著長臂對伊搖動著，而伊卻在船下不住的哭著，哭著。「甜心，我會好好的，」他大聲說：「我會回來看你，我會的！」然後戰艦慢慢地駛開港口。好燦爛的陽光。現在伊整個臉仰向蓮蓬頭，露著牙齒笑。「明天要找酒櫃的小劉讀這封信給我聽，」伊獨個兒說：「這次起碼是個少尉。少尉巴爾奈·E·威廉斯！」伊不禁笑出聲音，吐出滿口的冷水。

燈光下，那封漂亮的信紙靜靜地躺著。

「……他為無可置疑的民主、和平、自由和獨立而戰；他為合眾國傳統的正義和信念捐軀。他的犧牲為全世界自由人民堵塞奴役和反人性的逆流底鬭爭，墊上一塊有力而雄辯的巨石。……。」

初刊一九六七年七月《文學季刊》第四期
初收一九七二年小草出版社（香港）《陳映真選集》（劉紹銘編）
收入一九七五年十月遠景出版社《第一件差事》，一九八八年四月人間出版社《陳映真作品集3・上班族的一日》，二〇〇一年十月洪範書店《陳映真小說集3・上班族的一日》

1 本篇初刊於《文學季刊》，篇題後正文前有引文：
「你們要彼此相愛。　約翰福音十五：12
我若能說萬人的方言，並天使的話語——卻沒有愛，我就成了鳴的鑼、響的鈸一般；我若有先知講道之能，也明白各樣的奧秘、各樣的知識，而且有全備的信，叫我能夠移山——卻沒有愛，我就算不得什麼；我若將所有的賙濟窮人，又捨己叫人焚燒——卻沒有愛，仍然與我無益。……愛是永不止息。　哥林多前書十三：1—8
在這一切之外要存著愛心。　歌羅西書三：14
你們務要常存兄弟的愛心。　希伯來書十三：1
愛裡沒有懼怕——愛即完全，就把懼怕除去。　約翰一書四：18」
2 初刊版無「我剛剛從越南來。」。
3 「喲荷」，初刊版為「喲嗬」。
4 初刊版無「希望之」。
5 「忠心地」，初刊版為「衷心地」。
6 「打爛了」，初刊版為「剿滅了」。

流放者之歌

於梨華女士歡迎會上的隨想

1

七月九日，差不多是臨時決定了去參加在文星藝廊舉辦的於梨華歡迎會，所以到場的時候，約莫遲到了二十來分的光景。

那時候，她正議論著：在美國，創造性的作家，是如何地受到基金會、大學園的獎助，使作家們毫無世事生活的拖累，專心從事創作。

聽到這樣的事，就好像聽說在美國連工人都有汽車；以及在那個地方，只要是一個誠實、進取的人，便充滿了成功的機會云云，初時不免有一點怨艾，繼而也便又自己抹消這一層薄薄的遺憾之感了。事實上，文學藝術的問題，同整個社會、政治、經濟、教育等諸問題，是分不開的。倘若有人因為這個演講便想單單在文學藝術這一門上，有一個神話一般的解決或改善，實在是愚蠢到極點了。

而且倘然能不免於阿Q之譏，則我們的作家們在絕望之餘，也可以偷偷地這樣想：這些經濟上的獎助，也似乎並不曾為美國造就了怎麼了不得的作家；再換個方向想罷，一些世界文學史上的巨星，似乎也未必是這種獎掖所造成的罷。我絕不奢侈到反對國家或社會對於作家的福利措施，因為我自己便一直抱著一個永不能實現的悲願，想要過一個專業性的作家生活。但就現實的條件去想，只要我們的作家都能有職業上的保障，則即便是業餘創作，也很願意用最大的誠懇和努力去做的。無稿費的高水準的文學同人雜誌在台灣不絕如縷，正說明了這一點。

在作家和社會都能清楚地認識到作家對於社會的責任，以及社會對作家們的要求的時代來臨之前，作家所要求的，似乎並不該是片面的、特殊化的保護，而是要求能與一切的人同時享有最基本的生活的權利；能在其他的職業中安心地生活，在生活中創作。只要達到這一點，我想，我們的作家們就十分感激了。

其次，於梨華說到國內的文藝界，應該多多和「美國的學界」保持聯繫，這一方面能將美國的「中國研究」從單純的語言範圍引到文學的範圍；另一方面，也許可以得到美國的獎掖之手，扶我們一把，也未可知。這就文學交流的觀點來說，是無可厚非的。但是，目前我們作家們最切要的課題，似乎是提高創作的品質罷。於女士說台灣的文學作品欠缺某種寫實主義是一針見血之論。就單憑這一個致命的弱質，便不具備任何同別人交流，受別人扶植的條件了。

我曾經聽到不少的朋友勸我用英文寫作。他們的理由不外兩點：第一、中國語言在世界上不流行，東西寫得再好，那些洋大人是沒機會看到的；第二、只要洋大人不認識你，看不到你的作品，你就永遠出不了頭。據說，有一次，美國康乃爾大學的幾個毛頭小孩來台灣「研究」「中國現代文學」，於是我們的部分作家們便拉著翻譯，連夜把作品譯成英文，把自己說成不世出的天才，被我們的「文化沙漠」給乾埋了。這些醜陋的樣子，便充分暴露了中國近百年來屈辱的歷史所遺傳下來的殖民地根性。於女士的這個呼籲，看得出她對於國內文藝界自生自滅的悲涼景況，抱有無限關切和同情。但倘若竟無意中鼓勵了這種黑暗的、屈辱的根性，恐怕便不是她底本意了罷。

事實上，一國、一民族底文學，首先是訴諸於他自己的民族，為他自己的民族去創作，然後才具備了成為全世界、全人類的藝術底可能性。為他自己的民族而創作的東西，為他自己的民族所喜愛的藝術，才開始有了被別的民族接受、欣賞的可能性；被他自己的民族否定或者揚棄的東西，是斷乎被註定了被全人類所否定和揚棄底命運的。

2

演講過後，歡迎會請了幾位在場的作家和編輯們講了話。在講話中，意外地竟出現了台灣現時文學中的語言問題。司馬中原首先提出年輕的文學者沒有使用我們「民族的鮮活底語言去創作」，專事歐化，「離開了大眾的，活潑的語言。」稍後台大歷史系主任許倬雲也提出了類似的問題，並且把這種現象歸諸於中文教育的僵化和三十年代中國文學作風底失落。

這個問題的提出，對於台灣年輕一代的，富有創造力的文學作家們，是一個挑戰，為他們提出了一個值得他們認真思考的課題。但是，他們也應該懂得：把這個意見和那些站在復古立場上的迂腐的保守派底意見分別起來。

從文學史上，我們至少可以有兩點認識：第一，一個民族的語言是不斷生長，豐富和發展的；第二，負起發展和豐富一民族之語言的責任者，便是那個民族的詩人和文藝家。是他們將他們自己民族的語言不斷地開拓；開拓語言在美的、藝術表現上的可能性；開拓它在思想表達和論理可能性上的又新又開闊的境界。而正因為這樣，機械地排斥外來語、外來表現方法，正和毫無原則地、矯情地歐化，同樣都不是正確的態度。

不僅是文學的語言，就是中國語言底一般，在台灣都顯得枯萎和死板。這至少有好幾個原因：（一）思想的僵化。沒有活潑的、鮮活的思想生活，表達思想的語言也就跟著僵化了；（二）俗化的傾向。商業化（commercialization）社會，特別在它痛苦的形成期，都市民的俗化傾向（complacency）是一種必然的現象。傳播文學（journalistic literature）的氾濫，便是例子；（三）文學傳統的中斷。正如許倬雲指出：由於特殊的因素，作為中國新文學重要的一環的三十年代文藝傳統在台灣中斷了；年輕的世代和中國文學的新舊傳統都失去了連繫；（四）過分的歐化。在上述諸因素所造成的空隙中，歐語文的影響便呈現一種炎腫的徵狀。台灣的現代詩在語言上帶來的病變，便是最特出的例子。

為語言問題尋求一個正確的方向，是今天台灣作家的重要課題。至於許倬雲說要中文教師負起責任，從他主張謹慎地選擇三十年代新文學作為教材的一點看來，實在是要求教材本身的改革罷。我曾看過一本日本高中「國語」課本中收有世界名畫解說、世界古典名作、當代日本文學名作和當代世界名作等，也因而一時對我國國語文教育感到某種痛苦的惡意。但這畢竟是整個教育政策、教育思想的問題，我們是一點兒也想不出辦法來的。

唯其是這樣，台灣的文藝作家便尤其有了嚴肅的責任。從民族的生活中吸取豐富的、活潑的語言，經過作家們予以藝術的使用和創新，再以之回去豐富民族生活中的語言，如此層層上升，漸漸發展。這既是世界各個民族底語言發展的規律，我們當然也不例外。問題彷彿不在於復古呢或是極端歐化，而是在把從民族生活底語言中取材，又回頭去豐富民族生活的語言這個原則作為解決語言問題的方向，然後才能善於從傳統和別民族的文學中，吸取精華，創造所謂「鮮活的民族語言。」

3

問及於女士對於台灣文學界的觀感的時候，她曾很小聲地說是台灣的文學「缺乏一種寫實主義」。據她說：台灣的文學作品總愛把背景放在離開現實很遠的、虛無飄渺的境地，而男女英雄便在那裡哭笑離合，絲毫不面對生活的現實，不去觸及問題的正體，云云。司馬中原也提到了這一點，說台灣的（年輕）作家，在主題上總是脫離了生活底現實，不反映此時此地的現狀。以讀者身分講話的劉君，也表示他之喜愛於女士的作品者，是由於她反映了當代滯美中國留學生的實體，也兼而反映了一般青年的苦悶。

寫實主義問題的提出，同語言問題底提出一樣，頗使我喫了一驚。說起來是很失禮罷：我一直沒讀過於女士的作品。但在歡迎會上，我明白地看見：於女士作品在知識分子間之引起廣泛的反響，是因為她觸及了現實的主體——至少是現實底一個面相。由此，我益發相信：

人們總是在藝術作品中尋找最迫急的、最關切的最令人激奮的各個問題底反應。在這個莊嚴的要求中，便彰現了藝術家的任務。而於梨華給人的印象，便充滿了這種作家的意識（writer conscious）。

《文學季刊》的老編尉天聰提出了一個問題：就反映現實而論，象徵、比喻、寓言，都是可以運用的方法。但我想於女士提出的寫實主義，與其說是形式的、技巧的問題，倒不如說是路線的，本質的問題罷。這麼一來，尉天聰和於女士倒沒有相歧異的地方。

但是，我不禁在想：坐在臺上的詩人余光中氏，對於寫實主義，會有什麼樣的想法呢？今天台灣的現代詩，不論就本質上和方向來說，是斷乎無法肩負起像讀者劉君所沉痛地提出的要求：即文藝和現實底結合。現代詩似乎只有兩個道路：繼續漠視群眾，迷信現代；繼續自我陶醉，其一。徹底做反省，找出一條活潑的，現實主義底道路，其二。但這樣的話，不論對於正在受到不幸的攻訐的余光中氏，或者一切現代詩人，都沒有絲毫敵意。作為廣大的、患著嚴重的詩之營養不良的讀者之一，我想我該有提出這麼一個令人憂心忡忡的問題的權利罷。

讀者劉君的講話，以「請作者拿出良心來！」做結束。那時候，一陣令人痛苦的溫熱向我襲來。現代詩人或者也應該有類似的感受罷？對於這樣悲切的呼籲，我一方面感到慚愧，一方面卻並不氣餒：既然努力得不夠，唯一的方法，便似乎只有再不斷地努力下去罷了。

4

於梨華在講到迷失(lost)的問題、現實主義問題的時候，有顯然可見的激動。以一個「女流作家」，這樣的姿勢，實在是十分可愛的。在台灣，所謂作家意識，只是代表一些矯情、造作、拆爛汙……的惡品質，但在分業觀念發達的美國受訓練的於女士，卻有一種把作家看成在社會的有機體(organism)中負有某種特殊任務者的使命感。這固然是在職業作家的存在成為可能的社會裡的作家才會有的現象，但乍然一見，卻很令人欽羨。有了這樣的作家意識，才能認真地思考關於作家和社會的關係；他對於社會、人類的使命；創作路線和表現內容的問題。這樣，一個作家才開始自覺地走上人類文明託付予他的道路上去。

費里尼彷彿說過：一個藝術家一定得像一棵樹被栽種在他的民族的泥土上——儘管這泥土有多瘦，有多旱。尉天聰問於女士對於這句話的感想。

對於這麼一個有趣的問題，於女士(看來她很有一種政治上的聰明)雖然沒有正面回答，但她卻提到那些本身長期在美國國外，又以美國國外的美國人做題材的失落的一代的作家——像費茲哲羅，海明威和莎林傑——，這或者並不無藉此自許的罷。倘然這個聯想不錯，那麼，表現在幾位中國留美作家的作品中的那種不曉得把自己擱(identify[1])在中國歷史中的什麼方位才好的感覺；流放感、疏離感（alienation）以及一種無助的憤怒和絕望，便有了令人酸鼻的真實性。至此，我才第一次明白了：在美國的流放作家群中，是自有他們的有意識的態度、方向和主張的呵！

然而，對於這些流放作家們，只要他們肯認真地、而不是形式主義地思考，則美國的迷失的年代裡底一切條件，和今天流放在美國的中國文學青年們的條件，實在是很不相同的。這固然是認識上的問題罷，但當然也是和他們之作為流放者的事實，是不可分的。這麼一來，於女士自己提出的「現實回歸」問題和女士自己的流放生活之間，便構成了一種極為微妙的、令人疼痛的矛盾——比方說：於女士在台灣過幾個月，又得回到她的安穩的流放地去了呢。

5

於女士本身顯示了：在美國流放的中國作家們，是怎樣地憎惡流放生活，而又不得不喜歡那兒的物質生活，繼續流放著，唱著流放者底悲歌。他們令我們想起古代布列頓民族的流浪詩人們的憂悒的歌聲。就普遍地感到無所歸著（failure in self-identification）、無根連的意識（sense of alienation）這一點看，國內外作家在某一個意義上，都是這種流放的歌人。因此，從整個中華民族的視點去了解中國文學和中國文藝作家的命運，不僅對於流放的中國作家，就是對於國內的文藝作家們，也一樣是當前最切要的課題。倘若不去痛苦地、認真地思考流放的本質，這樣一味流放下去，則既便有什麼樣的寫實主義觀點，怎麼樣地有一種「迷失」的集體意識，則將因為遠離了中國民族的脈動，他們的聲音是終於要成為一場不必要的夢囈而已罷。是民族（人類）發展的法則、而不是作家主觀的意識決定著藝術的價值。

另一方面，台灣的作家，應該能夠從於女士那兒學習使用寫實主義（廣義底）觀點去創作，養成文藝工作者的責任感。在這個問題上，批判並破除病變了的現代主義，並且和它做堅決的訣別，又恐怕是一切問題中最迫切的課題也說不定。

不管怎樣，讀者所表現的現實需要，已經向文藝工作者提出了要求寫實主義、要求用良心去寫作的呼聲。同這個要求相適應的新的文藝方向，正有待於積極地開發。誠實地、堅決地接受這個呼聲，和低能地、迷信地拒絕這個挑戰，便成為文藝工作者在今後由他自己挑選的兩個不同方向的道路了。

初刊一九六七年七月《文學季刊》第四期，署名許南村

收入一九七二年小草出版社（香港）《陳映真選集》（劉紹銘編）

1 原刊為「idenfity」，疑排版錯誤，今改正。

最牢固的磐石

理想主義的貧乏和貧乏的理想主義

豐富中貧乏意識

鮑勃・狄倫（Bob Dylan）、約安・貝滋（Joan Baez）和彼得・西格爾（Pete Seeger）的民歌唱片，雖然一直不曾引起讀書界比較廣泛的注意。但是，據我所知，一小撮愛好音樂的青年，斷斷續續地傾聽著他們的歌聲，也有四、五年了。以我自己來說，卻因為粗陋寡聞的緣故，在今年八月以前，是一直不曾注意到它的。九月間，為了滿足關於這個極有意義的歌謠運動底知識之渴望，請了白中道、戴文博二先生做了一次十分精彩的對談。這對談的紀錄，已經在本期的《文學季刊》上發表了。

就以這個對談做根據，倘然將三〇年代的第一次復興運動[1]和六〇年代的第二次復興運動做一個比較，至少可以找到一個共同的地方：每當美國人民開始對於既存的信念和價值發生疑惑的時候，他們就去傾聽那些俚野中的歌聲。但是，在這一個共同點裡，因著不一樣的歷史背景，自有一些微妙的差異：三〇年代的美國的懷疑運動，具有全球性的背景。歐戰後的大不景氣，使西方的智識界對於因工業主義、殖民主義而膨脹起來的整個西方的價值體系，發生了全面性的疑惑，也便引起了極為尖刻的自我批評。在這樣的條件底下，被聰明的羅斯福總統僱用的智識分子，便以一定的意識形態，去發掘和整理那些流盪在荒廢的山間、疲敗的農場和癱瘓的城市裡的民歌；也以這一定的思想，從事民歌的再生產。

但是第二次復興運動開始的時候，正是美國的社會最富足的時期，特別是對於那些成為第二次民歌復興運動最主要的聽眾的大學生，更是如此。他們出身於富裕的中產以上的家庭，在學費昂貴，校譽優良的學府中過著幸福的生活。然而在這富足之中，也開始了一種批評意識。中產階級生活中的惡俗、虛偽、罪惡和人與物的倒錯，彷彿在那些俚野的、辛酸的、憤怒的歌聲中，顯得更無法忍受了。攻擊虛飾而墮落的中產階級生活，是十九世紀的自然主義文學的特色之一；以富裕的出身為恥，為罪惡，並且把窮人和窮乏本身理想化，又是舊俄時代民粹運動的主要精神，也曾影響了有島武郎的文學和當代的日本的思想界。

這種中產階級的自我厭惡和犯罪意識的·理想主義底·浪漫主義底色彩，是第二世代的民謠復興運動的特質之一。在我們的讀書界，似乎很流行著一種對於「群眾社會」(mass society)[2]

的無限恐懼和憎惡的思想。對於把群眾偶像化的觀念，怕是要輕蔑地說：「太理想主義了！」對於我們的知識分子，「理想主義」簡直就是幼稚、愚蠢和感情衝動的意思。不錯，群眾有他們的愚昧，甚至於罪惡罷。但是，倘若不曉得從環境和發生上去了解這些愚昧和罪惡，而一味自封為一個何等高級的智識分子(intellects so refined)，那麼，他便永遠也不能享受群眾的社會生活中所創造出來的驚人的智慧和美德。這，單單看這些民謠唱片中的歌詞，就很明白了。

為了逃避中產階級的現實，各種「精神溶渙劑」(psychedelics)在中產階級中被前所未有的廣泛度中被使用著，引起了美國立法和衛生當局的重視。據這種「另文化」(sub-culture)的地下小群(undergrounds)的理論家們說：服用這種麻醉藥劑，非但不是消極的避世主義，反而有積極的意義。這些藥劑所帶來的幻想世界使人們了解到：在日常的現實底背後，還有一個更其炫美、更其廣闊、更其豐富的世界。他們於是開始懷疑真實世界的真實性，也懷疑日常自我的真實性。他們感到自己一向被這種日常的現實和自我所欺騙了。真正的現實，便是藥劑作用以後的那些迷幻的宇宙！這個藥劑所給予他們的意義(lesson)[3]居然是：現實問題不是重要的，重要的，是怎樣去開拓內在的「自我」，怎樣去釋放囚錮在自我裡的「神」！

像這樣，懷疑經驗世界的真實性，追求所謂「真實背後的真實」，以至於用理念或精神去解釋宇宙的哲學，在人類的思想歷史中，也不是一個新奇的事。從另一方面去看，正如「理想主義」和「觀念論」都寫同一個字——idealism——一樣，以麻醉劑為基礎的觀念論，恐怕正就是它所自來的中產階級的理想主義底必然的發展，也說不定罷。

然而，這樣的觀念論，在美國，也並不是沒有它的反論（anti-thesis）的。以我親耳聽見的，除了如戴文博、白中道那樣極力擁護使用「精神溶化劑」[4]的，也有一個美籍猶太青年說：「我和我的妻子使用過marijuana，但我已經和它訣別了。我不再用它，重要的是我必須做點什麼。」另外一個可愛的美國女孩也說：「我用過marijuana，但我並不著迷。我覺得人類所被賦予的條件，足夠叫我們去對付這個世界而有餘，而不必藉著藥物去刺激它。」這個可愛的女孩，卻正好是戴文博現在的女友哩！

似乎從來沒有過一個民族，像今天的美國一樣需要用藥劑來幫助他們生活在另外一個非現實底世界裡。這，自然有它的許多社會學的因素[5]罷。這個大的麻醉藥運動，暴露了美國電影在發展中國家裡被豔稱的「美國生活」（American life）底實質上的貧困，當然，也暴露了作為對於這種膏粱的中產階級的精神貧困之反動的，理想主義的貧困性。

然而，無原則地忽視或嘲笑這樣一個貧困的理想主義，也是錯誤的。在成千成萬的「疏外者」（dropouts）所建立的「嬉皮世界」（Hippiedom）中，他們以可憫的姿態去實踐了他們對於愛，和平主義，寬容，正義的理念和各種烏托邦式的公社生活。就以一個人來說，在他的一定的年紀裡，他會反抗、熱烈地追求他自己的理想主義。這種反抗和理想主義或者也不免於幼稚罷。但，重要的是，他是否能把這反抗和理想主義成熟化了，帶到一個更成長的年代裡去。跟這個一樣：今天美國的迷惑、的理想主義之最重要的問題，在於她能不能克服它的貧困性，而發展一種全新的、具有建設意義的理想主義。

而倘若我們回過頭來想一想此間的我們的智識分子的思想生活，我們是即便這麼貧困的理想主義也沒有的。理想主義在此間極端的貧困，又為一種特殊的條件所不斷地再生產著，致於連這種貧乏意識也沒有了。則要他們對於自己有所憎惡，有一種犯罪和貧困的意識，就不知道是要幾千年以後的事呢！

老掉大牙的人道主義？

在這種普遍的理想主義的貧乏症裡頭，黑澤明的《紅鬍子》，在此間智識界中冷漠的反響，也許是意料中的事罷。他們對於《紅鬍子》的失望，據我所知，不外乎兩點：第一、在內容上，它「只不過」表現了「人道主義」的精神。而人道主義這個東西，實在是一個老掉大牙的思想，絲毫沒有什麼新奇的地方，甚至想起來都有點兒肉麻兮兮的；第二、就形式上來說，黑澤把它拍得太過於簡單了：簡單的故事、簡單的手法、太過分明白的對話，等等。一切不用去猜想、去苦思，不能叫他們拍案叫絕。他們想去猜謎、去感受、去「發掘」俗人所不能理解的奧義的一切預備，差不多全落了空，因此不但失望，甚至有點惱怒也說不定的。

要說一種思想已經過時了，老了，至少要有兩個條件。首先，就是產生這個思想的實際問題發生了新的變化，有了新的性質；要不就是這問題已經根本不存在了。比方說，「寡婦再嫁是不貞的」這個思想，在今天，確乎是一個過時的，舊的思想。因為新建立的市民社會，已經從根本上改造了農業社會時代的兩性的倫理。倘若今天有誰還站在過去的道德觀點，描寫寡婦再嫁的問題，便是一件可笑的事。其次，就是更新的、更進步的學問或思想，修正了或否定了舊有的思想，則原來的思想，便可以說是過了時的、不切實際的思想。比方說認為天是圓的、地是方的；認為是天體在運動而地是永遠靜止的思想，早已被更為科學的天文學說否定了。倘然今天還有人公開宣傳著天動地靜之說，這人便值得嘲笑。

然而黑澤所表現的思想和問題性，不管從哪一個觀點看，都沒有什麼「過時」之處。正相反，貧困、飢餓、愚昧、不正和壓迫，在我們這個世界上，一直都是、而且愈來愈是一個急迫而深在的問題。就在這個時候，在這個世界上，存在著我們不能想像之多的人口在營養不良、惡性的飢餓、永續的貧困、無知、醫藥缺乏和道德墮落中掙扎著。我們也無法想像多少驚人的收奪和壓迫正在甚至以國際性的範圍進行著。除非有誰能證明這些早已不復存在，或者說認為提出或批評這種泛在的罪惡已經是過時的思想，那麼，黑澤提出的問題性，便不但不曾「老掉大牙」，而且具有無限生動的現實性。

誠然，在這個現代人的世界上，還存在著許多的現實，比方人的物質化、疏隔的悲哀、虛無和頹廢的必要性，個人的、安那琪的悲憤，對於定命的死亡底懼怖，等等。這些，或者是我們的比較高尚的，教養良好的（refined），神經纖細的智識分子所關切的罷。然而，倘若不能夠把這些同整個現存的根本軋轢連起來想，他便不算是一個真正懂得這一切的不安（frustration）的人；他只不過是一個把悲愁放在嘴唇邊玩弄著的，造作的stylist罷了。

問題還不僅是這樣。當世界矚目的黑澤花費巨大的努力去製作這一個「前．喬哀斯」風的（pre-Joycian）作品的時候，正是日本文藝思想最熱中於頹廢的、誇張肉欲的、絕望的現代主義的時候。日本的智識界，在一九六〇年的大挫折以後，便又掉落到極為巨大的徬徨裡。黑澤的這個努力，尤其在這樣的背景裡，具有極為重要的意義。對於我來說，從閱讀劇本所了解的安東尼奧尼，和以《8½》為代表的費里尼，比起黑澤的這個製作，實在是為之黯然失色了。從《齊瓦哥醫生》和《紅鬍子》看來，「前．喬哀斯」的藝術路線，實在是還潛藏著豐富的可能性的。

倘若連黑澤的理想主義也要嘲笑，那麼，就嘲笑罷。他們還是要輕蔑地說：「黑澤這個傢伙，太理想主義了！」是的。連被知性的貧困和金錢貪欲墮落得不像樣了的台灣的醫生們也會說：「黑澤這個傢伙，太理想主義了！」那些在還沒有考進醫學院就滿腦子「顏如玉、黃金屋」的醫學學生也輕蔑地說：「黑澤這個傢伙，太理想主義了！」那麼，我們的讀書社會對於黑澤的這一製作的冷漠，豈不是很自然的嗎？

在《舊約聖經》上，曾經記載著所多瑪和峨摩拉兩個荒淫、敗壞的城市，因為天譴而遭毀滅。在《嬉皮世界中》追求愛和真理的一個十九歲的青年，當謀殺和敗德的陰影開始籠罩了他們的理想之國時，悲愴地說：「你永遠沒法在所多瑪和峨摩拉城尋見神和愛。」（You can't find God and love in Sodom and Gomorrah!）

我們還不曾有類似美國那樣的物質的所多瑪和峨摩拉。但，倘若我們的心靈世界都像這兩個敗壞而痲木不堪的城市，這該是多麼叫人寒冷而又寒冷的事呵！

真理的倫理條件

理想主義受到犬儒式的（cynical）拒否的理由之一，便是說理想主義具有極大的欺罔性。一個美麗、崇高的理想常常帶來醜惡而寂寞的幻滅；一個美麗而動聽的理想又往往成為壓迫者或收奪者藉以施行壓迫和收奪的糖衣。朱力·達辛的《勇者之死》裡的牧羊人，因為受到扮耶穌而來的理想主義所祟，在證實郊外的難民同胞染有霍亂之說只是毀謗的時候，歡欣鼓舞地來到主教那裡。結果，他的滿腔愛心換來的，只是屈辱的掌摑、悔改和痛苦地承認明白的謊言。同樣一本《聖經》，卻被這小鎮的權力和財富的所有者作為他們自己存在的神聖的憑據。

理想主義否定論者還可以在歷史上、社會上舉出成千上萬的類似的、而又真實的例子來。但是，倘若因為這樣陰慘的事實而拒絕了理想主義，其結果比因為現在的醫師、律師之不道德和墮落而整個否定了醫學和律師制度，還要可怕。因為，倘若這世界上的惡者連理想主義這麼一個敵人也沒有了，則他們的惡德，便不知道要以多麼凶狠的姿態去吞噬這個無告的世界。

事實上，這些悲憤的，極端的理想主義否定論者，至少犯了兩個錯誤。

首先，他們不曉得理想主義是沒有絕對的·永恆的性質的。理想主義產生於不同的歷史背景。換句話說，各個不同的歷史的、社會的背景，有其不同性質的問題和需要。相應於這個不同的需要，便產生了各個歷史時期不同的理想主義。比方說，在農業社會的古中國，在從比這個社會更落後、更原始的社會發展到農業社會規模的時候，便有了適應於這個特殊歷史階段之需要的理想主義。比方說：孔子的一切教訓所建立的理想主義——一個君、臣、父、子、兄、弟、朋友、男、女之間上下秩序整然的社會，以及維繫這樣一個社會所必要的孝、悌、忠、信、慈、仁、和等等的道德體系。這種理想主義，對於那個時候的社會，是一套完美、智慧的發明，具有十分重要的價值與意義。但是，正如我們所熟知，這些在古代完美的理想主義，有一大部分已經不適合現代化了的中國底需要。而我們今天還用得著的一部分，也需要予以新的解釋。倘若現在有人以為孔子的理想主義欺騙了他，這個責任，當然不在孔子。《良相佐國》裡的湯麥斯・慕爾爵士，便是不明白經過海外商業殖民而大大地發展了的商人中產者的英國之與舊的天主教會決裂的必然性，徒然地做了悲壯的反抗。他的悲劇不在乎他的誠實與謙沖的優美性格，也不在於野心勃勃的君王和現實而有些敗德的新權貴，以及「見風轉舵」的英倫教會，而是在於社會轉型期的價值衝突。

這樣，理想主義自有它的歷史的、階段的性格。一種理想主義在一定的歷史的階段中，具有推動、發展當時的整個社會與文化的使命。

其次，倘然明白了理想主義的非絕對性與非永恆性，便能明白理想主義的雙重性質。所謂理想主義的欺罔，便在這個關口上。在一個時候，理想主義是發展、推動人類社會與文化的無可打敗的力量；但是在另外的時候，同一個理想主義，卻成為阻止、壓制人類社會與文化向前發展的力量。這種所謂理想主義的欺罔，大約有兩個十分貼近的原因罷：

第一、某種理想主義既然有它一定的歷史性，則歷史改變了，由過去的、舊的歷史條件所創造的理想主義，便失去了它成為「理想主義」底條件。而倘然有人要用一切政治的、權力的巨大力量強行將「舊的理想主義」套在新的、不同的歷史時期，這便有了所謂理想主義底欺罔。在我們的父親一代，多少「孝行」、「貞節」的名目被用來壓制年輕的、富有創造性的世代，便是極為淺顯的例子。

第二、在每一個歷史階段中，總有一小群隨著那個歷史階段底發展而掌握了地位、權勢和財富的人。這些人，為了不願意失去他們這一切既得的利益，便一方面不願意一切足以使他們這些既得利益失去的一切變化發生；另一方面，他們要千方百計地為他們的既得利益，和保持這利益所必要的秩序找最有力量的憑據。小鎮上的神父與財主製造了謊言，誣稱他們那些流淚的同胞患有可怖的霍亂，免得這些人破壞了既有秩序。神父不在《聖經》中尋找「愛人如己」和施捨的這麼一個簡單福音，卻強調財富的祝福是神所分配與應允的教訓。「愛」、「正義」、「憐恤」是世界一切宗教至極淺顯和直接的．共同的理想主義。然而，一直到今天，世界上依然存在著因為膚色而拒絕一個人進入教會團體的事。

但是，理想主義否定論者在這一切事實具在的黯面裡，沒有進一步去看見；正在這一切黯面底背後，存在著理想主義底得勝底凱歌。

正因為擁有既得利益者由於至死不願意放棄他們利得的這個貪欲，他們已經注定了不能正確地接受不斷發展中的新的事物。他們因而不願意或不可能明白壓迫與收奪是不對的，他們不願意或不可能明白歷史向前發展的規律是不可抵抗的。舉個例子說：滿清的當權者不願意或不可能了解民主主義的潮流是不可抵擋的；日本軍國主義者不願意或不可能了解殖民主義的罪行是必然要成為一種永遠不再存在的惡夢。小鎮上的神父與財主不願意或不可能明白壓迫、掠奪與欺騙是行不通的。也因為這樣，專制思想、「大東亞共榮圈」與「財富是神所分配」的口實，一定會被揭穿的。

這樣，在所謂理想主義的欺罔中，便有了一個立場的問題。只有同財主的父親做了堅決的訣別的兒子，才能明白整個的真理。至此，真理便有了倫理的條件：真理只對於那些站在正確立場——正義立場的人說話，就如真理只面對起而反抗日本侵略者的中國人，卻背向日本軍國主義收奪者一樣。

真理本身或者並沒有倫理的因素罷。但了解與掌握真理，卻有了明白的倫理條件。是的，真理的倫理條件，這便是理想主義得勝的最牢固的磐石！

初刊一九六七年十一月《文學季刊》第五期，署名許南村收入一九七二年小草出版社（香港）《陳映真選集》（劉紹銘編），一九七六年十二月遠行出版社《知識人的偏執》（許南村著），一九八八年四月人間出版社《陳映真作品集9．鞭子和提燈》

1 「復興運動」，人間版均改作「民歌復興運動」。

2 人間版將本文多處專有名詞後的英文原文刪去。

3 「意義（lesson）」，人間版為「教訓」。

4 前文為「精神溶渙劑」，此處初刊版及人間版原文均如此。

5 「社會學的因素」，人間版為「社會的和經濟的因素」。

期待一個豐收的季節

1

在今天，對於台灣現代詩壇抱著批評底態度的，大約有這三種人：

第一種，是保守派的殘渣。屬於這一派的人，早在啟蒙的五四時代起，就竭力反對白話文了。他們在思想上，是舊的．後進的．農業的中國底意識形態之最後的代表人。一直到今天，我們還常常看見他們發表許多復古的論調，比方說讀經，寫毛筆字，反對節育，等等。然而，畢竟由於他們只是一小撮遠遠地掉在中國近代化歷史底背後的人們，因此儘管他們之中有的還占著高位，他們的意見，一般地已經完全失去了影響力。這一點，只要看白話文之通行，以及節育之普遍，就很明白了。

第二種，是所謂「三十年代」文學的孤兒。差不多很少人注意到，所謂文藝的現代主義，也發生於歐戰後的「三十年代」的這個事實。然而何以它沒有在中國的三十年代文學中起主導的作用，而遲至今天的台灣才有了發展，是一個饒有興味的問題。這個原因，按著我粗淺的想法，至少有這兩點，一方面是流行在當時全世界思想生活中的「左翼」熱病[1]；另一方面是由於中國當時抵抗日本帝國主義而來的．全國性的民族主義浪潮。這兩個因素，先天地就和具有個人主義．虛無主義性質的「現代派」文藝相對立的。我們實在不能想像：當東三省陷落的時候，詩人會有興緻去寫：「你見你的影，於成熟之水上，終於解脫了年齡／而你讓錨製作法律於海底之牧歌中」這樣的句子。在那個年代，人們總是在詩章中尋求當代最迫急、最感動人心的諸問題底解答；他們總是在詩章中鼓舞別人，也受別人的鼓舞，他們總是在詩章中傳達一個悲壯的信息；他們用血、肉和眼淚去寫詩．讀詩。

習慣於這種「三十年代作風」的讀者，沒有法子接受「現代詩」，是很容易了解的罷。因為這個緣故，這批三十年代的知識分子，便遽而完全失去了讀詩的生活，至今也有二十年了。他們對於新詩問題，泰半都採取了冷漠的態度。他們在不知不覺之間，成了三十年代文學遺落的孤兒。這固然也是世代的問題，但是，他們的反現代主義論，同保守派的反現代主義論之間[2]，是並不一樣的。前者是共同在新文學肯定論的基礎上，做新文學底方向，內容和形式問題上的爭論；而後者，是新文學和舊文學之間的．根本性的爭論。新文學在五四之後，將成為中國未來文學的主導方向，已經是一個定論；然而，現在的「現代派」，是否就是將來中國文藝的主要形式，一如以白話文為基礎的新文學取代了以文言為基礎的舊文學，卻決不是可以遽加斷定的罷。

在第一種反對論之薄弱，第二種反對論又默不作聲的情況下，加上其他極為特殊的條件，使得現代主義文藝——特別是現代詩——在台灣有了一度蓬勃的發展。據詩人們說：現代主義在台灣的成就，首先是詩，其次是(抽象繪)畫，然後是小說。這種欣快感(euphoria)[3]，我記得，以四、五年前的一個所謂「新詩論戰」後，達到了高潮。但是，現在想來，新詩壇的無政府狀態，惡化的形式主義，恐怕也正是那個時候開始罷。到了今天，雖然在表面上仍然有熱鬧的朗誦會，刊物的出版，但在骨子裡卻日深一日地感到一種危機。據說有的人停筆了；有的人想把這個本質上無法大眾化的現代詩「帶到農村、學校、部隊、礦山」而不可得，於是，苦悶著；有的人歇斯底里地拿著棍棒到處打「偽詩」的老鼠；有的人把自己關在玄學的詩論(比如說：主張詩所表現的是什麼「當代一種超脫時空的意識感受狀態」，即所謂「心象」的)裡自我陶醉，要求別人應當「承認自己的無知」，等等。不論反應有幾種不同的樣式，都說明了一個迫切的需要：現代詩壇應該做一個誠實的．勇敢的．深刻的反省。這樣的反省運動一天不在新詩壇發生，另外一種反對論就不能不存在一天。這第三種反對論者，包括曾經一度寫過現代詩，而今天正廢筆沉思的少數；包括相當多數的．曾經一度狂熱於現代詩，隨著他們理性的成長和對於文藝更多的要求而開始懷疑，批評現代詩的讀者；也包括像我這樣畢其生和詩毫無瓜葛的人。

2

第三種反對論者和第一種、第二種都不一樣。他們和保守派之間，連教育上的．啟蒙時代的連繫都沒有。他們這種和傳統完全的疏隔，當然，並不是什麼可以稱道的驕傲，反而竟是一種悲哀也說不定。另外一方面，他們幾乎完全和什麼「三十年代」的風風雨雨，毫不相干。如果某些三十年代的知識分子可以把「×××主義當作嬰兒時代的鞋子」一般地拋棄了，則這些人的「嬰兒時代」，是連「鞋子」是什麼樣子都沒見過，當然也沒得脫去以「拋棄」之的東西了。至於抗日的．民族主義戰爭的往事，對於這些年輕的．大部分成長在台灣的世代，差不多只是一種古談（legend）罷了。也正就是這樣的一個大疏離，他們才一度把他們那極度空漠的．貧弱的心胸，開向以虛無（nihilism）．背理（absurdity）．醜陋（ugliness）和非人化（dehumanization）為重要本質的現代主義文藝。西方的虛無主義，以不同的音程（octave），在台灣發生了共鳴。

按著這樣的邏輯，現代主義應該在台灣生根開花，而且也應該像他們（現代派們）自己所期許的：成為真正中國文學的主力罷；然而卻又不然。詩人停筆；真偽詩之爭的莫衷一是（controversial）等等的事實，到處都說明了現代詩正面對著一個嚴重的存續問題。現代詩可以不要第一種或第二種反對論的讀者；而倘若連一度是現代詩最主要的讀者的第三種反對論者也可以不要，拚命想把他們的作品譯成英文，企圖在西方一炮而聞名天下，那麼，這個人除了是一個沒有藥救的誇大妄想症患者外，什麼東西也不是的。

然而，何以一度是現代主義的擁護者的文學青年，會發展成為現代主義底對立物呢？這又是一個饒有趣味的問題了。

可以用最一般性的意義這樣說：現代主義是一種反抗。能夠對於現代主義稍做發生學的（genetical）考查的人，就能明白：現代主義如何是對於被歐戰揭破了的。歐洲的既有價值底反抗，又如何是對於急速的工業化社會所強施於個人的、劃一性（conformity）底反抗。台灣的現代派，在囫圇吞下現代主義的時候，也吞下了這種反抗的最抽象的意義。我說「抽象的意義」，是因為在反抗之先，必須有一個被反抗的東西。然而，從整個中國的精神、思想的歷史整個兒疏離著的台灣的現代派們，實在說：連這種反抗的對象都沒有了。

他們的憤怒，的反抗，其實只不過是思春期少年在成長的生理條件下產生的恐怖、不安、憤怒、憂悒和狂喜底一部分，在現代派文藝中取得了他們的表現型式罷了。我的這種說法，當然有點偏激罷。但基本上，是大約不會錯罷。我的論證在於：如果現代派的道路，現代派的反抗，能夠從青少年時期不斷地向成年的成熟期延伸，那麼，它便有了一個強固的意義。但事實並不然。眾多在青少年時代狂熱地擁抱過現代主義的文學青年們，在他們大學畢業以後，逐漸對於一度熱愛過的現代詩的一般，發生了懷疑，甚而至於批判的態度。這正說明了他們自己的成長，也說明了在台灣的新文學畢竟具備了自己矯正自己，向前不斷發展的，可貴的能力（energy）。[4]

3

去追求一個全新的信仰，也說不定；倘若現代派一直苦於精神和思想上的大疏離（alienation），那麼，將生的新詩或者將要以一個全新的視點，找到他們的定向（orientation）；而倘若現代派墮落到使他們的作品成為形式主義的遊戲，則在將生的新詩中將只見生動活潑的內容，使形式因溶化在內容中而不見了。

我但願這不至於成為一個愚蠢的預設。但是，不論如何，有一件事實是越來越明顯了：調皮的．台灣的現代派，竟在不知不覺中，懷了一個新的胎兒。這胎兒頑強地胎動著，使她的母親感到妊娠惡阻所帶來的噁心、嘔吐、焦慮、恐懼和不安。但一旦新生的嬰兒墜地，這一切都要過去，只留下新生的歡樂。目前最切要的事，是應該開始嘗試著去寫出作品來，虛心地自我檢討，忍受頑固的現代派必然而來的嘲笑，為新詩重新開闢一條又新又活的道路。作品本身是一種最有力的雄辯。新生的詩人可以一面創作，一面檢討，然後逐步把經驗歸納起來，再以之運用在創作上。讓心懷恐慌的現代派咒罵罷！他們所走的，已經是一條苦悶的死巷。而我們，卻有一大片未知的，豐腴的處女地等著我們去開發呢！

後記

我一向不曾在詩的範圍內工作過。因此，有關詩文學問題的發言權，不但有它的限制性，也不免有一些行外人的錯誤罷。但是，就文藝範圍來說，單只做一個讀者，由於長年沒有過詩的溫飽，便不免不自量力地參加了這個議論。我固然很擔心我的這種由於長年的詩飢餓而來的造次不被了解，但，不論怎樣，我對於一切認真的詩工作者們的好意，以及基於這好意而提出來的淺見，實在不願意他們不知道。

另外一方面，特別在最近的作品上，看見某些具有無比潛力的詩人，發表了充分表現出他們在尋求一條新的道路的·可敬的努力的詩章，使我對他們滿懷著敬意。從他們的作品中，我固然發現了他們對於我的外行話之大度的寬容，但我仍然要對他們因為我先前的造次和無知致最深的歉意。

初刊一九六七年十一月《草原雜誌》創刊號，署名許南村
收入一九七六年十二月遠行出版社《知識人的偏執》（許南村著），一九八八年四月人間出版社《陳映真作品集8·鳶山》

1 人間版此下有「支配了中國的文學思想」。
2 「他們的反現代主義論，同保守派的反現代主義論之間」，人間版為「這兩種反現代主義論之間」。
3 人間版將本文多處專有名詞後的英文原文刪去。
4 人間版此下無分段標題「3」。

打開幔幕深垂的暗室

兼以反論葉珊的〈七月誌〉[1]

1

八月十二日《聯副》上有詩人葉珊的文章，提到我硬為台灣的現代詩「設計」了「兩條路」，讓詩人很有些「嗒然」。

其實，詩人的這種「嗒然」，是頗為必要的。詩人說：我們的「文學信仰」，是「時時在轉變」著的。一點也不錯。但是，從文藝思潮的歷史上去看，變來變去，似乎無非也是「為藝術而藝術」的「藝術派」或「唯美派」；以及「為人生而藝術」的「人生派」或「功利派」的「兩條路」。刊在《文學季刊》第四期的拙見[2]，也不外乎這個意思，既未敢請詩人們去「思過重寫」，也並沒有新「設計」出什麼特殊的「兩條路」來。

據詩人自己說：經過「這些年的教育和反省」，使他「愛現代的繪畫，小說，和現代的詩」。

對於現代音樂，雖然他有些「自傷」於「不了解」它，卻「尊敬」著它。而且在實際上，葉珊自己便是「現代的詩」的詩人。不必說凡現代派定必同時是個藝術派，就單從他那樣火熱地崇拜濟慈這一點看，說詩人葉珊是個唯美主義者，是殆無疑義的罷。

藝術派們總是說：唯其美才是真理；美具有永恆的、絕對的性質，是藝術家應當追求的唯一的目標。正因為藝術（美）具有一種永恆的、絕對的性質，所以它該是純粹的：它超越一切歷史時代和社會條件而存在，同時它也拒絕參與任何社會的、倫理的、政治的因素。藝術（美）既是這麼一個崇高、超然而神秘的東西，那麼，能夠有資格一親藝術（美）之女神的芳澤的，便只有一小撮氣質高尚、教養優秀的大學才子——而且最好的還是洋大學裡的才子——，再不然就是大學外極其少見的、可能是詩星在天上遊嬉時不慎跌落凡間而生的、像濟慈那樣的人。至於其他的芸芸俗眾，當然是只好摒留在藝術（美）的門外，只配遠遠地站在一旁，「承認自己的無知」罷了。

這種藝術論，對於我們這些廣大的俗眾，實在是一種苦悶。——放棄藝術罷，安分守己地做一個惡俗的群眾罷，卻有時又不禁渴望著某一種精神上的安慰和鼓勵，有時還不禁偷偷地想起一首歌，一個故事來；這是不行的。那麼趕緊做一篇「現代的詩」送去，希望他們收留做一個藝術派罷，他們又嫌你是「偽詩」，斥你是「偽畫」，這也是不行的。左也不行，右也不行。但只要尚不甘心情願地讓我們自己、以及我們的子孫安然地做一個他們所派定的、永遠搆不到藝術的邊緣的俗眾，則無論如何，總得想個辦法才好。

這個辦法，或者就是重新徹底地去檢查藝術派的紳士們的理論。

2

是詩人自己的話提醒了我們：「文學信仰」，是「時時在轉變的」。繼而一想：「文學信仰」和其他一切的價值觀一樣，都無不在人類社會的各個時期中，「時時在轉變」著。以莎翁的作品來說：在他活著的文藝復興時代；在其後的擬古典主義時代；在浪漫主義時代，以及各種批評臻於發達的現代，都有不同的評價。因此，莎翁的作品，在一個時期中被熱烈歡迎，卻在另一個時期中被否定，甚至為了附和該時期的演劇觀而被任意竄改！然後又在另一個時期以完全不同的角度被歡呼。到了現代，不但有以千百種不同的科學角度去議論莎翁的，像詩人在愛荷華的朋友「厭惡」十九世紀的音樂那樣「厭惡」莎翁的，更是大有人在。

這個事實至少說明了一個淺顯的道理：藝術是並沒有什麼永恆的、不變的、絕對的性質，它是隨著某種東西而「轉變」著的。再以莎翁的例子來說：當著文藝復興時代，他正好表現了剛剛戰勝西班牙艦隊、從新航路和殖民地建立了全新的財富的、充滿了自信、進取、創造的「快樂英倫」(Merry England)的浪漫主義，因此普遍地受到英國當時新城市的新興資產階級的熱烈歡迎。到了這些富有的資產階級市民分離出來支持一個強有力的絕對秩序的時候，他們揚棄了這種被視為野鄙的浪漫氣質，轉而在古典主義中為絕對王權提供了規則的、理智的、冷峻的擬古典文學。莎翁的藝術因而又受到否定和「修正」。產業革命以後，一群全新的工業資產階級市民掀起了熱烈的浪漫主義，他們乃以全新的激情向莎翁歡呼：莎翁被「復興」了。

這樣，我們便膽敢懷疑藝術永恆論的神話了：藝術原不是什麼永恆的、不居變的、絕對的東西。它隨著不同的時代思潮(和其他宗教的、經濟的、哲學的、政治的思潮相銜接)而轉移；而這思潮又似乎隨著歷史、社會和經濟等等其他的變化而「轉變」著。藝術既然在發生上和歷史、社會和經濟等其他因素有著千絲萬縷的關係，它當然就註定了永遠不能超乎歷史、社會和倫理、政治等的因素而存在。原來藝術自始便不曾是超乎時代的、純粹的東西。但是，今天我們的藝術派們仍然要把藝術說成是一種莫測高深的、不可言傳的、神秘的東西。他們說什麼「心靈的活動是多方面的」；怎麼個「多方面」法呢？他們說了：「譬諸風景的神往；譬諸詩行的跌盪。剎那的情緒往往凌越預期的條約」，云云。詩人又說：對於藝術的欣賞(「讚賞和拒斥」)，「應該是很嚴肅的一件事。就好像對一棵樹木的素描，有一種抽芽上升的律動永遠存在於樹木的內裡」。接著，詩人嘆息著說：「我們多麼容易忽略那份律動呵」！然後他引了拙作〈一綠色之候鳥〉中的一句對白來「說明」他的「意思」。[3]對於前半句話，我正心誠意，正襟危坐地閉目冥思了好一會，卻始終想不通一個道理來；然後我又按著那句我自己寫的對白去苦思，除了似乎說明了唯美派的一句老標語「真實背後的真實」(the reality behind reality)、「真實背後的某物」(something behind the reality)之外，卻怎也不明白他想「說明」的「意思」。

而倘若我們竟然想沿著他們的玄學的、詩的語言去同他們議論，是終於要被判定我們死不「承認自己的無知」，而至於暴露了我們「藝術眼界的短處」的。然而，他們的藝術絕對論，他們的藝術永恆論的幔幕既可以揭下，他們的藝術神妙論，也該可以檢查的罷。

3

又是詩人自己的話提醒了我們：當我們這些俗眾看見一棵樹，它怎麼也只是一棵樹罷了。然而，藝術派的先生們偏偏在好端端的一棵樹的「內裡」，看見「有一種抽芽上升的律動永遠存在」著。這種藝術論，同宗教上的天啟主義；同歷史學上的幾百年一循環(聖人出)說；同哲學上萬有歸於意理(Idea)之說，同樣都是玄妙不可言喻的神秘主義。神秘家們相信：真理不是從推理和實證，而是從直覺裡求得的；他們認真地相信某些天啟、預感以及幻影一類的東西。而且，據象徵派詩人馬拉美說：「神秘是在感情中集結了理智的結果；說明了對於真理的更益熱情的愛。」他們的理論家說：他們從科學萬能的迷信被釋放出來，深以為知識的有限。而唯有心靈的雙翼，才能把我們帶到自然科學所無由企及的世界，在自然之外的、廣漠的、多彩的「真實」中飛揚。好端端的一棵樹，平白地「存在」著「一種抽芽上升的律動」——而況這又是一種「永遠」的「律動」喲——，便是這樣來的。這麼一來，倘若另外的一位先生在一棵樹中，竟然發現存在著一種「狂喜的嘯喊」等等，便不是不可思議的事了罷。

然而，事實是怎樣呢？

自然科學和工業給這個世界在經濟、社會、政治、倫理等方面，帶來了未曾有過的、劇烈的變化。對於這個複雜的變化所帶來的十分繁雜的軋轢矛盾，人們按著他們不同的歷史和地位，做出不同的理解與適應。結果，大約有兩種人是要註定走入神秘主義裡去的：那些不能適應這種劇烈的、天翻地覆的、痛苦的社會變化者，此其一；那些主觀上不願意這個變動不居的世界繼續變化下去，以免失去現有的一切的人們，此其二。第一種適應不良的人，在神秘主義的避難所裡逃避了一切現代生活中至深的苦痛；第二種膽怯的所有者用神秘主義去解釋這個世界，閉目不看動地而來的變化。他們戴著雪白的手套，板著因為過量吸用鴉片、LSD、

Marijuana而蒼白得發青的臉，在我們這些俗眾之前驕傲地抬著頭，說這個人「應該承認自己的無知」，那個人「有些藝術眼界的短處」；說他如何這樣、那樣地受到「自然」與「人文」的感動，至於「淚水盈盈如驀見青山霧散的神奇」，以及等等，等等。

是的，事實就是這樣的。在他們那些夾纏不清的、玄學的幔幕之後，就單單擺著這麼一個蒼青的事實。「現代的繪畫、小說、和現代的詩」中占有重要成分的藝術至上論、神妙不可言宣論，在揭開它的偽裝的幔幕之後，便只有這麼一個神經質的、貧血的、沒晒過太陽的事實罷了。

那麼，什麼是「現代的繪畫、小說和現代的詩」的正身呢？

4

感謝詩人自己的提示，我們終於學會在他們那些令人頭昏眼花的議論底背後，抓住他們的思想；又進一步學會了在這思想背後去抓住和它具有複雜的、函數關係的、歷史、社會等等的因素。

把長話做這樣的短說罷：因為交互影響而急劇發展起來的工業體系和自然科學，使人類在一夜之間驟然面對一個快速的、龐大的、逼人而來的社會變化。一切舊有的關係迅速地崩解，人們被大量地集中在幾個新興的、吵雜的、骯髒的都市裡，被趕進快速轉動的工廠，編入公司的辦公室裡。在這樣一個劇烈而痛苦的生存競爭中，據一個奧國病理學家麥斯・諾爾竇（Max Nordau）的研究，「現代人」在根本上「變質」了。他們的症狀大約是這樣的：

（一）肉體上的殘缺：現代都市人的顏面部或頭蓋骨呈左右不平均；耳形不全，眼呈斜視，等等。

（二）精神上的殘廢：自我中心意識（egoism）強化；傲慢，但意志薄弱，易於衝動。道德觀念、善惡之分薄弱化。敏於喪志、厭世、恐怖；常呈倦怠、懶惰。有時殘惡地詛咒自己，有時又睥睨一切人之上。耽於空想，腦力退化，不能專一；善於懷疑，常有對某事物究根問柢的傾向，但終因不得解決而苦悶。

（三）上述精神病狀中，尤以過度敏感為最突出。為了醫療因慘烈競逐的現代生活而來的麻木與倦怠，現代人不能不藉著強烈的人工刺戟求昂奮。菸、酒之外，最近頗成為話題的LSD、Marijuana在美國知識分子間、和中產市民間盛行，便是活潑的例子。此外，耽於完全被自任何精神因素獨立出來的性欲，也成為慰藉寂寞的，慘苦的現代人生活的主要方式。

（四）這種過度刺戟的結果，產生了包括性欲在內的官能倒錯症。他們敏銳地在音響、觸覺、色彩、味覺裡找尋形形色色的快感。結果，當詩人韓波唱著說：「母音們喲；a是黑色的，而e為白色，i為紅色，u為綠色而o則為藍色」時，他已經把音感和色感，聽覺和視覺相倒錯了。

而刺戟的升高，達闞刺戟也跟著升高。因此，刺戟就必須不斷地變化，加強，至於完全崩潰為止。

夠了！只要這麼點兒有關現代生活與現代人的科學的分析，不就比現代派們的花花綠綠的、玄而又玄的、夾纏不完的、誇大妄想的理論，更加明白地說明了現代主義在內容上的晦澀，的神秘，的頹廢，的陰慘，的非人化，的悲觀，的虛無，的絕望……之本質嗎？然而現代派的先生們，卻一個勁兒像個「疑病患者」，每天都在幻想著自己有疾病，以之得到一種快感，一種滿足。他們每天都在想法子激動他們麻木的神經，而以逐漸去向神經衰弱的、敏感的感覺世界為樂。現代派的不健康，竟一至於斯！

千分析萬分析，歸結於一句話：現代主義根本不是什麼大學才子與天生異人所藉以自炫深奧高級的寶貝。現代主義是病的現代生活帶給病了的現代人們的、病的反應之在藝術文學範圍內表現出來的徵狀（symptoms）而已。可憐倒是很可憐的，但卻是一個不用大學才子或天生異人都能明白的事實，而況乎一個「近來」時常感到「人文的感動更加恆久而全面」，且有時竟至於「泫然不能自已」的詩人呢？

5

論者或曰：現代主義文藝是現代社會、現代生活的直接產物；我們台灣正在現代化，那不就具備了存在現代主義文藝的條件嗎？

誠然。但是：(一)我們還未進入西方意義的「現代化」——這一點，只要看看我們尚被稱為「開發中的國家」這一層，便明白了；(二)因此，在許多大先進國家有力的影響下，台灣在經濟、工商業上的「現代化」，便不能沒有它發生上的、先天性的不全。那麼，在這麼不全的條件下產生於台灣的現代主義。便不能不也是不全的、亞流的、二次元的；正如同一切在大先進國影響下的「開發中」國家們，在文化上的「亞化」中，不能不沒有一些病變，完全是一個道理。

其次，小孩長痘是醫學上的規律。但不能因為這規律，便一慫小孩去長痘。醫學不但抓住客觀的法則，還要進一步去利用這個法則。於是，現在的小孩，只要去找兒科醫生，大約便能夠叫小孩不必長痘，又活得健朗。跟這個一樣，一方面了解了現代生活帶來現代派藝術的這個規律，藝術家同時便具備了免疫於這種現代病的可能，又反而去對付、治療、批判那似乎是定命的現代主義的瘟疫。

6

再次，是一個態度的問題。

詩人身在具有「民主」、「寬容」和「公正」的「偉大傳統」的美國，在有關藝術的「讚賞和拒斥」的問題上，表現了這種高尚的自由人的態度。詩人說：

……但我就獨不了解現代音樂。在愛荷華大學的時期，我有一次和一位美國朋友（他是哥倫比亞大學的音樂史碩士（！））一起聽室內樂演奏會；當我們聽到巴托克的時候，我神情若失，感到煩燥不快。他看出了我的心情，但他說：「甜蜜！」原來他的碩士論文就是巴托克一個四重奏的解析。他「厭惡」十九世紀的音樂，包括貝多芬。我覺得自傷進不了現代音樂的殿堂，但我想我是尊敬它的。……

維持並建立在一個自由的社會，寬容是必要的；「尊敬」相反對的意見也是必要的。然而，特別是近幾年來，國際外交上多少醜陋可恥的事，便在「自由」、「寬容」、乃至於「尊敬」這一類美式口頭禪的掩護下進行著。詩人對於那位「哥倫比亞大學的音樂史碩士」「朋友」之所「甜蜜」，之所「厭惡」，恆有無限的「尊敬」；但對於並不帶有任何判斷的語意的、關於台灣「現代的詩」的「兩條路」，卻「使」詩人為之「嗒然」。相形之下，這「尊敬」中所包藏的非寬容性、宗派性的偽善性，不是很明白嗎？

詩人的錯誤，並不完全在於他幻想他能夠絕對地、無條件地「尊敬」他所不受用的意見——因為這頂多只是一種錯覺罷了。詩人的錯誤在於它不應該不了解：在切身的、重要的思想問題上，抽象的、絕對的、沒有原則的「泛尊敬論」是不存在的。不相同的意見，總要或者在某些條件下經由辯論、討論而取得一致共同的方向，再不然就要分成兩個全不相容立場，形成壁壘分明的對立，相互鬥爭。事實上，儘管詩人當時有些「自傷」於不懂得巴托克，「自傷」於人家連貝多芬也「厭惡」了，但久而久之，由於詩人或懾於人家是個「音樂史碩士」；或者因為信賴人家的「碩士論文就是巴托克一個四重奏的解析」；只剩下不懂「現代的音樂」，於是加緊去學習，於是聽了又聽，或者就逐漸地覺得巴托克之「甜蜜」以及貝多芬之可「厭惡」，也說不準的呢！不管詩人是有意或者無意，他那種一派學院式的寬容論，一派紳士狀的「尊敬論」底真相，是應該予以揭發的。因為正就是這種「泛尊敬」論，使台灣的「現代的詩」人們沒有勇氣，摸不住良心，以誠實地檢討目前的台灣詩壇，一任詩的天地荒蕪廢頹，吹著歪風，長滿了野草；正是這種「泛尊敬」主義，使有心人三緘其口，不給予詩壇以建設性的、諫友的批評；就是這種「泛尊敬」論，使無數有創造力的青年掉進滿是麻木、自欺、短視的、現代主義的泥坑去。

7

文章終於逐漸要結束了。

(一)「我深信，人類的文藝方向，在經過這一段長時期的失望、悲愴、非人化、頹廢和迷失之後，終必有新的人道主義，一種新的肯定論的高水位來臨，拭去一切不堪回首的、夢魘一般的過去，使文藝成為造就萬民，安慰他們，鼓舞他們的力量」；而廣大群眾的社會生活，也將成為文藝的取之不盡、用之不竭的泉源，藉此將文藝從貧血的、怪癖的、陽萎的小知識分子、惡俗的中產市民的手中釋放出來，注入萬民生活的清風新血，大幅步地向前發展。

(二)「我還深信：中國新文學同中國民族的命運一樣，終必在痛苦的過程中，重新拾回她的自信，用一種理智的、樸質的熱情唱出我們民族自己的歌聲。」(三)「我們民族的文藝家將不以流放為一種宗派的制服；將不以自命為『世界性』的、『超民族』作家的妄想去欺騙自己的低能和短視。」

我也深信：文藝絕不是少數人的專利和特權。我也深信：文藝若一日不從幔幕深垂的暗室中釋放出來，迎接生動活潑的、社會生活的日光，便一日不能有蓬勃的、偉大的發展。

有不少的文藝家，自始就曉得高瞻遠矚，追求著一種藝術上的「純粹」、「永恆」和「崇高」的東西。他們早已在名山大業的名人墓園中，主觀地為自己預訂了一塊土地。因此，廣大俗眾的精神生活，民族和人類的命運云云，是他們這樣的純粹派所不屑一顧的俗念，他們有一個高超的心胸，那就是：他們要做一個超民族、超國家的「世界性的」文藝家。所謂「人文」的誘引，大約也不外乎此罷。

然而，什麼時候我們才有一個文藝家為我們這些惡俗的群眾唱一支歌，說一個故事，為我們表達我們這種卑微的喜樂的悲愁、的願望、的憤恚、的幻夢；在不盡的生活的苦痛中，讓我們有一點點發抒，有一點點感動，有一點點安慰，有一點點鼓舞，有一點點歡悅，甚至於一點點夢想呵，什麼時候我們才能不必懷著一種自慚的壓迫，有屬於我們的、為我們愛戴的詩人，有我們自己的、敬愛的小說家，為我們歌唱，為我們說話。我們不曉得：到底要等多久，我們的高尚的、熱中於「人文」底「追求」的藝術家們，才肯把他們智慧的、夢幻的眼睛轉向我們，定睛看看我們，和我們，和我們的生活……。

我和詩人葉珊素未謀面，雖然不曾讀過他一首詩，但詩人的名字，尤其在他為「人文」「推掇」著去了美國之後，卻十分熟悉，心儀已久。但為了文學論的原則的問題，不自量力地竟敢於同滿身都是「人文」味的詩人做了討論(用「柏克萊」的話說：to have a beef with，一笑。)固然頗為不好意思，但在現階段，在台灣和美國的、中國的文學青年間的這種討論，或者不是完全沒有意義罷。

這些年來，就是在這個「又遠又近的海洋的另一個涯岸」，也頗能遙遙地聲聞柏克萊的薈萃的「人文」之聲。但是，我們聽見的，和詩人感受的，卻又很不相同。於此，我們才不能不相信：詩人是由一種特別的材料製成的這麼一句話。我們忖度，要是以柏克萊為中心的、新的「介入」(commitment; involvement)運動，也曾稍稍地「鼓盪」了詩人的「耳膜」，那麼，他也許會以為早些回到他的東部台灣的故鄉，「教育學童」，並不見得不是一種「人文」的召喚罷；他或者也會以為：像張大千那樣摧毀、偷竊了許多敦煌的、偉大的民族藝術遺產，又把贓物賣給洋人的藝術家的事，以及他的藝術，並不見得是一種「人文」，也更不會去夢想在敦煌的石洞中，還有多少沒有被這位「白髯黑袍」的大師破壞的藝術，好讓中國的「青年」，去「點著火把」，去追求中國畫和「現代的繪畫」間的「一線」如縷的關係！

詩人說：「文學信仰」，是「時時在轉變」著的。一點兒也不錯。不只是「文學信仰」(即文學觀、文學論、文學思潮)本身會「轉變」，就是藝術家自己的「文學信仰」，也在「時時轉變」著。我們十二萬分虔誠地焚香禱祝：被美麗的東台灣養大的詩人葉珊，能早日「轉變」他的「文學信仰」，為永遠關懷著他、也曾一度為他所關懷的故鄉的新鮮、活潑的人事物，發些新聲，譜些新歌來。那個時候，區區如我，一定專程到東部台灣去登門謝罪，恭聆教言的。

8

予豈好辯哉？

——予不得已也！

——孟子：滕文公篇

約作於一九六七年，署名許南村

本文依據手稿校訂

1 葉珊（本名王靖獻，常用筆名楊牧）的〈七月誌〉，發表於一九六七年八月十二日《聯合報．副刊》，後收入《火鳥之歌》（聯副三十年文學大系，一九八一年十月出版）。本篇為反駁葉珊〈七月誌〉一文而作，文章並未公開發表，本文據手稿收入。

2 指〈流放者之歌——於梨華女士歡迎會上的隨想〉（署名許南村）一文，發表於一九六七年七月十日《文學季刊》第四期。

3 葉珊在〈七月誌〉中引述的小說對白為「乍聽起來，他和一般的鳥鳴無甚差異；也只是啾、啾罷了，但細聽又極不同。那是一種很遙遠的、又很熟悉的聲音。」（引自陳映真，〈一綠色之候鳥〉，《現代文學》第二十二期）。

當前流行小說中的浪漫主義

王尚義作品論評 1

引言

當代小說作家陳映真先生（《現代文學》、《文學季刊》編輯），創作態度嚴謹，所發表作品真切、富思考力，具有獨到的創造性，贏得無數讀者之尊敬與歡迎。最近應淡江學院英語學會之邀請於五十七年元月十七日上午十時假該校城區部舉辦講演會，講題是「當前流行小說中的浪漫主義——王尚義作品論評」，到有台大、師大、政大及淡江各文學院同學及作家尉天驄、施叔青、方明漪、黃春明、疏影等四十餘人。這次講演，由淺入深，效果良好。特以聽講筆記加以整理摘要發表《青副》，以饗「新文藝」廣大讀、作者群，尤其是青年朋友們！

以下即陳映真先生演講扼要。

何謂浪漫主義

一般人對「浪漫」(romance)的想法、看法均有誤解，就好像稱一個人很節省，謂之「經濟」，這在經濟學的理論上推斷，是很不合邏輯的。我們稱一個人很「浪漫」泛指他生活上行為不檢點之類，這是錯誤的。以下我想針對「浪漫主義」(romanticism)做一個很粗淺的鑑定。

在古今文學史家、著作家中，對浪漫主義所下的定義是眾說紛紜的，其中盧梭他說：「讓我們回到自然中去吧！」經由盧梭的呼籲，從那時(中古時期)起，浪漫主義便由經久的醞釀而形成了。更多的人從盧梭時代社會背景(工業革命、產業革命)發現了無窮的定義。我們若從世界史觀來看，工業革命及產業革命的發生對人類生活是一個非常非常巨大的變化階段。它形成機械主義，促進了工商業的發達，使西方逐漸帶有一種新型的城市出現，這些市民的勢力藉著從事工商業貿易的獲利，生活水準的提高而愈來愈大，終至成為西方城市組織、行政、生活行為上的主力。由於這是一個嶄新的時期，此類市民與往昔似乎沒有任何相互關係存在，他們因而勇於幻想、勇於創造、進取，充滿著生命力、創造力，去開拓一個未知的廣闊世界。這種新的市民精神、這種自由主義影響到各方面，在政治上引造法國大革命；在音樂上開始有了意象音樂；在繪畫上亦有了新興的改革；在文學上促成了文藝的復興，他們創造了充滿活力、熱情的、心中擁有無盡理想抱負的文學作品，這種展現在文學上的特性，統稱為「浪漫主義」。

浪漫主義之前後

大凡一個新的思潮的興起，一定不是一個人在某一個時期呼喊起來便成功的。概言之，新的思潮與往昔的思想是站在兩個不同的，甚或相背的立場，但是由於時間觀念是不時、不停斷的繼續著，我們從過去的歷史背景是可以檢查出它（新思潮）發生的痕跡。

在「古典主義」（classicism）及「浪漫主義」的自然發展下，每一個主義都有其幼年、壯年、頂峰及衰老時期。例如歌德在青年時期就有非常浪漫的作品，如《少年維特之煩惱》，如果我們用心考證，很多古典主義末期作家的作品，有很顯著的浪漫主義痕跡。同時更有許多作家同時渡過了兩個主義的時期。因此我們推論作品之是否「浪漫」、「非浪漫」、「既古典又浪漫」等，是不能僅從表面的、膚淺的論點出發的。

概言之，古典主義文學作品及浪漫主義文學作品的特徵如下：

古典主義文學作品特徵：（一）是寫實的（realistic）；（二）是注重形式的（formalism）；（三）是合理的（realism）。

浪漫主義文學作品特徵：（一）是富於想像的（imaginative）；（二）是注重自我的（egoism）；（三）是非常感情的（influence）。

自然，在中古時期的作品也有很多是富於幻想、或超乎幻想的，如拜倫的詠嘆詩，康德、里格爾等哲人的理想主義等都是很好的代表例子。

浪漫主義文學作品是先有內容再有形式，因為在西方大城市市民心中已有許許多多成熟的，欲衝破古典主義觀念的創作動力久經醞釀，因此注重內容的遒勁與充實是很自然的趨勢和發展。浪漫主義文學作品大多指表現個人的興奮，感傷等屬於感情的作品。

所以，當我們說某人作品具有浪漫主義的味道，這並非直指批判，乃是指其作品具有浪漫主義形式的趨勢而已。這點認識是很重要的。

王尚義作品論評

討論研究王尚義的作品，可由下列論點出發：

（一）蘊蓄著豐富的感情：王尚義本身是一個感情非常豐富的人，他富於十九世紀般的浪漫主義味道，而非一般泛指膚淺的、戲劇性的感情。他愛過，也被愛過；他喝酒、跳舞、抽菸；

他孤獨、他憂鬱；他狂妄、他自卑；然後自生自滅的死去！（尚義因患肝癌病不治去世；肝癌病，情緒的不安對之頗有不良影響。）

「我哭著來到這世界，又要哭著回去！」這已是王尚義留給這世界的一句「名言」了！他的作品中一直有一種類似「失戀」的苦惱，像一隻蟲般鑿在他身體內隱隱作痛，使他感覺到孤獨、寂寞。他作品中的「現實的邊緣」、「舞會」、「給父親的信」、「女朋友給他的信」都可以看出淡淡的感傷與無奈！

（二）對孤獨的獨到之處：王尚義之所以孤獨，有兩個理由：（1）他人不能真正瞭解他。（2）他從理論上知道，一個偉大的人物必須持有如同尼采般的意志力，必須孤獨，尚義是一個十分看重自己的人。

他的小說中常常出現兩個「我」，第一個「我」是第一人稱的我。第二個「我」在尚義作品中常變成另外一個人，但仍是指的自我的我。

拜倫他一方面極端重視自我，認為自己高高在上；一方面又覺得這世界太卑賤、太不瞭解他。因此在拜倫的作品中常常自喻為漂亮（handsome）、智慧（wisdom）、勇力（warlike）、有理想（ideally）的美男子，被無數女孩子追逐得不知如何才好，以滿足拜倫自身的種種滿足欲。王尚義正有著拜倫式的憤怒及對現實的不滿（自然不及拜倫的深厚有力），例如尚義的小說《野鴿子的黃昏》中描述他表妹是一位如何美麗、智慧、賢淑的基督徒，在理想（近乎幻想）不能滿足之餘針對基督徒的偽善痛加抨擊，即是一顯著例子。

（三）對知性（擬似知識）的探入：王尚義讀過不少書，涉獵淵博，對音樂、藝術、文學、哲學均有研究，而非時下一般青年作品中，思想貧乏得只曉得亂套人名、書名在小說中而猶自鳴得意；他時常徘徊在理想與現實的漩渦中搏鬥！但是王尚義的作品對這種心理狀態始終沒有給我們任何提示，也正因此而使尚義的作品在本質上有一種很文學的美感！（淒涼美！滄茫美！）

（四）受中國浪漫主義文學的影響：如果我們認為中國三十年代文藝，那種「以天下為己任」的思潮是浪漫主義的作品的話，很顯然的，這種三十年代文藝浪漫主義思想給予王尚義很大的影響。

（五）作品具有朗誦性：這是十分難得的，也唯有像王尚義這般富於高尚情操、豐富感情的人的作品，具有朗誦性。予人以深深的感動。

王尚義心理分析

王尚義雖然具有如此的浪漫主義趨向，但並非即與現實脫離，他仍與現實打成一片。因為，文學是時代的產物，是客觀的不可脫離現實，必須反映現實人生的作品。

王尚義是屬於典型的秀才型青年。他的家世貧困，父母親對這秀才型的兒子自然期望很高很大，所以一逕要尚義投考醫學院，以解決現實的生活問題：尚義本身對理想、抱負的嚮往，於是形成現實與抱負的相互搏鬥！而基於(一)家庭經濟；(二)家庭父子兩代間的觀念不同；(三)尚義本身對理想的嚮往，這三種力量使尚義充滿「對力」，這種「對力」並非表面的，尚義的「搏鬥」是激烈的、痛苦的、深省的！但在中國的知識分子普遍包袱太過分量，社會環境影響下，尚義對父母的愛是十足的，他感激父母親供他讀書、求學問，於是他雖自認很貧，對錢又覺得蠻可愛，值得珍惜，於是尚義向現實屈服了！

王尚義的這種「命定的敗北感」表現在思想上，作品上的，便形成或注重自我、不滿現實、嚮往理想抱負、不安、彷徨的感受，引起我們非常沉痛的感覺。

王尚義作品缺點

自然，尚義的作品並非十全十美，它們至少有三個缺點：(一)缺少了歌德在《浮士德》中所擁有的那種探求整個宇宙的意志與魄力。同時，由於早逝，學、知識自然也不復歌德的雄厚淵博。(歌德係一政治家、植物學家、作家、化學家，這在中古時期很突出，很難得的偉大人物！)因此王尚義的作品沒有十分地具備「深度、強性和密度」的可觀性。(二)它們同時缺少了持續性，作品的寫作常常是基於一時的衝勁。(三)缺少拜倫那種真摯、逼人、熱情燃燒的力量(拜倫終是死在希臘戰場上！)。尚義的作品雖然是浪漫主義的作品，但並非過於氾濫的，而是一種綜合十九世紀浪漫主義及三十年代文藝浪漫主義的形式，是一種獨特的個性的文學。王尚義成長時期的種種表現，是與一般熱衷文學的青年相似的，往往著迷於年輕時對情操、感情的想像。像是一個少女，眨呀眨的她那雙又大又黑亮的眼睛，充滿好奇、歡喜的神態，慢慢地她成熟了、懂事了，走至現在，終於已經爛熟了；進而形成一個新的階段，一個新的浪漫主義。

王尚義的文學地位

然而，總而言之，無論如何，我們得肯定王尚義浪漫主義文學作品的地位，其理由有：

(一)進步的趨勢，總是一步一步、一點一滴慢慢堆積達成的。因此王尚義的浪漫主義作品可以肯定於影響時下一般知識青年對浪漫主義的觀點及想法。並不會因沉迷於王尚義的作品而對你有所妨礙，甚至你得超越於它，它是一種定性的過渡時期。

（二）時下一般青年之所以對文學缺乏密切的探討關係（以大學生程度而言），有非常複雜的因素，其中「現代文學」的摻入是一要素。時下青年對所謂看不懂的文學作品一律稱之「現代的」，這是錯誤的，而「現代文學」是排斥王尚義浪漫主義作品的，由於青年人看不懂現代文學，所以停留在王尚義的作品時期，著迷，甚或超越於它，則不可預知，但至少王尚義的作品便因此而被肯定。[2]

初刊一九六八年一月二十五日《青年戰士報・副刊》第六版

1 本篇為一九六八年一月十七日於淡江文理學院講演「當前流行小說中的浪漫主義——王尚義作品論評」的演講稿，由姚家俊紀錄整理後，刊載於一月二十五日的《青年戰士報》。

2 文末有原編附記：「（另外有關陳先生論述其他方面的看法及閒話，從略。）」

悲觀中的樂觀

訪問許常惠、史惟亮[1]

今年一月間，某些報紙上的報導和評論，有一度十分熱烈地談到在台灣的中國民族音樂工作面臨著停滯的危機的事，引起關心音樂和一般文藝、文化問題者的普遍重視。這些反映和評論，儘管有些微的誤導（misleading），但綜合起來，卻說明了社會上對於我國民族音樂深刻的關切，也反映了大多數人們的一份熱愛祖國音樂的激情。

笑臉

正就在這個悲壯的激情逐漸冷卻的時候，記者分別訪問了實際負責和推行民族音樂採集工作的兩位傑出的青年音樂家——許常惠和史惟亮二位先生。

儘管熱心的輿論曾一度顯得有些悲忿，但許常惠先生還是那一副忍俊不住的，從從容容的表情。「但是，這個問題是這樣的：音樂工作是我一輩子的事；在這個大規模的採集以前，我已經在做；現在『民族音樂中心』不能進一步去工作，我自己也得一點一滴的做下去。」他說。他看起來彷彿一邊說一邊微笑著。其實，許先生只要一張開嘴巴，就是那樣的一個近乎微笑的表情。

談到民謠音樂的時候，許先生仔細地說明了民謠音樂的若干特質。據他說：民謠音樂，是廣泛的民眾裡的無名詩人和作曲家的創作。因為這樣，民謠音樂的作曲和作詞者，都沒有姓名可考。也因為這樣，民謠音樂，差不多都有「前理論」的性質，缺少理論化的說明。它是從廣泛的大眾生活中產生，在他們當中唱奏，也在他們當中被廣泛地欣賞著。這樣一來，民謠音樂就具有十分豐富的可變性；同一支民謠音樂，常常因為時間上的流傳，地域間的傳播，使它的形式發生多樣的變化，因此在解釋上也比藝術音樂自由。在發表上，便因為每個藝術家不同的感受而做不同的表現。

「然而，民謠音樂和藝術音樂之間，總是存在著千絲萬縷的關連。」許先生說。他點起一根「新樂園」，深深地吸了一口，看得出他抽菸的「段」數來。他接著說：「一首真正的民謠音樂，那怕它怎麼粗糙、怎麼稚拙，在它的深處，總有某一種東西，深深地打動一個音樂家。這是一般的流行音樂所辦不到的；再說，一首好的民謠，經過藝術家的經營，可能變成極為優秀的藝術音樂，而一個藝術音樂家，也能寫出美好的民謠，長久地流傳下來。這種與藝術音樂之間的可逆的、交互間的密切連繫，也是一般的流行音樂所沒有的。」

保存

談到民謠工作，許先生認為民謠工作的基本課題，是「保存和創新的問題」。這個年輕的音樂藝術工作者指出：儘管我們中國有四、五千年悠久的文化和歷史，儘管典籍上的記載告訴我們：中國在極早的時代便已經有了豐富的音樂生活，然而，實際上流傳到今天，有樂譜可徵的，為數不多，而年代也很近。拿器樂來說，以具體的樂譜留傳下來的，一個是南北朝（公元一〇七年）時代的〈幽蘭曲〉，這還是因為流傳到日本而保存了下來的；另外是在敦煌發現的所謂「敦煌琵琶譜」。琵琶音樂始於漢朝末年，及唐而大盛，在時間上，約略是公元一四七年到七五五年。以戲劇音樂來說，元曲的年代，距今僅三百年左右[2]，而雖然據說唐代的舞蹈音樂很盛，卻已經沒有任何留傳下來的樂譜了。至於中國民謠，流傳到今天的，最早也只能溯到五、六百年前的東西，其餘的也就湮然無可考稽了。許常惠先生不勝惋惜地說：「一個文明古國的音樂遺產，由於不注重保存的工作，或者保存得不好，便只留下這些東西。」而意外地保存了中國古音樂的，倒是圍繞在古中國的幾些國家，如中南半島諸國、韓國和日本。「在當時，這些國家不是受到中國音樂的『影響』，而簡直就是把當時的中國音樂全盤的搬了去的」許先生說。因為這樣，藉著別人為我們保存的東西，我們才庶幾可以隱約看見唐代（公元九〇五年）以後中國音樂的豐姿。「如果一個民族的文學、繪畫、雕刻、典章和器物都應該保存下來，」許先生說：「那麼，作為整個民族文化的一個重要環節的音樂，也該保存下來。我們的民謠工作的目標之一，就是要採集這些逐漸被湮泯的台灣的民謠音樂，好好地保存下來。」許先生還說，外國早已建立了無數的音樂圖書館和音樂博物館，為的也是這個目的。

創新

話題談到今天台灣的音樂生活，這個年輕的音樂家，儘管口口聲聲說：「現在我再也不去傷這個心啦，」然而，在他彷彿張口就笑的、爬滿了密密麻麻的鬍子渣渣的臉上，透露著一種掩埋不掉的激情。許先生指出：首先在教育上，我們整個兒的音樂教育，都是在提倡西洋音樂，而且是人家西洋十八世紀時代的音樂，聽不到一丁點兒我們中國音樂的聲音；其次，在整個社會上，一切強有力的大眾傳播，比如電影、電視和電臺上，氾濫著無比洶湧的外國流行音樂。

「這些流行音樂，不外乎這三大類，」許先生說：「第一種，是美國的東西。」其次是日本人的東西，再其次，是殖民地香港的東西。大眾傳播怎樣深入到台灣的精神和社會生活，這些毫無建設性的外國的流行音樂就怎麼深入到台灣的精神和社會生活。「我已經不去想這些啦，我不再去傷這個心啦。」許先生無可奈何地微笑著說。但是實際上他還是止不住繼續說下去。他帶著威脅的表情逼著記者問：「你曉得嗎？成天在搞流行歌新星選拔，搞流行歌比賽，播送大量大量的流行歌的是誰？你曉得嗎？是誰？」然後他又微笑起來，樣子像是很開心似的。然後他用十分寂寞的聲音說：「就是那些大報紙、大電臺、大電視臺，都是些應該搞民族音樂而不搞的××級機構。」這時候，雖然他依然以那種忍俊不住的許常惠式的笑容笑著，卻不免頓時感到某種沉重徐徐地罩了下來，在心中的某一個角落隱隱作疼。倘說目前的台灣樂壇是外國音樂的殖民地，則連殖民地香港的音樂也跑來殖民，這一塊音樂上的殖民地，又是何等不堪的殖民地呵！

說到這兒，許先生和記者都不約而同地點起各自的菸。大街上的汽車聲，在暫時的沉默中，帶給人一種都市生活獨有的孤獨感。記者忽然想到：在我們的生活裡頭，耳朵聽的，嘴巴唱的，果真是這些東西的時候，不禁感到長大以後從來沒有過的某種兒童一般的恐懼和憂慮。許先生家裡養著一隻金絲雀，這時也偶爾啾啾地叫著。「忘了歌唱的金絲雀」的話，在以前，只對記者有某種童話般的鄉愁罷了。但在這個時刻，卻以某種焦熱的實感，猛然地打擊著記者的心。

「總該有個辦法罷？」記者問。

他又那麼許常惠式地笑了起來。目前台灣的音樂生活、音樂教育是這個樣兒，「僅僅一個個人的力量要力挽狂瀾，你絕對辦不到的。」他說。這是整個國家的音樂教育思想問題。也就是整個國家的音樂政策問題。如果教育當局有正確的音樂教育思想，就可以調動應該和可以調動的人力和物力，去整理、保存民族音樂，進一步提倡從這些民族音樂的基礎上創造新聲，逐步按著層次編入由下到上的整個教育體制的教科書裡，對西洋音樂予以批評的吸收，在社會上鼓吹。這樣，才可能把整個形勢扭轉過來。「這些事，豈是一個或幾個音樂的有志者所能濟事呢？」許先生說。他又笑了。

許先生接著指出：雖然一個民族的民謠音樂，有許多不完全的地方，帶有某種原始性，但是，不論怎樣，它一向是各個民族的音樂藝術底母體。一個民族的民謠，總是那個民族自己的高級的音樂藝術所賴以立的重要磐石；是那個民族自己的音樂文化的最可靠的素材，最原初的形態。也正因為這樣，許先生十分鄭重地說：「在西方，幾個音樂最鼎盛的國家，沒有例外地，總是音樂上的民族主義者和國家主義者。」他於是開始拿德國做例子，來說明這個事實。在德國，在啟蒙的音樂教育階段，幾乎全部都是他們自己的民族音樂，一點兒也找不到外國音樂的材料。如此循序漸進，一直到相當的高年級，才出現若干外國音樂的教材。這個事實，同音樂生活極端貧困的我國的情形一比，差誤就非常大了。「我們『民族音樂中心』採集台灣民謠的工作，雖然暫時告一個段落，但是，後頭的記譜、整理、出版乃至於全面改編音樂教材的工作，實在應該由國家或其他有力團體來推動。可是……」許先生說，搖搖頭，新點上一根香菸，笑啦。

歷史

談話就這樣地轉向當前話題中的「中國民族音樂中心」來。記者問他「怎麼搞起民族音樂」的，惹得他真正地笑了起來。許先生說，一個人如果光從新聞報導上去看他，一定會搞不清楚。「剛從巴黎回國的時候，報紙上說我是一個『前衛音樂』家，到了現在，又成為一個『民族音樂』家了。」事實呢？他在巴黎的時候，確乎是學了現代音樂。「後來，自己搞來搞去，老在人家的現代音樂裡翻騰，就不能不覺得有某一種虛空之感。」許先生因此迫切地感到需要在自己民族的音樂資源去尋求安慰、尋求滋養和靈感。「就是由於這個需要，使你不能不著手去弄民族音樂，」他說。「在民族音樂中取材，酌情用現代的手法去表現和創作」，大約可以說是現階段中許常惠先生的音樂思想和創作路線罷。

許先生接著就談到台灣民謠工作的歷史。「開始注意台灣民謠，並紀錄或寫成樂譜的，恐怕是那些早年來台灣傳教的西方教士罷，」許先生說：「他們採了一些民謠，做他們在土著民中傳教時用的讚美歌。」其次，是張福興先生。張先生是省籍人士之具有西洋音樂背景的音樂家中第一個注意台灣民謠的人。他曾經在台中日月潭一帶的高山族中間工作過。而他的努力，多半以西洋音樂的知識，為台灣民謠做註腳的工作。接下來的一個重要工作，要算是一九四三年代日本人黑澤氏的採集工作了。那個時候，黑澤由日本官方支持，來台灣會同台灣大學、「台灣總督府」的人力和物力，做了一次規模較大的採集工作。黑澤一直到今天還是一位世界知名的台灣高山族音樂的專家。「台灣光復以後的民謠工作，就要算我們『中心』這次搞的最具規模。」許先生說。比起黑澤的呢？「那當然大的多。我們這次的工作，在工作人員、語言、客觀環境上，都比黑澤的當時要優越得多。」

敗北

談到這次採集的內容，許先生開始為記者詳細地說明了台灣民謠的背景、台灣高山十族的概況、台灣民謠——包括福佬、客家、高山十族的民謠的特色。許先生在實際參與採集之餘，有這樣的一個心得：「福佬、客家的民謠，在社會變動的影響下，從地區上說，都已流存到一些尚未受到商業主義影響或影響較弱的台灣南部僻壤地區；從社會結構上看，一些純粹的民謠，現在只能在社會的低層中找到。其次，必須指出的是，從音樂的觀點來看，高山十族的音樂，遠比平地上福佬人、客家人的民謠音樂要複雜、豐富和高級得多。」特別是記者，對於高山族人在音樂上特殊的天賦，是不能不感到「詫異」的。然而許教授一逕讚不絕口地說：「儘管不可思議，這卻是一個十分令人豔羨的事實。在復興民族音樂的時候，我們『漢人』也許還得借重天才的高山族音樂底新血呢！」

採集的具體成果呢？「一共差不多兩、三千條罷！」許先生說：「我們總算採好了，放在那兒，這是不錯的。」然而，更重要的工作，像記譜、出版、乃至於重編音樂教材的工作，卻拋了錨。「錢是花了三、四十萬新台幣。但是，這不能不說是情勢估計的錯誤而連帶地產生了工作方式的錯誤。」怎麼回事呢？「原先是估計這三、四十萬花下去，還沒等花完，一定會有實力團體出來支持。沒想到，錢花完了，到現在仍然打不開人家的錢包來。」許先生笑了起來，彷彿出其不意地輸掉一盤棋似的。「跑過，當然跑過許多地方。救國團、文化局、電視臺，還有國家安全會議，都跑過。起先都熱烈支持，開過好大一張支票，結果總是不了了之。」為什麼呢？許先生又笑了。他抓抓頭皮：「不曉得，這個，大概是他們認為比我們這個工作還重要的事，還有一大堆等著花錢呢！」

「不過，我們總算也做了這麼點。」我們互相安慰著說。許先生說什麼也不抽我的菸，他一定要抽他的「新樂園」。因為他的「新樂園」沒濾嘴兒，所以點火以前總要把發綯的菸身扶了又扶。「不過，早曉得沒人支援，」他忽然心猶未甘地說：「這三、四十萬新台幣，就不是那個花法。我們可以細水長流……。」元月天，正鬧著冷，天色一闇，就格外的寂寞。「中心」的現狀呢？「搬到中國青年音樂圖書館裡頭去了。原來一個月兩千多塊錢的房租省下來，總也可以做點事！」許先生說。「總也可以做點事」的話，終於抵抗了某一種敗北的情緒。對啦，往後，你可做什麼打算？「做什麼打算？」他又非常之許常惠式地笑了起來：「搞上了音樂，就是搞上我這一輩子，當然還搞下去。不過，」他疲倦地把傾向錄音機的坐姿往沙發的靠背上靠了過去：「不過，我忽然覺得回來這許多年，瞎忙瞎撞了一陣，回過頭想，叫人空虛得可怕。有適當的機會，我得再到外國去找個安定的環境，做研究，寫曲子。」他於是又笑了，而且彷彿每個鬍子渣渣都在笑著。

要排遣這一代中國知識分子的某種西西弗斯式的悲劇感，也恐怕就需要那麼一個忍俊不住的許常惠式的笑臉罷。

一九六八年二月

白齒

見過許常惠先生以後，再見到史惟亮先生，有一樣使記者特別覺得奇異的事，是他們都有他們很特殊的笑臉。史惟亮先生的笑臉看起來很安靜，卻有一排細小而潔白牙齒。談起「民族音樂中心」的工作停了擺的事，便也談到前一陣子報紙上的激情。史先生笑了笑，說：不論如何，儘管當時的報導有些本質上的錯誤，但他能夠了解大家的動機都是一片愛國的急性子。「但是，」史先生說：「大家看了報導，對我可能有這麼兩種不同的看法：第一種，是說我史惟亮要把台灣民族音樂拿到德國去，送給外國人，這種行為，甚至是『漢奸』的勾當。第二種，也許就『同情』我，說人家願出錢，拿到外國去做，總比胎死在台灣好。——其實呢？這兩種反映，都不是事實。」史先生說，到德國去的事，是去年九月間開始談的。在德國，以波昂大學為中心的幾個機構，要在德國設立一個「中國音樂研究中心」。籌畫這件事的德國人，和史先生有很好的私誼。彼此通信討論到去年十一月間，史先生就已決定去幫他們主持這件事。史先生說：「我是一個音樂工作者。站在研究的立場，我當然應該去。事情就是這樣清楚簡單，既不涉及個人的名利，也扯不上民族不民族。」他笑著說，露出整潔細小的牙齒來。「就算它是個民族利益的問題罷，以一中國人，去幫助外國搞一個中國音樂研究機構，也是應該的。」這個德國朋友，在我們籌備設立中國青年音樂圖書館的時候，也熱心地為我們找資料，送圖書。「到德國去的事，早就決定了，和我們『中國民族音樂研究中心』關不關門，沒有關係。倘若今天文化局拿出五百萬來繼續民族音樂工作，我也得去應聘。」他說。

問及他什麼時候開始注意中國民族音樂，使他想起北中國的故鄉來。在日本軍閥占領下的東北生活的少年的史惟亮，在走上音樂生活的道路時，自然地也成為一個音樂的民族主義者，「一直到今天，這個（音樂的民族主義）信念，都沒有改變，」他笑著說：「只不過當時不免狹隘些，而今天，怎麼說呢？應該說是比較寬闊些罷了。」

良師

看來史惟亮先生是個很不願意談論自己的那種人。然而，回憶著回憶著，他說：「我原來是對戲劇抱過十分熱烈底興味的。」這使記者喫了一驚。「是的。」他說：「這個興味，一直到現在還存留著[3]……我曉得，我仍然保留著一種頗為強烈的戲劇感。」東北光復以後，少年的史惟亮懷著滿腔熱情，從東北跑到北平，「真心實意的要學戲劇——學編導。」他說。跑到北平以後，東找西找，也找不到一個戲劇系唸。他同朋友商量——怎麼辦呢？朋友說：「你不是對音樂也有興趣嗎？」於是史惟亮只好上音樂，起初選的是聲樂。談起音樂學生的生活，「有一件事倒可以說說，」他說：「那就是我有過一個很好的老師，叫江文也，是個台灣人。在日本學音樂，後來就到北平教書。」

這個在一九三六年世界音樂作曲比賽中得了獎的老師，把世界音樂中各種流派和思想，都清清楚楚地攤開給他的學生們看，然後告訴學生們說：這麼些路子，未必都是你們可以走的。你們的道路，恐怕還是去發現一條中國音樂的路子來。「他告訴我們：藝術的特質之一，是在於與眾不同，有獨特的風格，」史惟亮先生回憶著說：「中國的音樂，有中國音樂獨有的特色，雖然這些特色很難說清楚，卻要靠你們自己去領會，從而去創造，去發展。」這些話，一方面同他在抗日的大環境底影響而培養起來的民族主義信仰相銜合，一方面更從理論上為史惟亮的音樂生活找到了路子。「二十多年來，」史惟亮先生說：「我晃來晃去，這條路子，這個信心，卻一直都沒動搖過。在歐洲六年，除了在思想上，眼界上開闊了些，基本上，我還是朝著這個路子走。」他微笑著說。很少有這樣令人安靜的男人的笑容。也是一個下著說小又不小的雨的，寒冷的元月天，長長的音樂圖書館深顯出奇的安靜。

在一個人的一生當中，常常有一個良師，一本好書，徹底地影響了或者改變了一個人的一生。這裡又是這樣的一個故事。不用說，史先生一定是一個很好的老師了。「那不敢當，」他說：「只是當你想到自己的老師怎樣使自己得了益處，自己也照樣有使自己的學生得著多少益處的熱情。這年頭，一切的事，都只能盡其在我罷了。」

無罪

就是這樣，談起了目前的音樂青年。據史先生說，新一代的音樂青年，也有他們自己的想法。總的說起來，卻可以歸結到兩個大的類型。「第一種，是絕對的民族主義，」他笑著說：「這個，多少有點兒和我的青年時代相彷彿，不免有些狹隘。凡是中國的，才是正確的，才是唯一的路子。這是一種。另外一類，卻剛好相反。他們可以說是絕對的世界主義，整個兒迷失在西方的音樂世界裡去了。」而將來中國音樂的希望，恐怕不能不落在第一種人的身上。第二種音樂青年，就中國音樂工作來說，在思想上恐怕難於共事了。「不過，倘若能有十分優秀的成就，成為一個第一流的西方音樂的藝術家，也是極好的事，」史先生說：「不論如何，我總認為青年是無罪的。」

細細地咀嚼史惟亮先生的青年無罪論，是頗值得玩味的。他認為：當前新一代音樂青年最應該批評的，是他們在技術上的落後。「他們一般地說，在技術上比二十年前的我們還要差。」

史先生說。技術問題是應該而且可能解決的。「但是，」史先生指出：「這和整個音樂的一般教育和專門教育有密切的關係。這一點，可以說是人謀之不臧了」。關於音樂青年在思想上、認識上的問題，一方面是客觀環境的長期的結果，另一方面，也難於一下子改變過來。「音樂教育，除了各別天賦上的問題，同師資、教育體制、生活條件等等，都有密切的關係。」所以，在責備青年之前，得先對這些客觀的因素做一個檢討。簡單地說：倘若今天的音樂青年沒表現好，這個原因，首先是還沒有為他們創造出一個充足而必要的條件來。史惟亮不時的說：「我總覺得青年人沒什麼錯。他們也沒什麼罪過。」

哲學

這樣的無罪論，便有了哲學的影子。史惟亮的那種安靜不譁的表情，便和他那不僅去看事物的表面和現象，還懂得去看這表象根底的因素底態度有關罷。因為如此，在談到當前台灣音樂生活之向西方音樂一邊倒的情形時，他就比較不顯得激動。「台灣的音樂的知識分子，受到以當前音樂教育思想為基礎的音樂教育訓練，自然強烈地受到西方音樂底影響。」史惟亮說：「而況，西方的音樂，不論從那方說，都有它們不容辯解的卓越性。」於是，此間音樂知識分子一下子就解除了武裝。這差不多是一件「當然的」結果。台灣自己的「土」的音樂一直還存在著，但自然也沒辦法跟洶湧而來的外國音樂抗衡。問題是：我們的音樂知識分子便這樣完全地迷失了。

史惟亮在事物底表象底下看出某種基本的、決定的因素。懂得用這些決定性的因素去解釋事物的表象而滿足的人，應該是這種或那種的宿命論者。在這個意義上，史惟亮先生不能不是一個定命論者。據他說，別的國家有的早在十九世紀就把整理他們民族的各地區的音樂的工作做好了。我們到現在都沒做好，對於史惟亮先生說，恐怕是有它的原因罷。而現在好不容易做了，又不能不「暫時」遭到停擺的命運，又恐怕是事出有因罷。現在民謠工作停在那兒，怎麼辦呢？「沒有停呀！」他詫異地說：「現在找到了錢，立刻就開始做，時間上會快些；沒人出錢，各別的音樂家還是會為了他們各別的需要，繼續做下去，時間上慢些，就是這樣。」於是我們就談起這次民謠採集工作的始末來。

理想

作為一個作曲家的史惟亮先生，弄上民族音樂的採集工作的契機，大約是同許常惠先生一樣的。「原先只是想在台灣的民族音樂中找尋根據，找尋靈感的。」史惟亮先生說：「但是一著手工作，就把問題給提出來了，遂一發而不可收拾。」原先，工作的著眼點，是單從音樂開始的。做了以後，就發現這應該是一個龐大的整體的計畫，涉及其他的許多科學；如民俗學、考古學、歷史、文學、藝術……等等。「這就應該是像中央研究院那樣擁有實力的科學研究團體來做的事：把一切有關的各門科學人才組織起來做，它的成果一定非常可觀的。這當然是一個最理想的做法。」可惜的是，到目前為止，還沒人去注意這件事情的重要性。

五十五年一月底，史惟亮會同李澤陽，和一個德國人到阿眉族的部落做了第一次的嘗試性的採集工作。同年冬天到新竹地區的賽夏人採取了一些「矮人祭」的歌謠。五十六年，初成立了「中國民族音樂中心」，才開始計畫做一次大規模的採集。主要的工作，是在五月到六月間到田野實際去採取的。這個大規模的採集，一共錄下了約兩千首台灣地區的民謠。其中百分之三十是客家和福佬民謠，剩下的百分之七十是分布在全省各地的山地十族的民謠。這些原始的資料，目前被妥善地保存在青年音樂圖書館裡頭。「這些成績，不論如何，是目前台灣地區的民歌的最豐富的資料。」史惟亮說。

採集了這些東西以後，下一個步驟的工作是什麼呢？「噢，」史惟亮說：「單從音樂上來說，下一個步驟是用現代的記譜方法把這些通通記下來，整理它，出版它。這只要什麼時候有一筆錢，什麼時候就可以做出來，算是比較簡單的。至於要以這些材料來做研究，那就是個永無止境的工作了。」這就好比敦煌的壁畫本身是材料，而關於敦煌文化的各式各樣的研究，就沒有一個止境，是同樣的一個道理。

樂觀

史先生也認為，民謠整理出來以後，應該編到音樂教材裡頭去。問到他對於目前音樂教育的意見時，他說：「噢，這得整個兒推翻它。」他說著就笑起來：「從頭來起。」誰去推翻它，又誰去從頭來起，記者沒有問他。但記者說：「目前的音樂生活和音樂教育是這個樣子，你對於將來的中國音樂的前途，有什麼看法？」也許他太注意到記者在問題中的某一種外行人的憂愁和感傷罷，他說：「這有什麼問題呢？——我認為一點問題也沒有。中國的音樂一定會找到自己的聲音，一定會站起來，這有什麼問題呢？」

宿命論的前提，是承認某一種人的主觀力量所不能左右的客觀的規則底存在。那麼，與客觀法則之不可抵抗的意識同時產生的，是某種悲觀罷。但是，史惟亮的宿命論，卻反而是他的樂觀的基礎。

史惟亮說：「文化的問題形成，總是要一段相當長久的時間，總是要經過一段迂迴複雜的路徑。急，也急不來。造成今天此間的音樂生活的現象的，也經過了一段時間，受了許多因素的影響。要解決它，當然也得經過一段時間，一段迂迴的過程。」問題是：即便經過了一段時間，走了一段曲折的路子，問題果然就解決了嗎？史惟亮又安靜地微笑起來：「我始終是樂觀的。到了一定的歷史階段，一切文化的、藝術的問題上的悶局和迷亂，都會澄清。急死了，也沒用。今天我們面臨的問題也一樣。」你認為，歷史和文化藝術之事，有它一定的法則嗎？「從歷史上去看，」史惟亮無可奈何地說：「你不能不承認這個人的力量所不能左右的法則。」他說孔子的時代，也是他老人家出來整理了當時的音樂和歌謠；隋唐的盛世，也一樣。政治上的大一統，促成了一切文學、藝術、音樂、舞蹈的全盛時期。「但是，不要忘記，這盛世之前，中國卻經歷了三、四千年的迷亂。」史惟亮說。

腳色

按照這個看法，歷史，連帶著是文學、藝術、文化等等，具有某一種客觀的法則。它有落潮，也就同時有高潮。這便是史惟亮的樂觀的命定論。「至於我們個人，只要認清哪條路是對的，就盡量去做。」史惟亮說：「這就是每個人的腳色。」他說著，便又以他的細而潔白的牙齒微笑起來。個人在歷史的巨潮中，只不過是一粒泡沫。有時候，一個人盡了平生的努力，其結果也只不過是為將來的世代墊了一塊小小的石頭罷了。「但是，這是毫無辦法的事，」史惟亮先生說：「一個盛世，要花好幾個世代的努力去建造，一個天才的產生也一樣。一個巴哈，是由無數個小巴哈經過幾個世代的努力，才產生的。」

在一個悶局之中，往往偏激、廢頹和猖狂的聲音和姿勢比較的多。但就在這樣一個熱鍋子裡，有這麼樣的一個定命論的樂觀主義者。「說我是個樂觀的人，也不對，」他忽然說：「怎麼說呢，可不可以這樣說：就個人來說，我是悲觀的人——我不喜歡應酬，不喜歡玩兒……我是一個灰色的腳色，但對於整個人類的前程，我不曾有過一秒鐘是一個悲觀的人。」

這是一個結合了悲觀和樂觀的一種奇異的哲學。這一代的中國智識分子，從他們孜孜不倦的工作，從他們複雜的生長過程中，建立了他們自己的哲學。也正是他們的工作和他們的成長，使逐漸要步上不可阻擋的建設時期的自由中國文化，有了無限的信心和希望。

初刊一九六八年二月《文學季刊》第六期，署名本社記者集體採訪
收入一九八八年四月人間《陳映真作品集7・石破天驚》

1 本篇為《文學季刊》第六期「報導文學」專欄文章，隨文配有許常惠和史惟亮的人物特寫。

2 初刊版及人間版均為「元曲的年代，距今僅三百年左右」，應為六、七百年左右。

3 「存留著」，人間版為「存留民謠音樂」。

知識人的偏執

1

我們對於事物的認識所發生的偏執，大約有兩種；第一種是由於無知而來的偏執，比如硬說攝影機會把人的靈魂攝去之類；另一種卻正好是由於知識而來的偏執，比如一定要主張繪畫之不再現自然、不摹寫自然的抽象派藝術。知識分子偏執，便是屬於第二種。

在我看來，知識分子雖然往往是消除某種因襲的·約定的偏執最為得力的人，但是他自己又很難於沒有另外一種所謂知識分子的偏見。而且，或者簡直可以說：知識分子也者，就是有其特定的知識上的偏執的那種人罷。知識人按著他們既有的教養、知識和癖好(taste)去解釋世界，去評斷一切的事物。而這些教養、知識和癖好，又無不有其強烈的黨派性[1]。這樣，在知識的範圍內，就劃出許多派別來，各有他們不同的價值觀和不同的語言。而當這些不同的派別相互對立的時候，所謂黨派性、所謂知識分子意識就緊張了起來。而這緊張起來的黨派性和知識分子意識，恐怕正就是知識人墮落成為各種樣式的教條主義者的最根本的原因罷。

因為這樣，只要是各種知識上的偏執和黨派性存在著，所謂知識人的偏執和派性就不能不存在著。而且，人類在知識上的進步，恐怕就是在這種派性上互相辯論、互相衝激而來的罷。像哥白尼、像達爾文、像弗洛依德，沒有一個不是孤獨地面對著全世界知識的法利賽人的迫害、攻訐、嘲笑和排斥，為整個人類知識的領域，開闢了又豐富又遼闊的世界的。正就是他們所發現的真理所帶來的勇氣，使他們能夠擇善固執，獨排眾議。

但是，正就在每一個真理在監獄、火刑、放逐、教會法庭和保守主義的巨大逼迫中備受分娩之苦的時候，我們也看見另一種知識上的派性和偏執所造成的罪惡。當知識上的偏執和派性，為了有意或無意地保衛一個既有的秩序，——一個既有的所有秩序[2]、社會秩序，等等——而膨脹起來的時候，它就必然墮落為各式各樣的教條，有時更糾集他們所掌握的一切強制力量——如輿論、如警憲、如政府、如法律和軍隊[3]——來加強他們的陣容。我們只要想起有多少真理的先知們，曾怎樣因為「危險思想」的罪名，遭受了各式各樣的逼迫，就很明白了。對於這種迫害的最古老、最優美的記敘，可以舉出記載哲人柏拉圖之死的《克利陀》（Crito）來。知識的教條化，不但嚴重地損害了它接受新事物、往前發展的能力，也成為整個人類往前進步的絆腳石。

2

因為這樣，該如何使自身的知識上的偏執和派性免於教條化，實在是我們的知識生活中十分重大的問題。我個人是個極其不學的人。不學再加上性格上的多少偏執性，則墮落為一個最膚淺的教條主義者的危險性，就尤其之大了。兩年前罷，我曾在《劇場》雜誌上發表了題為〈現代主義底再開發〉的文章[4]。其中的一部分，便是說到我如何在《等待果陀》的演出中，發現了我的現代主義反對論中的若干構成部分，顯然地犯了機械的、教條主義的錯誤。發現而且承認了這個錯誤，對我個人來說，不但使我對於現代主義的批評觀點較為活潑，也使我能夠懷著一份前所未有的同情和了解的意願，去看「現代派」們的東西、去批評「現代派」們的作品。

去年十二月下旬，電影導演李行先生租出了他自己的六部片子，讓《文學季刊》的同人作家做了一系列的觀賞。今年一月，同人作家們和李先生一塊，就他的一系列作品做了誠摯、坦白和熱情的討論。

這個觀摩和討論，又一次毫不容情地指出了我的另一個錯誤的偏執。同大多數的知識分子一樣，我向來對於國產影片毫不關心。我一直拒絕著國產影片，到了柯俊雄是什麼長相也不曉得的地步。但是，在這個觀摩會裡，我們不但看見導演李行在這十多年來所付出的動人的努力，也看到國產電影在各種限制——行政上的、人才的、制度的限制——中，在漫長的十餘年裡所走的步跡。我們實在不能不為某種悲壯的氛圍所打動了。在這個為我們所毫不關心的領域裡，十多年來，有些人在各種主觀的和客觀的限制下，慘澹經營，為國產電影喫力地獻上他們的努力。這些努力所帶來的一定的成績，一方面可以是導演李行個人在來日更進一步的創造生活底基礎；而這個成績也同樣是將來的整個更高水準的、更富於創造性的中國電影所自發展的共同基礎。

國產電影在編劇、導演和演員水準的比較的低落，是一個不爭的事實。知識分子對於這個低落的事實，向來不是採取不屑一顧的態度，就是採取毫無建設意義的・惡評的態度。我們慣於一方面飢餓地耽讀著從沒有看過的・國外著名電影的報導和翻譯腳本，一方面誇大著一些在台灣上映的外國電影在「藝術性」、「現代」創意上給予我們的深刻「感受」，一方面就對於國產電影相對地表露著某種自暴自棄的、一竿子打盡的、懷有敵意的批評，嚷著要革國產電影的命。

然而，終於有一天，我們會成熟到足夠去了解這樣的事實：我們所採取的・無批判地向西方電影一面倒——而且往往只是倒向他們最其渣滓的《8½》或《幸福》等——；我們對國產電影的不負責任的・非建設性的批評，都比起我們所瞧不起的、不屑一顧的國產影片在十餘年來所做悲壯的努力，要輕省得多。我們在這同樣的十多年來為國產電影所做的，只是一些安那琪的，誇大其談的，不切實際的議論；而他們所做的，卻是雖然令人辛酸但是異常實質的，建設性的貢獻。

藉著這個觀摩會，同人的朋友們才有了重新估價自己、重新認識國產電影的契機。我們深切地相信：當目前的電影藝術工作者，和廣泛的其他範圍的藝術工作者，能夠在一個共同把中國文藝弄好的基本願望上團結起來，互相討論、互相觀摩的時候，不只是國產電影，連帶地是詩、繪畫、戲劇、音樂和小說等等，就要有一個嶄新的發展。而導演李行先生在討論會上所表現的坦誠、虛心和熱情，正是一切負責任的藝術工作者應當學習的。

3

一個撐竿跳的運動員要跳躍到一定的高成績，也得有一個所自跳起的地面。憑空地騰雲駕霧，是沒有的事。要把我們的文藝向更高的地方去發展，也得首先從現有的低水平中做起：同情它、了解它，並給予新的評價。架空地要搞什麼高等的藝術，是辦不通的。而且，去了解這些現有的我們的文藝，不但不會使我們懊喪，使我們自棄，使我們「庸俗化」；正相反，卻使我們更能寶貴別人步履艱辛地帶來的成績，從他們的工作中得到無限的鼓舞，增加自己工作的熱情。向西方無批判地一邊倒，對自己做不負責的惡評，卻只會一步步把我們帶到虛無和絕望裡。

知識人的偏執，或許是永遠不能避免的罷。就以力倡認識底純粹性的某些學派做例子：他們對於認識問題之追求某種近乎化學上的純粹底努力，一方面由於認識的非絕對性——人們總是因著不同的歷史時期中的不同的條件，只能不斷地向真理逼近——一方面由於把認識當作化學中追求某些純淨的物質那樣，不得不把某種「人底」(humane)的東西除去了，而墮落成價值中立的，沒有人味的工作，終於也不免於自囿為一個反對派性的派性；一個反對偏執的偏執罷。

倘若派性和偏執是知識人的屬性，則這派性或偏執有沒有在隨時自省和自我檢查中糾正自己的錯誤、接受新事物的能力，就更形重要了。在百廢待舉的今天，我們的智識分子是否具有這個能力，是否能在建設的基本願望上，互相討論，互相了解，存大同而去小異，實在是比一味放縱藝術家的派性和偏執，是更有其積極的意義罷。

初刊一九六八年二月《文學季刊》第六期，署名許南村
收入一九七六年十二月遠行出版社《知識人的偏執》(許南村著)，一九八八年四月人間出版社《陳映真作品集8．鳶山》

1 「強烈的黨派性」，人間版為「強烈的階級黨派性」。

2 「所有秩序」，人間版為「所有權秩序」。

3 人間版此下有「、如法庭和監獄」。

4 〈現代主義底再開發〉（署名許南村），刊於一九六五年十二月《劇場》第四期，頁二六八—二七一。

新的指標

國民黨的文藝政策

五十六年十一月十四日，執政的國民黨，在第九屆九中全會[1]中通過了「當前文藝政策案」。這一項議案的全文，計分基本目標、創作路線、文藝機構、文藝經費、文藝人才、文藝創作、優先辦理事項以及業務配合等八項。由於這一項議案不但是有著黨生活的文藝工作者必須遵守的原則，也是執政的國民黨領導黨外廣泛的文藝工作者，同他們合作的基本原則，所以具有十分重要的意義。

就議案的內容來說，可以分成文藝思想和文藝行政等兩個方面來看。而不論哪一方面去看，這個議案都具有相當開明和現代化的性質。

執政的國民黨的「當前文藝政策」，首先在「基本目標」和「創作路線」中，表達了國民黨的文藝思想。這個文藝思想，綜合地看來，是主張文藝的有目的性和它的功用性（utility）。議案的第二條說：文藝有教育的和戰鬥的功能。第五條說：文藝的責任，在於「維護公理、伸張正義、打倒強權、消滅暴力」；第七條強調了「文藝創作應以服務人生為主旨」；第八條要文藝工作者「重視文藝創作的社會性」等等。

這樣的文藝思想，便有了一面鮮明的旗幟，在為「藝術而藝術」以及「為人生而藝術」的恆久的爭論中，明白地站在後者。二十世紀以來的西方文藝思潮，日深一日地走向文藝底個人主義。這種文藝的個人主義底極端化，便形成了今天許多現代主義文藝思想的內容。因此，國民黨在當前西方個人主義文藝思想氾濫的時候，公然提出了文藝的社會性和功用性，便表現了一種獨立的思考，也表現了該黨了解於建國時期的、經濟發展時期的特殊需要。

基於這個認識，國民黨才能了解「文藝與科學的均衡發展」（第二條），把文藝與科學並重，視為「充實國家建設的……條件」（第二條）。也便基於這個認識，國民黨才把「力挽偏激、淫靡和頹廢的文藝逆流」的工作，列入這個文藝政策裡（第五條）。

關於文藝行政的工作，議案在「文藝機構」、「文藝經費」、「文藝人才」和「文藝創作」等部分，說明了國民黨文藝工作的原則和具體事項。特別值得稱道的是，國民黨清楚地表明了獎行文藝政策的一個基本的原則，是「以輔導代管理，以服務代領導」（第十一條）。

文藝工作是一種思想工作，人類的思想有其十分複雜而微妙的性質。因此，所謂思想工作，便不能用單純的法令、底事務底方法去處理，也就不能用管理和領導的方式去解決。執政黨了解到這一點，對於有效地展開文藝工作，已經鋪下十分有利的道路。

舉一個例子來說，由於交通、傳播、國際政治關係和其他經濟的、社會的因素，現代西方的文藝思想，同其他西方的各種龐大而複雜的影響一塊，深入地影響了我們的文藝生活。因此，現代西方的文藝思想，在此間年輕的文藝青年當中，有了相當的影響作用。這些年輕一代的文藝工作者，是當今最具創造力，最新銳的民族文藝資源，是一個事實；而他們在現代西方的文藝思潮底影響下，至少在表面上，和執政黨的這個文藝思想有若干出入，也是一個事實。因為這樣，國民黨的一個正確的文藝工作的態度，同其應當具備的現代文藝思想的學問的基礎，同樣是十分重要的條件，唯有認真地掌握「以輔導代管理、以服務代領導」的正確的態度，加上思想上、學問上的基礎，才能夠和青年文藝工作者們使用同一的語言，互相討論、互相團結；才能夠不至於犯了把廣泛的根本上是優秀的、愛國的年輕一代文藝青年，一竿子打成異己分子，形成分裂的錯誤；也才能達到充分愛護和培植我們民族文藝新生力量的使命，「力挽偏激、淫靡、頹廢的文藝逆流」。

從這個工作原則出發，議案裡頭分別就文藝機關的設立（第十至十二條）、文藝經費的籌措（第十三至十五條）、文藝人才的保障、培養和組織（第十六至十九條）、國民黨主要文藝工作的內容（第二十至卅一條），以及當前應該優先辦理的工作（第卅二至卅七條），有詳細周到的說明。這當中值得我們注意的有三點：

第一、是文藝工作者的生活保障的問題，第十九條說：「建立文藝工作者福利制度，並建議新聞出版等事業機構提高報酬及版稅，同時請政府訂著作權法，確切保障著作權，使能堅守文藝工作崗位，對國家社會貢獻其智慧與心智。」目前絕大多數文藝工作者的生活之低落，是個不爭的事實。執政黨注意到這個問題，而且要解決這個問題，當然是一件很好的事。在社會上建立福利制度，在法律上保障作家的利益，在經濟上提高報酬，都是可行的辦法。如果執政黨認真地了解文藝是「國家建設的精神條件」（第五條），就該早日把確實保障文藝工作者的生活的美意，付諸實踐，使他們果而能夠「堅守文藝工作崗位，對國家社會貢獻智慧與心血」，提高文藝作品的品質。

第二、是成立一個服務性的聯合發行所。第卅三條說：「成立文藝書刊聯合發行所，為文藝界及讀書服務」。隨著經濟、社會的繁榮，我們國民的讀書生活也有了很大的發展。而在供應國民以最富建設性文藝的書刊雜誌，由於本身的貧困，加上營利性發行機構和書店，在中間抽取極大的利潤，使這些刊物陷於恆久的貧困與不安，嚴重地危害了圍繞在這些文藝刊物的文藝工作者的生活。國民黨能察及此一事實，當然也是極好的事。由執政黨出來建立一個龐大的、不從中取利的全國發行網，將對於優良的文藝書刊和雜誌有極大的幫助，使它們發揮國民精神建設的功能，促進文藝工作者的團結和發展。

第三、是文藝活動的管制問題。執政的國民黨要「對當前有害善良風俗及青少年身心健康之各種娛樂活動及黃黑電影書報雜誌，責成主管單位採取有效措施，切實予以整頓或查禁……。」（第卌七條），要「加強輔導電影、廣播、電視、唱片、出版等企業單位……禁止國外黃色影片。」（第廿八條）。文藝的檢查制度，在基本上，是對的。因為我們一方面要經濟發展，只要我們選擇自由放任的工商政策，就不能不連帶地面臨其所附帶而來的副作用。以營利為目的的工商主義，向來無所不用其極地利用人的弱點，鼓勵人的黑暗的、敗壞的欲望，以達到營利的目的。文藝的檢查制度，便是為了面對商業主義為文藝帶來的壞處時，有一個選擇判別的過程，以保障國民精神生活的健康。

但是，文藝的檢查制度，不能不涉及價值判斷的問題。什麼是「善良風俗」、「有害青少年身心健康」、「黃色」和「黑色」，都應該有一個清楚的、學理上的界定。檢查制度是必要的，但檢查的尺度，檢查的方法，檢查的價值觀點，雖然是一個十分複雜的問題，卻需要有一個比較合理、為大多數文藝工作者和國民接受的標準，按照每一個個案的性質，予以妥善的處理。因此，負責檢查的人，應該具有豐富精湛的文藝修養。文藝檢查制度，才不至成為危害創作自由，窒息文藝的發展的負軛。因為文藝的發展和創作上的自由，是斷然不可分開的。什麼地方沒有創作充分而必要的自由，什麼地方便沒有文藝。這是十分淺顯的規律。國民黨提出「以輔導代管理，以服務代領導」的原則，應該是基於這個基本的了解罷。

職是之故，我們可以進一步提出：對於文藝思想和創作作風不盡和黨方面的思想作風相同的作家和作品（比如服膺為藝術而藝術、主張文藝的絕對的個人主義），只要基本上沒有嚴重的政治問題，只要基本上是愛國的，便應該給予毫無損傷的創作和發表的自由，才能有一個「客觀公正的批評」（第廿一條）；才能「匯合自由世界……的文藝力量」（第五條），充分地負起「協調、運用、推動、督導、考核之責任」（第十條）。

總而言之，國民黨五中全會通過的「當前文藝政策」，從基本上看來，是開明的、現代化了的。當然，它也不是沒有缺點的：說文藝該「以仁制暴，以愛化恨，以真破偽」（第四條）；說「新文藝要……承先啟後，激盪時代的呼聲」（第六條）；說文藝的價值在「增進生活的情趣，擴大心靈的境界，以滋潤人生，充實人生，美化人生」（第七條）；說文藝作品要「照耀人性的光輝，啟示生命的意義」（第九條），當然沒什麼不對。但是由於有些語言太文藝化了，太形而上了，便無法清楚、明白地說明一個政策或路線，它的理論性，便也因此相對減弱了。政策貴在明白清楚，且具備強有力的理論性質。這，不能不算是一個小小的缺點罷。然而，小玼足以掩大善，我們熱烈等待著執政的國民黨能夠生動活潑地實踐這個政策，帶動一個蓬勃發展的新的文藝局面來。

一九六八年二月

初刊一九六八年二月《文學季刊》第六期，署名許南村

1 「第九屆九中全會」，應為「第九屆五中全會」。

日本軍閥的陰魂未散 1

1

一九四五年七月以後，盟國提出波茨坦宣言，並且在日本廣島投下了人類第一顆原子殺傷武器。就這樣，包括日本在內的，侵略的軸心國陣營，已經面臨了無可挽救的·全面性的敗北。八月十四日，日本不得不接受無條件投降，並且在十五日由日本天皇向日本全國，向日本各線的軍事力量，向全世界播告停戰詔書。把這個漫長的「御前會議」和「玉音放送」的整個歷史事件裡，重臣、皇室和軍部對於面臨這次「日本有史以來的第一次敗北」時的掙扎收入銀幕的，就是東寶的《日本最長的一日》。東寶的宣傳詞句是這樣說的：

激震中的日本！

一九六八年二月

一些我們所不知的事件
在某一些我們所不知的地方
曾以無限的勇敢發生了！

所謂「無限的勇敢」，指的是哪些具體的事件呢？是天皇的聖德慈懷，是天皇的不忍全日本國民遭到生靈塗炭的劫運；是重臣中雖然有降乎？戰乎？的爭執，但其「為了日本」、為了「國體」、為了「對得住」在戰爭中死命的三百萬日本軍民的「愛國心」則一；是少壯軍人寧為玉碎的悲願；是「特攻隊」自殺飛行員的悲壯情懷；是擁進三〇二航空隊基地，招搖著「日章旗」，激昂地高唱空軍軍歌的日本人民；是這種支持日本全面走向侵略性的．軍帝國主義的．對於天皇國體．對於「大日本帝國」的．狂熱的愛國主義。

然而，自從人類有了政治，有了歷史，有了戰爭，便有兩種內涵和本質全然不一樣的愛國主義。一種是侵略的、掠奪的、在倫理上是罪惡的愛國主義，像日本和德國在二次大戰中的愛國主義；一種是反對和抵抗這侵略和掠奪的、在倫理上完全是公義的愛國主義，像中國在八年抗戰中，以及世界其他民族反對侵略的抵抗運動。這樣的區別，對於企圖在知識中追求「絕對客觀」和「純粹」的邏輯經驗論者，對於想把歷史盡量地洗滌它的「歷史色彩」的．主張歷史的「純粹性」和「科學性」的歷史主義者，是一個可笑的、充滿了情緒上的誤謬的證論。然而，對於遭受到侵略軍隊百般蹂躪的．在侵略戰爭中蒙受不可估計的損失的民族，卻是個極端明白、簡單而悲痛的真理。

在戰敗後二十年，由日本人自己製作的這部《日本最長的一日》裡，對於作為日本過去的戰爭罪惡之最重要精神因素之一的．侵略性的．帝國主義的愛國主義，沒有作一絲一毫的檢討、批判和反省。尤有甚者，在戰後尤其具有重大意義的，日本在封建軍部統治下若干良心的各階層日本人對於當時日本侵略戰爭採取勇敢的反對態度的事實，在片中完全被漠視了。這樣的一部花費鉅大的人力和物力攝成的電影，在去年八月十五日的「終戰紀念日」，向全日本人民公映，它為廣大的日本觀眾關於敗戰、戰爭責任、日本再建的問題，到底會提供什麼樣的解釋，實在是令人迫切關心的一件事。

2

所謂「無限勇敢」的另一個具體事實，是日本當時的「大和魂」，所謂「日本精神」。

「大和魂」和「日本精神」的核心，是被半神化了的天皇體制以及對於天皇的半宗教的信仰。在《日本最長的一日》裡，即便是在今天早已走向民主體制的日本，對於名存實亡的天皇，在歷史的再現中，仍然保存著深厚的對於日本神權皇室的鄉愁和崇拜(Mikado Worship)。

這豈不是作為「歷史底再現」的歷史影片所必要的嗎？不是的。我們只要看天皇的鏡頭如何地被恭敬地迴避了一如宗教片迴避耶穌的聖容那樣；只要看扮演天皇的舞臺名優松本幸四郎在拍片中，一直齋戒沐浴，深恐冒瀆聖姿。[2]他說：「如果有失禮的儀態或怠慢行為，那就對不起天皇。」因此攝影師也把他當天皇一樣每次攝影時都是恭恭敬敬對待他，而且他又每日坐計程車到攝影場去上班，以免冒瀆聖姿。這一切都足以洞察貫穿在這部片子裡的天皇崇拜的幽靈了。

圍繞著這個天皇崇拜的幽靈，日本軍部的大和魂被生動地復活了起來：日本軍人的封建的武士道的語言，以令人驚悸的嘯喊，從頭到尾貫穿著整個影片；寧死不敗的日本軍人精神，在軍部的死硬分子中，在好戰的「學徒兵」中，在寧為玉碎的信念中，猙獰而生動地表現了出來；而阿南陸相的戰爭責任，也在他忠於國體，忠於戰死的兩百萬的日本軍人，更在他「無限勇敢地」切腹割首而自殺的慘烈中，塗上一層悲劇英雄的色彩。

就是這樣，《日本最長的一日》對於日本軍閥在廣大的亞洲大陸、在炎熱的中南半島、和南洋太平洋群島所造成的滔天大罪，所殺戮、破壞的生命財產，沒有一個字、一個鏡頭提起；對於瘋狂的所謂「大和魂」、所謂「日本精神」，沒有一個字或一個鏡頭的批判、檢討和反省；它所傳達的，是對於「日本精神」的敗北——所謂日本歷史上的第一次敗北——的無限感傷悲憤。不錯，宮內的侍從官曾經對於劫取天皇投降詔書的「玉盤」的軍人說：「你以為這就是日本精神嗎？」或者類似的話。然而，這充其量只是對於聖德慈懷的天皇做了另外一個註腳和飾辯罷了。尤其從全片的意念去看時，更是這樣。

日本曾經在歷史的重要關頭，一步步走向錯誤的道路，終至於闖下了將要成為人類歷史上的最黑暗、最可怕的夢魘般的滔天罪行。但是，在日本軍閥所驅策下戰死的三百萬日本軍民的後代剛剛進入二十歲的弱冠之年；在被日本軍部所殘殺的中國、緬甸、南洋諸島的民族還灼然地記憶著悲傷的哀思的二十年後；在被日本軍閥摧殘而至今仍然收穫著那悲慘的後果的各個國家還沒能從傷殘中起立的今天，日本人不但早已忘卻了他們的戰爭責任，還在以大規模的財力、意欲，從無底的陰冥中，喚起那侵略的愛國主義、皇室崇拜和大和魂的亡靈來。這實在令人戰慄，也令人哀傷。

一九六八年二月

3

這個日本軍閥的招魂者，還披了一件和平的外衣。天皇和鈴木內閣總理大臣都說：

「——從此日本將再建設為一個和平之國。」

「——日本國民應當各守其分，同心協力地再建一個和平的日本。」

「——日本底再建，是絕對可能的。願日本人民永誌這次慘痛的失敗，不忘這次和平的重大代價，慎勿重蹈覆轍。」

這些「玉音」，如果沒有一份對於日本過去的錯誤懷有深沉的批評，沒有首先檢討愛國主義、天皇崇拜與大和精神，那麼，這些聲音，不但是虛偽的，而且還能煽動健忘的日本人的某種捲土重來的敵愾之心！

是的，正是這樣。在《日本最長的一日》裡，天皇、內閣重臣、軍部主要將領——如阿南陸相、米內海相——看起來並不必負起戰爭的罪責。他們看起來，不是令人覺得他們本來就愛好和平、不贊成戰爭，就是只因保衛日本國體、盡忠日本而至於斯的。於是，整個的戰爭責任，都落在名不見經傳的軍部裡少壯的中下級將校，尚且還為這些中下級將校塑成個個忠於皇室，人人為日本的命運，寧為玉碎，至死不辱的忠烈軍人典型！就像這樣，岡本喜八瞞天過海地取消了日本軍閥對全世界人道的良心所虧負的精神債務，隻手遮天地掩蓋了鼓動整個罪惡戰爭的軍部、內閣重臣的責任，這該是一個多麼大的欺罔手筆，是個多麼放膽的謊言！

也正是從這種招魂的陰暗用心出發，《日本最長的一日》對於若干憑著正義和良心，英勇地在地下、在監獄裡抵抗日本侵略主義的日本人的典型，完全採取一筆抹殺的態度。

顯而易見，戰後二十年來的一部分日本人，對於他們過去的嚴重錯誤和罪行，完全失落了應有的羞惡和認罪的意識。他們不但不承認過去的錯誤，還明目張膽地向全世界宣言他們的詭辯，公開地招引日本帝國主義的封建軍閥底亡靈。沒有某種犯罪意識，沒有反省和批評精神的和平建國論裡，該包藏著多少危險，多少威脅和恫嚇！

4

從《日本最長的一日》的戲院走出，心情是非常沉痛的。我們不禁回想：在明治維新之後，日本怎樣第一個成功地適應了變動中的現代世界，她怎麼樣在老大而停滯的亞洲地帶頭一個站立起來了。然而，她非但沒有好好地連繫和扶持她的亞洲的窮困的兄弟國家。發了財，顯了名的少年日本，逐漸走向英國，走向西方，終於也學會了一身一手的勢利眼，學會了帝國主義。

至此，她不可避免地鼓動了貪欲的罪惡戰爭，讓她的軍隊在中國的北方，奪取他國的利益。然後，在第一次歐戰裡初試鋒芒，在戰爭中取得利益的日本，又一度離開亞洲的弟兄，同德義一道，敲起了入侵中國的戰鼓。然後，她也初次嚐到了所謂日本史上的第一遭敗北。

在戰爭中茁長，又在戰爭中失敗的日本，又在韓戰和越戰中「再建」起來。上天惠於日本的，是何其優渥呵。她竟連「國民各盡其分」的努力都不要，而在另外的戰爭中恢復起來。而恢復之快，竟使她全然忘卻了過去的罪惡，而且偷偷地使棒弄刀，大有捲土重來的意思。

作為一個亞洲人，作為一個帝國主義的被害人，我們並不一定去清算日本過去的罪債。然而，作為新生一代的中國人，我們必須嚴重地關切——同包括日本人在內的新世代的亞洲人一塊——《日本最長的一日》所散播的危險意識，深刻地、全面地檢舉、批判這召喚日本軍閥陰靈、否認日本的戰爭責任、企圖在「日本的第一次敗北」的敵愾氣氛中再度煽起戰爭的火種，陰謀把日本帶向再武裝，再侵略的道路的「日本最長的一日」！

初刊一九六八年二月《文學季刊》第六期，署名許南村
另載一九八二年十一月《生活與環境》第二卷第五期

收入一九七六年十二月遠行出版社《知識人的偏執》(許南村著),一九八八年四月人間出版社《陳映真作品集9・鞭子和提燈》

1 本篇為日本導演岡本喜八一九六七年執導的電影《日本最長的一日》之影評,初刊版正文前刊載有影片資訊「日本最長的一日(東寶),原作:大宅壯一,腳本:橋本忍,導演:岡本喜八,演員:三船敏郎等」。收入人間版篇題改作〈日本軍閥的陰魂未散——評《日本最長的一日》〉。

2 人間版此下有「就知道這部影片極端的反動性質了。」。

試論陳映真[1]

總的看來，陳映真的作品可以分為兩個時期。從一九五九年到一九六五年是一個時期。在這個時期裡頭，他顯得憂悒、感傷、蒼白而且苦悶。這種慘綠的色調，在他投稿於《筆匯》月刊的一九五九年到一九六一年間最為濃重。一九六一年迄一九六五年，他寄稿於《現代文學》的時期，還相當程度地保留了這種青蒼的色調，但同時也表現出這個時期底趨向終結以及另一個時期的開始。從一九六五年到一九六八年他暫時息筆，是另一個時期。這個時期的特點是他的感傷主義的結束，而呈現出一種比較明快的、理智的和嘲諷的色彩。

基本上，陳映真是市鎮小知識分子的作家。

在現代社會的層級結構中，一個市鎮小知識分子是處於一種中間的地位。當景氣良好，出路很多的時候，這些小知識分子很容易向上爬升，從社會的上層得到不薄的利益。但是當社會的景氣阻滯，出路很少的時候，他們不得不向著社會的下層淪落。於是當其升進之路順暢，則意氣昂揚，神彩飛舞；而當其向下淪落，則又往往顯得沮喪、悲憤和徬徨。陳映真的早期作品，便表現出這種悶局中市鎮小知識分子的濃重的感傷的情緒。他的父親一代出身於農村的敗落的家庭，因著刻苦自修，成為知識分子而向市鎮遊移。一九五八年，他的養父去世，家道遽爾中落。這個中落的悲哀，在他易感的青少年時代留下了很深的烙印。這種由淪落而來的灰黯的記憶，以及因之而來的挫折、敗北和困辱的情緒，是他早期作品中那種蒼白慘綠的色調的一個主要根源。當我們讀〈我的弟弟康雄〉、〈故鄉〉、〈死者〉和〈祖父與傘〉便感到這種貧困的哀愁、困辱和苦悶的情緒，瀰漫在故事的背景。他不曾理解到：市鎮小市民的社會的沉落，在工商社會資金積累之吞吐運動的過程中，尤其在發展中國家，幾乎是一種宿命的規律；他不曾懂得從社會的全局去看家庭的、個人的沉落；他也不曾懂得把家庭的、個人的沉落，同自己國家的、民族的沉落連繫起來看，而只是一味凝視著孤立底個人的、滴著慘綠色之血的、脆弱而又小小的心，自傷自憐。於是他成了退縮的、逃避的人。他逃避一切足以刺痛他那敏感的心靈的一切事物，包括生了他、養了他的故鄉。他把自己放逐了，放逐出活生生的現實生活：

> 〔……〕故鄉便時常成了我的夢魘了。
>
> ——〈故鄉〉

〔……〕我家的衰頹，在他們都太熟悉。我的心開始劇烈地絞痛起來。跳上列車，我感到的不是旅愁，而是一種悲苦的、帶著眼淚去流浪的快感。〔……〕我用指頭刮著淚。我不回家，我要走，要流浪。我要坐著一列長長的豪華的列車駛出這麼狹小這麼悶人的小島，在下雪的荒脊的曠野上飛馳著，駛向遙遠的地方，向一望無際的銀色的世界，向滿是星星的夜空〔……〕沒有目的地奔馳著。……〔……〕

——我不要回家，我沒有家呀！

——〈故鄉〉

因著中落的挫辱而把自己關閉起來的陳映真，竟至於連母親似的故鄉也避拒了。這種不健康的感傷，正顯示出市鎮小知識分子的那種脆弱的、過分誇大的自我之蒼白和非現實的性質。

悶局中的市鎮小知識分子，因著他們的沉落和無出路，有時也有改革世界的意識和熱情。

〔……〕即欲對惡如何，必須介入於那惡之中。

——〈家〉

〔……〕務要使這一代建立一種關乎自己、關於社會的意識，他曾熱烈地想過：務要使他們做一個公正、執拗而有良心的人，由他們自己來擔負起改革自己鄉土的責任。[2]

——〈鄉村的教師〉

〔……〕改革是有希望的，一切都將好轉。

——〈鄉村的教師〉

〈鄉村的教師〉中的吳錦翔[3]、〈我的弟弟康雄〉中的康雄、〈故鄉〉中的「哥哥」和〈加略人猶大的故事〉中的猶大，都曾懷抱過獻身於建造一個更好、更幸福的世界的熱情。然而由於市鎮小知識分子在社會上的中間的地位，對於力欲維持既有秩序的上層，有著千絲萬縷的連繫；而對於希望改進既有社會的下層，又不能完全地認同，於是他們的改革主義就不能不帶有不徹底的、空想的性格了。康雄的理想主義便是這樣的：

〔……〕那時候我的弟弟康雄在他的烏托邦建立了許多貧民醫院、學校和孤兒院。接著便是他的逐漸走上安那琪的路，以及和他的年齡極不相稱的等待。

——〈我的弟弟康雄〉

〈故鄉〉裡的哥哥，是另外一個空想的改革論者。他的改革論，是以基督教的信仰和熱情為基礎的：

過了不久，哥哥便在焦炭廠裡做著保健醫師〔……〕白天在焦炭廠工作得像個煉焦的工人；晚上洗掉煤烟又在教堂裡做事。他的祈禱像一首大衛王的詩一樣。

——〈故鄉〉

市鎮小知識分子的改革論之不徹底的、空想的性格，又表現在他們的認識與實踐之間的矛盾。他們所想的和所做的往往很不一致，甚至於互相背反。這種矛盾，首先導致他們在行動上的猶豫、無力和苦悶：

〔……〕終其十八年的生命，我的激進的弟弟康雄連這樣一點遂於行動的快感都沒有過。「我這虛無者，卻沒有雪萊那樣狂飆般的生命。雪萊活在他的夢裡，而我只能等待一如先知者〔……〕。」我的弟弟康雄的日記這樣說。

——〈我的弟弟康雄〉

像康雄，像〈唐倩的喜劇〉中誇大其談的讀書界，像吳錦翔、〈故鄉〉裡的哥哥和〈一綠色之候鳥〉中的趙如舟，都表露出市鎮小知識分子往往是行動的無能者。言行之間的背離，不斷地刺痛著他們的猶豫、敏銳的良心，使他們痛苦，使他們背負著愴絕的愧疚，使他們深深地厭惡自己，終而至於使自己轉變成為與始初完全相背反的人。他們墮落了。天使折翼，委落於深淵而成為惡魔，竟而終於引至個人的破滅。自以為否定了一切既存價值系統的、虛無主義的康雄，在實踐上卻為他所拒絕的道德律所緊緊地束縛著。他無由排遣因這種矛盾而來的苦痛而仰藥自殺了；曾經自以為嚮往社會正義的費邊社會主義者趙如舟，在現實生活中卻曾殘酷地遺棄一個舊式婚姻中的妻子和一個叫做節子的東洋女人，其後又一直在麻木不仁、腐敗骯髒之中生活，而終於因老人性痴呆症走向顛狂的末路；鄉村的教師吳錦翔始而幻滅，繼而墮落，再繼而發狂自殺；〈故鄉〉中，試圖在基督教義中尋找正義的哥哥也變成了一個耽溺在賭博和情欲的惡魔，毀去了一生。

市鎮小知識分子在社會的中間的地位，在歷史的轉型時期，往往使他們比誰都早而敏於同時預見一個舊有事物的枯萎和新生事物的誕生。在陳映真的早期作品，例如〈那麼衰老的眼淚〉、〈死者〉、〈兀自照耀著的太陽〉和〈一綠色之候鳥〉等，我們看見一個世界在一寸一寸地崩解著。而在這絕望的、灰黯的世界中，陳映真又似乎偶爾要十分喫力地試圖劃燃一根小小的火柴來照明和取暖。〈淒慘的無言的嘴〉裡的精神病患者，夢見了「一個黑房」，「沒有一絲陽光，每樣東西都長了長長的霉」，而一具女屍身上許多致死的傷口幻化成為人類的嘴巴，嘯喊著：「打開窗子，讓陽光進來罷！」結果黑暗被劃破了，「陽光像金黃的箭射進來」；在〈將軍族〉中，兩個飽經挫敗和凌辱的卑屈的人物，把光明和幸福的人生寄託在一個神秘的渺不可知的未來世界——來生；〈一綠色之候鳥〉的世界，是一個「在逐漸乾涸著的池塘裡的魚們，雖然還熱烈地鼓著鰓、翕著口，卻是一刻刻靠近死亡和腐朽」的世界。然而陳映真卻這樣描寫絕望得一如槁木死灰的季叔城的幼兒：

孩子在院子裡一個人玩起來了。陽光在他的臉、髮、手、足之間極燦爛地閃耀著。

——〈一綠色之候鳥〉

和他所描寫的風雨冷冽的長夜比較起來，陳映真所看見的「陽光」又顯得多麼無力、多麼突兀可笑，彷彿一個驚於自己設色之慘苦的畫家，勉強地加上幾筆比較明快的顏色一樣。誠然，身處社會的中間地位的市鎮小知識分子，在一個歷史的轉型時代，因著他們和那社會的上層有著千萬種連繫，無力使自己自外於他們預見其必將頹壞的舊世界。另一方面，也因著他們在行動上的無力和弱質，使他們不能做出任何努力使自己認同於他們在懵懂中看見的新世界。結果，他們終於只能懷著自身的某種宿命的破滅感去瞭望新的生活和新的生命。〈淒慘的無言的嘴〉中的精神病患者固然夢見陽光劃破了黑暗，使黑房子裡「所有的霉菌枯死了，蚯蟆、水蛭、蝙蝠枯死了」。但連帶地，那幻見這「光明」的異象的「我」也隨著「枯死了」；在〈兀自照耀著的太陽〉中，神秘地象徵著希望和良心的小淳，也在旭日初升的時刻，靜悄悄地死了；在〈將軍族〉中，無力和巨大的現實對決的兩個卑微的人物，以其生命的破局去尋求「來生」的幸福；在〈一綠色之候鳥〉中，有人對飽經慘變的季叔城說他的孩子長得標緻，像他，也像他的病死的妻子時，季叔城忽然這樣說：

不要像我，也不要像他的母親罷。一切的咒詛都由我們來受。加倍的咒詛、加倍的死都無不可。然而他卻要不同。他要有新新的、活躍的生命！

——〈一綠色之候鳥〉

陳映真小說中的小知識分子，便是懷著這種無救贖的、自我破滅的慘苦的悲哀，逼視著新的歷史時期的黎明。在一個歷史底轉型期，市鎮小知識分子的唯一救贖之道，便是在介入的實踐行程中，艱苦地做自我的革新，同他們無限依戀的舊世界作毅然的訣絕，從而投入一個更新的時代。但陳映真世界裡的市鎮小知識分子，卻沒有一個在實踐中挺立於風雨之中、悠遊於浪濤之間的人物。這也許是客觀上並不存在著這樣的人物罷，而其實也是陳映真自己和一般的悶局中的市鎮小知識分子的無氣力的本質在藝術上的表現。

安東·契訶夫是表現這種社會轉型時代中，自由知識分子的那種無氣力、絕望、憂悒、自我厭棄、百無聊賴以及對於刻刻在逼近著的新生事物底欲振乏力之感的最優秀的作家之一。陳映真早期小說中的衰竭、蒼白和憂悒的色調，是很契訶夫式的。但是，在表現上的優美和深刻來說，陳映真當然不及契訶夫遠甚了。

一九六六年，陳映真開始寄稿於《文學季刊》，此後他的風格有了突兀的改變。實則，如果我們仔細地去看他第一時期的末尾，即一九六一年到一九六五年他投稿於《現代文學》的時期，我們將可以看見他向著一個新風格過渡的痕跡。

一九六六年以後，契訶夫式的憂悒消失了。嘲諷和現實主義取代了過去長時期來的感傷和力竭、自憐的情緒。理智的凝視代替了感情的反撥；冷靜的、現實主義的分析取代了煽情的、浪漫主義的發抒。當陳映真開始嘲弄，開始用理智去凝視的時候，他停止了滿懷悲憤、挫辱和感傷去和他所處的世界對決。他學會了站立在更高的次元，更冷靜、更客觀、從而更加深入地解析他周遭的事物。這時期的他的作品，也就較少有早期那種陰柔纖細的風貌。他的問題意識也顯得更為鮮明，而他的容量也顯得更加遼闊了。然而這個時期對他還只是個開端，還只是一個摸索和實驗的階段。我們只能說陳映真從一九五九年到一九六五年漫長的憂悒的時代突破而出。此外任何過早的評價都恐怕不容易正確的罷。

從題材上去看，陳映真的小說還有一個特點，那就是他對於寄寓於台灣的大陸人的滄桑的傳奇，以及在台灣的流寓底和本地的中國人之間的人的關係所顯示的興趣和關懷。

新的和舊的帝國主義在中國的侵凌，數百年來，在中國發生了長遠而複雜的影響。作為東南中國門戶的台灣省，更是尖銳地經歷了東洋和西洋殖民體制的毒害。她歷經殖民主義的局部的或全面的、暫時或長期的霸占，使她常常在歷史上因而和中國隔絕了。而其中尤以日本人五十年的殖民統治最為長久。在這長時期的霸占中，日本在台灣進行了為使台灣納入日本帝國主義經濟的市場圈所必要的改造，使她早早地脫離了當時前．近代的中國社會。在這個背景下，一九四五年的光復、一九四九年國民政府的播遷來台，使海峽兩岸的不同發展階段的社會、經濟、政治和文化，在台灣發生了廣泛的接觸。三十年來，這個接觸還在進行著不斷的相互調整、再編成和共同發展的過程。

這樣的過程在人的生活上的反映，陳映真首先對於僑寄的大陸人之過去的傳奇發生十分濃厚的興味。從〈那麼衰老的眼淚〉開始，在〈文書〉、〈將軍族〉、〈最後的夏日〉和〈第一件差事〉等一系列大陸人和本省人同時登場的小說中，陳映真捕捉那些令一九三七年生於台灣、嗣後便過著停滯不波的生活的他著迷的各種傳奇。在陳映真的世界中，大陸人有牽縈不斷的過去的記憶。他們在那個渺遙阻絕的故鄉，有過妻子；有過戀人；有魂牽夢繫的親人故舊；有故鄉的山河底記憶；有過動亂的、流亡的、苦難的經歷；有過廣袤的地產、高大的門戶；有過去的光榮和現在的精神底或物質底沉落。交織著侵略和革命的二十世紀的中國，在她從歷史的近代向著歷史的現代過渡時所引起的劇烈胎動，怎樣地影響著遊寄台灣的大陸人——這毋寧才是陳映真對於這些傳奇懷抱著傳奇以上的興味的一個原因罷。

一九四九年之前的前．近代的中國同在日本帝國主義一定的殖民政策下資本主義化、近代化了的台灣省之接觸，在大陸人和本省人之間產生了一些難題。在本省人方面，由於長時期受到東方／西方、新／舊帝國主義的阻隔，不能夠正確地認識到從前．近代躍向現代國家、從近代史向著現代史發展而來的陣痛所必有的混亂、落後和苦難所掩蔽的中國的真正的面貌，從而他們的小市民的單純的民族主義和愛國主義，便在中國走向國家獨立、民族自由的地動天搖的過程中幻滅了、挫折了。這種在中國近代／現代史的歷史急流中迷失了自己原有的位置和方向的結果，便在部分人心中產生了所謂中國歷史的孤兒、棄兒和受害者的意識，因而走向分離主義的道路。在大陸人方面，則因某些人承繼了前近代的大華夏主義的惡遺留，也助長了分離主義的成長。

陳映真在處理大陸人和本省人的人與人之間的關係時，是將他們置於一個從來不認識大陸人、本省人的社會規律下，以社會人而不是畛域人的意義開展著繁複底生之戲劇的。〈將軍族〉中的三角臉和小瘦丫頭兒，便是因為同是社會中淪落的人而互相完全的擁抱著；〈那麼衰老的眼淚〉中康先生和阿金（也如〈第一件差事〉中胡心保和許香[4]）間、以及〈兀自照耀著的太陽〉中一群生活在帷幔深垂的天地中的台灣市鎮小有產者與帷幔之外廣泛的生產者之間，那種有產者的倦怠、衰竭與乎生產者世界的不可思議的生活力之對比，都因陳映真之著筆於社會底根源，而消失了畛域底差別。

在中國走出前·近代的社會；從歷史的近代向著歷史的現代衝刺的過程中，我們深切地期望藉著為在台灣的中國人所共同關切和喜愛的當代文學、音樂和藝術，使分離或有相分離的危機的中國人重新和睦，為中國的再生和復興而共同努力。我們也深切期望：在台灣成長的年輕一代新銳的、革新的中國文藝工作者——不分什麼大陸人和本省人——能夠同時克服和揚棄落後的大華夏主義和新舊殖民主義所殘留的被害者意識、孤兒意識或棄兒意識，重新建立我們在中國現代史中的主體的地位，昂揚地前進。

在每一個歷史時期中，人們總是在各種藝術作品中尋求他們生活中最急切的諸問題的解答；尋求指導他們的人生的理念；尋求他們在起而變革生活和世界時所能信賴和認同的人物底形象；尋求經過各種藝術形式集中起來的民眾自身的願望和心聲。因而文藝工作者就應該有自覺的自己批評的意識，謙抑謹慎，同一切願意為更好、更合理的明日貢獻力量的文化工作者，一道工作，一起進步。

基於這樣的認識，我們對陳映真做了初步的批評。七〇年代以後，我們的新銳的、革新的文壇，有了一定的成長。在現代詩論戰中，文學的社會性、民族性被提出來了；以黃春明等為代表的、擁抱了廣泛生產者的小說出現了；以《文季》季刊為指向的社會的、批判的、愛國的文學道路劃出來了。這些文壇的新事，說明了我們的一些優異的革新的文藝工作者，有足夠的青春和生命去超越某些陳映真早期作品中所表現的市鎮小知識分子的憂悒和無力感。我們希望這個批評不但有益於陳映真，也有助於必將湧現出來的更年輕、更優秀的作家們。

一九七五年九月二十六日

初刊一九七五年十月遠景出版社《第一件差事》、《將軍族》，署名許南村收入一九七六年十二月遠行出版社《知識人的偏執》（許南村著），一九七八年四月遠流出版社《鄉土文學討論集》（尉天驄編），一九八四年九月遠景出版社《孤兒的歷史·歷史的孤兒》，一九八七年七月雅歌出版社《曲扭的鏡子》（康來新、彭海瑩編），一九八八年四月人間出版社《陳映真作品集9·鞭子和提燈》

1 本篇為一九七五年由遠景出版陳映真的《第一件差事》、《將軍族》兩本小說集的序言，收入人間版篇題改作〈試論陳映真——《第一件差事》、《將軍族》自序〉。本文引述小說內文據一九七五年遠景出版的《將軍族》校訂。

2 此段為遠景版小說原文，洪範版小說內文改作「他曾熱烈地這樣想過：務要使他們對自己負起改革的責任。」。

3 各版本均誤植為「吳錦祥」，以下據小說內文均改正作「吳錦翔」。

4 「許香」為胡心保之妻，此處應指胡心保的情人「林碧珍」。

試評〈金水嬸〉1

一、〈金水嬸〉中的社會

雜貨擔子

金水嬸是以一個生活力很強、個性很開朗的、漁村裡的挑雜貨擔的老婦人登場的。「……微彎著背，低了頭挑著她的雜貨擔，以細碎的腳步，搖搖擺擺從大路那邊晃了過來」的金水嬸，說明了工商業商品，是怎樣執拗而稠密地浸透到一個極為偏遠的漁村裡了。

工商社會的最強有力的特質，在於它是以無量數的、大大小小的商品作為它層層疊疊的組成部分。人創造了商品，但這些形形色色的商品，卻像「神燈」——這個阿拉伯人民最古老而富於寓意的神話——中的巨人一樣，反過來強有力地宰制人類。大量的商品從許多國內和國外的工廠泉湧而出。它們集中在城市的超級市場、百貨公司和商店；集中在鄉鎮的百貨店鋪，密集地浸透到每一個角落裡去。至於那些交通比較不方便的山上或海濱的小村莊，便有這樣或那樣的雜貨車、雜貨擔子，把商品分布到市場的末梢。

金水嬸的雜貨擔子告訴了我們一個故事：工商主義[2]經濟早已透澈地領導了台灣的經濟生活。即使在一個偏遠的漁村，人們的生活早已嚴密地組織到商品所飢餓地尋求的市場裡。單純的物物交換、自給自足的前近代的經濟生活早已結束。內衣、毛巾、肥皂、牙膏、牙刷、針線、甚至於香水和三角褲，都通過金水嬸的雜貨擔子流到漁村裡去。

「……伊娘，買什香皂？浪費錢！能洗就好了，什麼皂還不是都一樣？」

「……」

金水嬸又拿出一個玻璃紙袋來對一個年輕的女人說：「月裡，這種內褲要不要買一條？現在最流行的。」

「多少錢？」月裡接過紙袋仔細地捏弄端詳了半天：「十五塊？嚇死人！怎麼這樣貴？薄稀稀，洗不到三次就破了。不好！」

「很漂亮哩。像妳這樣年輕漂亮的女人穿這種內褲最好啦，很多人穿哦！」金水嬸把褲子拿出來抖開了給月裡看，「妳看，這麼漂亮，又輭又好穿。」她說。

「噯喲，嚇死人，金水嬸，妳也要積點德。這麼一點布要怎麼穿？」旺嫂湊過臉來，把褲子拿到手上揚起來，還尖聲怪調地笑著說：「薄稀稀，遮都遮不住，這是要怎麼穿？」

從不用肥皂到用肥皂；從用普通肥皂到用香皂；從婦女的棉布內褲到尼龍三角褲；從對於新產品的抗拒到驚詫和接受，我們看見一種新的社會——商品的社會、新的文化——商品的文化在[3]擴展，浸透到台灣社會生活中最末梢的地區。〈金水嬸〉這篇小說便以這樣一個強烈和鮮明的社會變動做背景而展開了。

會錢

商品以無比的密集性追求市場，為的是要把隱藏在商品內部的超餘的價值，以金錢的樣式實現出來，從而去實踐工商資本的擴大再生產，取得更大的利益。商品生產的社會經濟，把人們緊密地組織到一個自由無量數商品組成的社會。從電冰箱和電視機，以至於一張草紙，沒有一樣不是商品。不能想像人們離開了商品將怎麼去生活。而市場上的每一樣商品，都必須以金錢去購買。在一個工商社會，人們越是依賴於商品，也就越離不開金錢。就這樣，金錢以一種空前的威力君臨社會生活，深刻地主宰著人類的命運。〈金水嬸〉的故事，便是金錢的暴力如何肆虐和歪扭了人性的故事。

金水和金水嬸這一對老夫婦，在逐漸發達起來的工商社會裡，像大多數在落後的農、漁村中生活的人民一樣，是一個被動的、落後的人物。他們大多只是依靠提供自己的超餘的勞力，去換取起碼的生活。這樣的人，往往是「……安於現實的人，一生沒有賺過什麼錢，所以對錢一向也很謹慎小心」。而他們的「一生，沒錢的時候遠遠多於有錢的時候。……從來不敢想要做什麼大生意賺大錢」。

然而，何以即使是這樣的一個人物，卻不由自主地捲入一筆應該離他們生活十分遙遠的金錢的漩渦中，招致悲劇性的破局？

這是因為金錢的需求，已經成了工商社會生活中最具權威性的、不可取代的最高的原則。以消極方面說，金錢是換取商品化了的一切生活素材的仲介。沒有金錢，要生活在這樣一個工商社會，是絕不可能的。從積極一方面說，金錢是在一個與商品交互作用的那一規律中[4]而不斷循環、擴大的工商業生產行程中的一個連鎖的部分。在這樣的社會中，人獲取金錢的能力，以及已經獲取的金錢的量，成為衡量一個人的社會地位和價值的最有力的標準。任何傳統的標準都不能不在這個新的標準面前低頭。

金水——一個在現實生活中徹底挫敗的男人，他以舊式家庭賦予男人的恁恣、凶暴來逃避他所無力適應的殘酷競爭的工商社會——原是一個專橫的父親。但是，他的六個兒子們卻在這個以金錢來衡量一個人的成就的社會中，「還鑾可以和人比上下的」。此外，這些他所一向不曾負起養育之責的兒子們，偶爾也百兒八十的給他零花。凡此種種，使金水在家庭中專橫暴恣的地位崩解。因為這種地位，只建立在他為夫、為父的舊時代單純的人倫關係上。於是兒子們的意見取得了很大的權威：

> 這一次，由於他的兒子都那麼一致堅信，會賺錢啦會賺錢啦。……兒子也娶妻成家了，在社會上還鑾可以和人比上下的，所以他也變得有點怕自己的兒子了，……因此，這一次，當兒子們都堅信一定會賺錢時，他也便毫不遲疑地，把幾年來兒子們給他的一百、五十積存起來的萬把塊錢全都拿出來，並且還向人借了一些，也算是入了股。結果，沒想到卻通通被吃了。

在一個工商社會，人們跟隨著不斷擴大的商品生產，不斷地追求金錢。他們需要金錢來換取廣泛商品化了的生活材料；他們更需要到處聚集金錢來購入商品化了的生產原料。於是對於金錢的貪欲，奴役著整個人類的生活。人們再也不是金錢的主人，而成為被金錢肆狂地驅役的奴隸。在金錢的貪欲之前，再也沒有道德的限制。設局倒帳，只不過是這種貪欲的一個很不起眼的面貌罷了。

金水聽從了在「賺錢」上頭很有權威的兒子們，動了「賺錢」的心，除了自己的一點積蓄，還以標會的形式，聚集了一些金錢，投資於一項騙局；一個應該只追求「天上的國度」的牧師，以他「老老實實，客客氣氣」的面具，設局詐錢。在這一切的背後，存在著一個追逐商品、追逐金錢的社會中對於金錢的瘋狂的貪欲。這種貪欲，隨著商品無孔不入的浸透性，滲透到一個陬遠的、貧困的漁村，攫取了一個「從來不敢想要做什麼大生意賺大錢，只要有飯吃就好」的金水，撥弄他們的命運。當金水背負著無力還債的羞恥，震驚於被工商社會塑造為一個只知金錢不知親情的兒媳，終至飲恨而死的前一刻，他所說的一個字，也就是包含著多少怨恨、憂愁、羞辱、恐懼和悲哀的：「錢！」

二、〈金水嬸〉中的人

惡夢

十數年來，台灣的工商業有長足的發展。這個發展，隨著大量商品無遠弗屆的浸透，也無遠弗屆地改造了台灣的社會，從而改造了生存在這個社會裡頭的人的精神面貌。以傳統的、自足的、農業經濟為基礎的人情義理崩解了。人與人之間的關係，變成單純的金錢的關係。

金水嬸在貧困的時日中，含辛茹苦地把她六個兒子養育成人，一個個大學畢了業，「做經理的做經理，當船長的當船長」。孩子們的成就，曾是金水嬸的驕傲，也為貧困的漁村人民所豔羨。此無他，而乃在於他們取得了可以大把賺錢的地位——財盛是合作金庫裡的經理；阿和是個船長——，「不像……討海人，要風平浪靜才有錢賺。」

這些藉著母親沉重的勞動，換來脫離生產以上學受教育的兒子們，畢竟受的是為工商社會訓練精英人才的教育。這樣的教育，足以引發他們在這個追逐商品和金錢的社會中向上爬升的野心，卻使他們日深一日地同他們所自來的落後漁村疏隔了。曾經在艱苦的時日應允「等我結了婚，我一定要接你來和我們住一起。你為我們孩子辛苦一輩子，以後你應該好命，應該過得舒服、爽快的」的兒子，一變而為對父母錙銖必較，不孝不養的城市人了。〈金水嬸〉第五部分有一場兄弟爭相推諉，不願意為亡父償還債務的場面，把這些瘋狂追逐和占有金錢的兒子們，做了深刻的敘寫。孩子們的這種重利悖情的面貌，對於從舊時代遺留下的金水夫婦，一直是如同惡夢一般難於相信和接受的現實：

她〔金水嬸〕心裡疑疑惑惑的，不懂得為什麼兒子長大了都會變得這樣。她簡直不能相信這是真的，倒像是在作夢。

〔……〕

艱艱苦苦地巴望了三十幾年，望到兒子長大了，大學畢業了，娶妻成家了。原來都只是一場空夢……。

然而，這畢竟不是一場夢。正相反，這卻是人在一個以金錢的追逐為最大的動力的社會中的真實面貌。金水夫婦的驚恐、愴痛和忿怒，只是對於這個拜金社會之適應不良的症候罷了。

鄉下人進城

在鄉下被人逼債逼得走投無路的金水嬸，終於決心到繁華的基隆市，找兒子們想辦法。在這個十里洋場的工商港市，金水嬸顯得這麼不相襯：

金水嬸把能夠穿的衣服都穿上了，外面罩著一件幾年前從舊貨堆裡撿出來的灰黑的破舊大衣。衣領和袖子都毛茸茸的。身體臃腫得像一團黑色的發脹的棉球，只剩下青黃細小的臉龐，露在外面，像一顆放得過久的乾癟的橘子，滿佈皺紋。她以平時挑雜貨擔時那種慣常的細碎的腳步和半跑的姿勢走在大街上。左手挽著一個灰色的布包，右手握著一把黑雨傘。陽光照著她微微佝僂的身體。走著走著，使她漸漸感悶熱起來。她用挽在手臂上布包擦擦臉，解開大衣的扣子，不經意地瞥了一下大衣底下敞露出來的長短參差的衣襟，猶豫了一下，又把大衣重新扣好。她略略把腳步放慢。過不久，又不自覺地繼續以那種慣常的細碎的腳步和半跑的姿勢走起來。汽車「嘩！」、「嘩！」地從前前後後飛馳過去。

大部分「鄉下人進城」的題材，不論古今中外，都是一幅詼諧的、嘲弄的圖像。但是王拓的這一段描寫，卻帶著一股漠漠的悲哀。在一個工商社會，衣著、外表是一個人很大的負擔和壓力。這個壓力來自一個新的社會價值標準，即人追逐金錢的本事和擁有金錢的數量。新的和舊的社會價值底矛盾，便構成了金水嬸夫婦和他們的兒媳之間的矛盾。金水嬸從八斗子帶一些自己曬的魚乾去看兒子。兒媳說：

「阿母，妳怎麼每次來都要這樣麻煩？帶這帶那的。這種乾魚脯這裡的菜市場也很多，何須這樣帶來帶去做什麼？要吃我們自己會去買。」

當金水嬸在客廳滑倒，兒媳說：

「阿母，妳要小心一點。電視機上的花瓶是日本帶回來的，不要打破了！」

當金水嬸找到合作金庫去看他的兒子財盛，那位體體面面的兒子說：

「什麼人叫妳來這裡找我？」

「這包乾魚脯是我今年夏天曬的——」

「到底是什麼人叫妳來這裡找我的啦？我在這裡忙得連吃飯的時間都沒有，妳拿這些乾魚脯來這裡給我做什麼？妳不會拿到家裡去？」

金水嬸這才看到兒子滿臉不耐的急怒的神色。她心裡突然一沉，雙手捧著那包乾魚脯，怔怔地楞在那裡，像做錯了什麼大事，嚇得變了臉色。

「妳要來也要穿得體面一點，穿得這樣黑墨墨破落落的，給人看到我要把面皮放到哪裡去？」

財盛把母親當作一個極大的羞恥，把她從合作金庫的後門送了出去。金水嬸的兒子們變了。其實，變的不只是金水嬸的兒子們，在還沒有被兒子們的非情震醒以前，連金水伯也變了：

……兒子……在社會上還蠻可以和人比上下的，所以他也變得有點怕自己的兒子了，再不像以前那樣，動不動就對這些兒子幹公幹母、腳來手來的。兒子的意見他也唯唯聽著，有兒子在旁邊，他也變得比較不敢對老婆粗言粗語。

對於一個舊時代父權家庭中恁恣橫暴的父親，這不算是小小的改變。另外，幾個做會首的鄉人和族人，在金水死後，逼著金水嬸還債的詞語和臉色，早已不再是敦鄰睦族的鄉下人。這一切的一切，透露出在一個激變中的社會裡，人性是怎樣地服從於追逐金錢的貪欲的規律而曲扭了。

三、〈金水嬸〉中的意念[5]

〈金水嬸〉描寫了一個貧困漁村中破落家庭的兩代間故事。我們不難看到王拓對於起自貧困，受到「良好」教育，躋身於工商社會的第二代人的強烈的批判。

這一個批判的基礎，卻不在傳統的忠孝節義那一套。因為我們不曾聽見王拓引用過一句舊道德去非難這些兒子們。他的批判的起點，不在想維護一個父嚴子孝、兄友弟恭的「美好古老的日子」。他所非難的，毋寧是使人性——在〈金水嬸〉中，人性是具體地表現在父（母）子關係、村莊中鄰（族）人關係上——在以貨利的追逐和保有為最高目的的工商社會下歪扭的一股力量。倘若社會規律是一個狂暴的力量；是一股人的主觀意志所不能左右的法則，那麼，王拓的抗議，便在他於一片物質繁榮的頌歌中，毅然同那遮天而來的規律對決，揭開了人性普遍的曲扭，並以之為無法忍受的羞恥的這一點上，散發出人道主義的、熠人的、凜然的光芒。

〈金水嬸〉中有許多的人物。但貫穿其中，著筆最力的是金水嬸。她是一位具有無比豐厚生命力的人物。她個性樂觀、「愛講笑話、開朗，對前途充滿了希望」。她是一個擁抱一切，滋潤一切的「地母」一類的女性。她直接訴諸於我們對於母親的情感，給予讀者深刻的印象。

但是一個深思的讀者不難發現一個事實，即金水嬸是在一切苦難中前後不曾改變的唯一的人物。對於兒子們和族人鄰居的重利悖情，金水嬸的錯愕和悲哀，是極其深切的。她被逼走到城市中，「替人幫傭，洗衣煮飯帶小孩」，為的是要還清那一筆生活優渥的兒子們不願還清的債。她的願望是：「等還完了〔債〕，她就要重新回到八斗子，清清白白的，她要到媽祖廟來燒香謝神。」對於那些不肖非情的兒子們，她還替他們祭煞補運……。

也許王拓要描寫的，就是一種「永恆的母性」吧；也許王拓正要從「不變的」母性，去襯托出她周遭激變的人性吧。然而，對於想要在〈金水嬸〉中王拓所提出的問題追尋王拓的解答的讀者，恐怕是不能不有茫然之感的吧。因為要求一個解答——或者一個暗示——的讀者，絕大多數是並不能像金水嬸一樣無緣由地，近乎本能的「愛講笑話、開朗、對前途充滿了希望」的。也許現實生活中有不少這種「天下無不是的兒女」，不記念鄰居、族人之惡的母親吧。然而，當我們看見金水嬸經歷了一場苦難、錯愕和悲傷以後，只不過是繞了一個圈子，又回到同一平面上的原來的起點，我們感到金水嬸變成了一個靜止的、沒有運動的人物，徒然消滅了這個人物底性格上的生動、感人的力量。王拓在結束故事的「尾聲」中，色調一反通篇的沉悒，看來有一份刻意設計的鮮明煥發之感。或者王拓有意藉著這種明快的色澤，暗示他對於人性、對於世界的「前途充滿了希望」。但是面對一個在金錢的暴力下人性歪扭、墮落的問題的讀者，像金水嬸這種「生命豐厚」的、不易的母性，卻未必是一個好的解答。據我想，像一切初初寫作的人一樣，他的這篇比較重要的作品中，帶有若干自敘的性質。也許王拓在自敘的現實性上，動了情感，以至於忽略了必須通過作者予以集中起來的藝術上的現實性和思想上的現實性所致，亦未可知。

然而，單只就〈金水嬸〉來評估王拓小說中的意念問題，是極不公平的。例如在〈炸〉這一篇小說中，他創造了一個具有高度普遍現實性的父親。這個父親只依靠一隻落後的舢板，在層層掠奪的漁村經濟中，為了生活，又落在高利貸資本的掌握中，受到殘酷的盤剝。但是，他相信，教育的機會是使他的第二代——阿雄掙脫貧困的有力的方法。於是他冒著生命的危險去非法炸魚，終致不慎失手喪生。這是另一個金錢的暴力下，一顆父心的悲劇。王拓的小說，便是充滿著這種對於貧困中的人的解析：蠶蝕他們的愚昧、迷信、賭博、疾病和絕望，以及他們的強韌的生之毅力。王拓的藝術中，沒有慘愁的少年的夢囈；沒有纖弱陰柔的娘娘腔；沒有無力的、自憐的感傷。他的文學並不漂亮，並不豐潤富泰，像漁村中一張滿是風霜的臉龐，給予你某種索漠而強烈的現實主義底迫力。

二十世紀的中國，是一個交織著侵略與反侵略、革命和反革命的中國。為了國家的現代化；為了國家的獨立和民族的自由，她經歷無數的苦難，跋涉遼遠的坎坷。在這樣的中國現代史中，一個有良心的中國作家，是不能、也不肯於撿拾西方頹廢的、逃避的文學之唾餘，以自欺自瀆的。因此，帶著強烈的問題意識和革新意識的現實主義，從中國近代文學史的全局去看，是中國文學的主流。從這個觀點去看，王拓和台灣少數關心社會、敢於逼視現實中的問題點的年輕作家，已經莊嚴地承續了這個不可抑壓的使命。王拓在文學創作上還是一個新手。他還有一條長遠的道路等著他走下去。然而他的大方向是正確的。如果有學院派的教授先生們，有唯藝術論的紳士們，要扛出西方那一套糾纏不清的理論來嚇人，來嘲笑，由它去吧。但我們由衷的希望，包括王拓在內的所有嚴肅的、革新的年輕作家，更加謙抑，更加團結，不斷地努力鍛鍊，以不斷地提高自己作品在認識上和藝術上的水平，為一個光明幸福的中國和世界的塑造，提供應有的努力。

敬以序王拓的第一本小說集，兼以自勉。

一九七六年元月

初刊一九七六年三月《中外文學》第四卷第十期、總四十六期，署名許南村收入一九七六年十二月香草山書屋《金水嬸》（王拓著），一九七六年十二月遠行出版社《知識人的偏執》（許南村著），一九八四年九月遠景出版社《孤兒的歷史・歷史的孤兒》，一九八八年四月人間出版社《陳映真作品集10・走出國境內的異國》

---

1 本篇為王拓第一本小說集《金水嬸》（香草山書屋出版，一九七六）的序言，收入人間版篇題改作〈試評〈金水嬸〉——序王拓《金水嬸》〉，另摘錄文末「三、〈金水嬸〉中的意念」部分段落文字，以〈〈金水嬸〉讀後〉為題，刊載於一九七六年九月九日《中華日報》第九版（署名許南村）。小說引文據一九八七年七月人間出版社《金水嬸》校訂。

2 「工商主義」，人間版為「資本主義」。

3 人間版此下有「台灣的鄉村地區」。

4 「金錢是在一個與商品交互作用的那一規律中」，人間版為「金錢是依乎『商品—貨幣—商品』規律，」。

5 初刊版標題為「〈金水嬸〉中的意義」，由於下文有述及「單只就〈金水嬸〉來評估王拓小說中的意念問題（……）」等字句，且此小節所論述的是「意念」而非「意義」，此處據人間版改作「〈金水嬸〉中的意念」。

生之權利：王曉民和她的家庭

腦震盪後遺症患者家屬的苦難．憂心和希望的故事 1

〔《溫莎醫藥衛生雜誌》〕編者按：

在西洋繪畫中，表現出生命、青春和疾病、苦難、歲月甚至死亡等相對比的畫很多。其中有名的，有亨利．副斯利（Henry Fuseli）的〈夢魘〉，描寫一個為夢魘所苦的少女；十五世紀末葉有一幅佚名作者的版畫：〈死亡和青春〉，描寫一個少不更事的快樂青年，在路上與死神相邂逅；格利恩（H. B. Grien）的〈女人的三個年齡和死神〉（一五一〇），表現出嬰兒、青春、老婦等三個階段的女人，旁邊有一個死神掌著當時的沙漏（代表歲月）。我們在這兒選印的是十九世紀英國插畫家約翰．艾佛烈特．米來斯（John Everett Millais）所畫的〈奧菲莉亞〉（一八五二）取材自莎士比亞的《漢姆萊特》中自沉的少女。實際上，在文學藝術中「死」的題材，絕不單純地意味著生命的熄滅，而更廣泛地代表了與生命、青春、歡樂、幸福相對反的一切不幸、苦難、老年、疾病和噩運。在歷史上，人類為生命、為青春；為幸福、為健康而與死亡、老衰、噩運和疾病作了多少可歌可泣、感人至深的戰鬥。在本期，我們報導十三年前因撞車腦部受傷的後遺症而纏綿病榻的王曉民，以及她全家為她所付出全備至深的愛心、耐力、祈禱和眼淚所寫成的故事。在此，我們願意藉此向王曉民的家人表示我們最深的敬意和祝福，願一切苦難都將使他們的愛，他們的生命更其豐盛。

民國五十二年九月十七日午間，有一對高中學生模樣的男女青年，愉快地騎著單車，在當時中正路靠近台灣療養院一帶，向著台視公司的方向駛去。他們在一個合唱團裡認識不久。男孩子曾經寫過幾封信給她。就在那天，他們相約到玉成戲院去看《宮本武藏》。他們的青春時期剛剛才甦醒張眼，正要步入一個充滿驚詫、夢幻、羞怯和歡喜的新的世界。男孩喁喁地說著什麼；女孩把一絲喜悅，緊緊地抿在一弧甜甜的微笑裡。漾動著光暉的眼睛，筆直地注視著前面的路……。

命運的俄頃

一輛開得飛快的計程車，從他們的背後風馳電掣而來。車子撞到少女的左小腿腓骨後面。少女的身體和自行車向空中拋出，然後跌落了，又撞到那輛不曾及時剎住的肇事車的車蓋上，進入擋風玻璃內。

這一切都是發生於俄頃之間。然而這宿命的俄頃，不但改變了少女的一生，對她的家庭以及家庭中每一個成員，都發生長遠而深刻的影響。

這個不幸的少女，就是王曉民。

十三年後，王曉民還躺在新店明德新村的一家簡樸的平房中的一間臥室裡。儘管她現在只有嬰兒的智力，她已從一個十七歲的少女，「長」成三十歲的婦女：身體頎長，髮茨若雲。她舒適地仰睡在乾淨柔軟的床鋪上，顯得安祥而滿足。二月裡，很有些料峭的寒意。王太太慈愛地為床上的曉民把被子在脖子間塞好，柔聲說：

「曉民乖，有客人來看你囉，高不高興？」

王曉民看來有些木然，兩眼若有所思地注視著對面的牆壁。

「曉民最歡迎客人，是不是？」王先生在床的另一邊對曉民說：「來，笑一笑，笑一笑歡迎客人……」

那張木然的臉，逐漸牽動起來了。而且，慢慢地，右邊的臉聚起人類所獨有的表示歡快的表情——笑。既便是由於左臉的麻痺而只綻開那麼半朵笑臉，那卻依然是那麼單純，那麼天真而完好的笑。

「她笑了！現在她在笑，你看！」

「曉民笑了！呵呵！」

王先生和王太太，在曉民的床邊，笑出一臉早來的皺紋，眼中煥發著安慰和父母獨有的歡喜。就在這樣的片刻，他們忘卻了十三年來所遭遇的一切精神底、物質底苦難和磨煉。十三年來，「曉民的一笑，是我們最大的慰藉和喜樂，」王先生說：「因為她笑，就至少表示她沒什麼痛苦、沒什麼不舒服。」

然而，要使長時僵臥病床十三年的王曉民「沒有什麼痛苦，沒什麼不舒服」，絕不是一件素常簡單的事。每天，王曉民的四肢需要有人幫著運動；四肢和身軀要有人按摩，常常翻轉她的身體；每隔一定的時候，或從口腔、或從在胃部開的孔道餵食；不時為她抽取喉下所開、氣管上洞口內的痰；一天換下成堆的尿片尿布，隔天便要用套了手套的手指挖取體中的糞便；每天為她洗漱牙齒……。起碼是這些事都做得妥貼了，才能換來曉民慟人心肺的一笑，而這些日常猥繁的工作，全由王先生、王太太、曉民的兩個妹妹和一位雇來幫忙照料的小姑娘來做。但是隨著曉民的三妹曉旭和四妹曉嘉工作的要工作、上學的要上學，照護曉民漫長而沉重的擔子，就落在王先生和王太太身上。直到前不久，王太太經不住長年的憂愁和勞苦，得了神經性心臟病，現在是半臥病的狀況。王先生也就更其辛苦了。十三年來，王家已經耗盡了一般的心力。許多的時候，都面臨了山窮水盡，精疲力盡的困境。然而，王先生夫婦那頑冥的、深長而永不涸竭的父母之愛，卻一次又一次支撐著他們。而曉民偶爾的一燦，曾化解了多少辛酸、多少苦楚；又曾轉化成面對愛的磨難的何等力量——這或許是外人所永遠難於理解的罷！

慈母的回憶

如果世界上有什麼令人永不疲倦的事，那恐怕就是一個母親對於兒女小時的述懷吧。母親的回想，每一次都像是第一次一樣充滿著歡欣和新鮮；每一次都像頭一次一樣使她的眼中閃耀著愛的，悲歡的淚光喟然而歡。王曉民的母親趙錫念女士也是這樣。談到曉民襁褓中的日子，王太太笑了。

「生下來才十二天吧，這個孩子，聽見她爸爸吹口琴，居然就倏而止住哭。這以後嬰兒的曉民每次哭，她爸爸就吹口琴，大吹而特吹。每次吹，曉民寶貝就不哭。奇不奇，你說？」這是民國卅五年五月十二日生於我國東北瀋陽的嬰兒，就是這麼早地表現出她對於音樂的敏銳的感應。「六個月大的時候，她已能合著收音機播出的音樂節拍，晃動她的小小身體。」王太太於是又愛憐地笑了起來。

在幼稚園裡，王曉民極其鮮明地在智慧上超出了她同齡的小朋友。到了讀中班的時候，就不得不直升小學了。「一個才五歲零兩個月的孩子，就去讀空軍子弟小學一年級！」王太太喟然地說：「一年級第一次月考還考了個第一名！」

小學時代，她的身體一直很荏弱，常常請假。可是六年間的功課一直保持在前三名，老師和同學們都喜歡她。她的雙手尤其的巧。五年級的時候，家裡的沙發套子就全是她一手縫裁的；她在街上、車上看見任什麼合意的衣服款式，回來就能自己照著畫，自己裁製。上了初中以後，她的另一些優點——勤勞負責，樂於助人——開始顯露出來。直到出事的高中二年級，她一口氣在學校連續當了五個學年的服務股長，獲得了師長和同學們普遍的讚揚。高中的時代，她參加籃球校隊，當學校軍樂隊的指揮。除了自己裁製衣裳；她炒得一手好菜；她編織的手藝又快又巧；她喜歡音樂，當時流行的西洋熱門歌曲沒有一首她不熱愛的；她喜歡畫畫，無師自通的用鉛筆畫自己喜愛的女明星；尤敏、葛蘭、金露華……。「畫得好像啊，別人看了喜歡，就拿走……，也不知畫了多少……。」王太太說。

「曉民從小就聽話，懂事。自己的功課，全不要父母來操心。」王先生和王太太在悠悠的回憶中尋找少女時代的女兒：「她開朗、孝順、聰明、活潑。而且勤勞負責，熱情而又隨和。不論搬到那兒，她總是受到鄰居朋友的喜愛……。」

王曉民有一個四妹王曉嘉。「大姊出事的時候，我才小學一年級。她大我十歲，所以不論什麼事她都比其他的姊姊多愛著我點兒、護著我些，」曉嘉說：「她總是不怕我這個小妹妹麻煩，到哪兒大都喜歡帶著我去……」

父親的眼淚

這樣的一個充滿著希望、充滿著來日無限應允的少女，在那命運的俄頃中倒下了。所幸的是車禍的現場即在台灣療養院門口，急救的處置做得快。台灣療養院的已故Dr. Frank做完了急救，緊急會診腦外科醫師施純仁大夫，轉送到國防醫學院附設的中心診所。在移送的車上，王先生生怕車子的顛震進一步簸動曉民受傷的腦部。他用雙手托著沉沉昏迷而滿是血漬的女兒的頭，一直到車子到達中心診所，前後約莫二十分鐘。「他是個革命軍人，我跟他結婚這麼久了，前前後後，不論碰到多大的創痛，從來沒有見他掉過一滴淚，」王太太說著，哽咽起來：「可是，就在那個車子上，我先生雙手捧著曉民的頭，一路上汩汩地流淚，流個不停……。」

在國防醫學院中心診所五十來天，情況總算穩下來了，可是一直都在昏迷的狀態。每天隔三小時經由鼻孔通入胃部的橡皮管餵些柳丁汁、牛奶、雞湯之類。起先是每天一隻雞，後來因為經濟上逐漸困難，改成兩天一隻；原來買的活雞煨的湯，後來也改成殺好的雞……。當時，主治的施純仁大夫基本上雖然並不是樂觀的，盼望只要沒併發症，曉民並無須開刀，而可望有醒過來的一天。後來轉到台北市立醫院，已經過半年，眼看著團圓的舊年近了，才搬回家。臨出院時，市立醫院的黃大夫介紹了一種當時初在台灣上市的腦代謝改善劑「塞多麥克」（Cytomack）。經銷的商社送來了二十盒，打第六針的時候，曉民停了十三個月的月事恢復了；嘴角偶爾也能牽動了。

就在這段時間，有一天夜裡兩點鐘，一向在深夜負起看護責任的王先生忽然覺得病床上的女兒彷彿因著他的逗弄居然在笑著，女兒笑了！王先生簡直不能相信。於是連忙叫醒看護了一天，沉睡未久的王太太，要她來見證這重大的發展。王先生拿著一隻塑膠水管，扮演各種滑稽的動作。王太太聚精會神地看著女兒的表情。「我的確看到那是我們曉民的笑臉！啊！出事後幾個月來，我總是在祈求，總是在許願。我說：『只要哪一天看見我們曉民對我一笑，我就是立刻就死了，也心甘情願！』」王太太說，簌簌的流淚：「哪裡知道，那天她笑了，真笑了，我……我還是那麼不滿足！我還是埋怨上帝，還是要求上帝：我要曉民更好，希望她能說話，把痛苦告訴我好給她治療；希望她能起來……。」王太太努力地抑制自己飲泣的聲音：「為什麼……為什麼一個人，這麼……這麼不知道滿足呢？」

異國的溫情

民國五十六年春，在政府長官、新聞界和教育界熱心捐獻和幫助下，經由美國海軍方面的協助，曉民和妹妹曉華、曉旭乘美國海軍救護飛機到美國紐約聖·文生醫院（St. Vincent's Hospital）。到達以後，醫院的腦科、骨科和心臟科醫師共同進行了會診。但是腦外科始終不願意給王曉民動手術，理由是手術後活著推出手術室的希望很少，而曉民在台灣是一個家喻戶曉的病人，若有萬一，怕對關切曉民的在台灣的同胞，無法交代云云。

但曉民卻在聖·文生醫院動了兩項手術：頭一項是氣管切開。在台灣，氣管切開後還需整日伸進金屬管子，一旦管子抽出，開口就癟合。在美國的這次手術，則開口後無須插管，免去了金屬管對於氣管的刺激作用，抽痰的管子可隨時插入或取出；第二項手術是胃造瘻管手術，輸入食物的管子也可自由隨時插入或取出。

在聖·文生醫院住了三個月以後。

王曉民的大妹曉華聯繫到一個物理治療中心，即由竇曼醫師（Dr. R. Doman）主持的Human Potential Research Center。於是曉民從紐約遷移到費城上述HPRC的附近。竇曼醫生看過曉民，就決定為曉民進行物理治療。每天每小時做十五分鐘從頭到腳的運動和刺激。這治療的理論基礎，是要藉著各種人工的肌肉運動與刺激，反過來促進腦細胞的機能復活。具體內容有：每小時對眼睛做二十次閃光燈刺激，用豕鬃摩擦全身，至皮膚泛紅；用花生醬塗在口腔上顎，促使病人用舌尖去舐，等等。這些治療，是由川流不息的美國自願的社會工作者排定時間來協助的。但是一年四個月下來，曉華、曉旭終於經不起每日、每月不曾間斷的勞苦，遂不得不摒擋返國。

此後，王曉民的情況非常緩慢地進步起來。曾經有過一個時期她能有八成領會別人對她說的話：能手持著小棍，戲謔地用手追著輕打佯裝繞床而逃的爸爸；能用手指照著別人手指數數兒……。「那時她一對眼睛多靈，多有精神。讓她嚐到一點酸味，你瞧她的眉毛皺的喲！」王太太說。不幸的是，這緩慢而持續的進步，曾因兩次錯誤而一時停頓。一次是有人從香港輾轉介紹了針灸的先生給曉民又針又灸的，結果使她無端的發起高燒，延到快兩個月才退燒，把多少辛勞醫護得來的進步毀去大半，以後又漸漸恢復起來，能聽懂不少話，六個多月前，求治心切的王先生又讓她吃了一包別人介紹的偏方藥粉，不料竟發覺曉民眼神呆滯了，意識減退了，到今天才又好不容易恢復了些。想起這兩件事，王先生和王太太真是又悔恨，又痛苦！

生之權利

去年十一月間，美國曾因著名的「昆蘭案」而引起了全美醫學界、宗教界和法律界有關安死問題的廣泛辯論。比起凱倫．昆蘭來，王曉民有許多條件上的不同。首先，王曉民有嬰兒的智慧。她看見父母親人，會歡喜地笑；看見能吃的東西，她有吃的欲望和需求；她聽懂一些比較簡單的話，能用笑容來表達歡喜、同意、舒適的意思；用切齒怒目來表示苦痛、拒絕、忿怒等的情緒；她能夠簡單地思考和判斷。她甚至聽得懂收音機播出的相聲，在有些該笑的地方笑著。王曉民不但毫無疑義地活著，而且以一個嬰兒的智慧和情感活著——在某些方面，她是超過了嬰兒的智慧，但在某些方面，可能還趕不上嬰兒。其次，王曉民的情況，儘管有多麼緩慢，卻一直不間斷地在進步著。從數月的昏睡，到張眼，到能夠笑，能夠數數，能夠跟爸爸嬉戲……，是一個辛酸卻是動人的進步；第三，和凱倫．昆蘭的父母相反，王曉民的父母家人，基本上強烈地懷抱著願意犧牲一切，盡可以盡的一切心力，讓曉民活下去，等待痊癒的一日。

王先生沉痛的說，「在五十二年的那個時候，台北市正在分批淘汰三輪車，新增加的計程車，如雨後春筍，橫衝直闖，隨時都有災禍在發生！可是大多數人對於交通規則，確是茫然的，因為學校的課本上，根本沒有教過，我們為父母的，也只知道再三告訴孩子們行路小心而已。如何在沒有標線的中正路上騎自行車才能得到安全？說句老實話，我們沒有教過她，這是曉民出事的主要原因之一。光只是這一層，我已有虧父職在先，今後只要竭盡心力，為曉民的復原，奮鬥到底，怎麼能談什麼『安死』的問題？」王先生說。雖然他在用笑著的臉述說，他的話語卻是沉重的：「我們和曉民骨連心，心連肉，怎麼會忍下心來談『安死』？也許我腦筋太舊了。但是我們中國傳統的倫理觀念，在我的思想裡頭可以說根深蒂固的。只要世界上確是有不少醫學所不能解說的『奇蹟』在，我們願意等待；在英國，有一個腦震盪昏迷了十三年之後醒來了！施純仁大夫親口對我說的。醫藥科學一日千里，你真說不準哪一天有什麼神奇的藥問世，只要曉民活著，我們願意等……。」他說：「總不能因為一個人已無用於家庭、社會，就沒有生的權利……。」

客廳裡突然沉靜下來。王先生點起香菸抽著。看得出他是個抽菸很多的人。十三年來，護理愛女成為他生命的目的。「人家都說當護士最怕大夜班，」他曾笑著說：「十三年來，我天天都在當大夜班。差堪安慰的是，十三年來，我們不曾讓曉民在身上長過褥瘡——既便是小小的一塊也不曾長過。」這絕不是一件容易的事——它代表護理者驚人的耐心和愛心，以及十三年來多少疲憊的心力，歎願和眼淚。「許多的時候，我連吃飯的欲望都沒有了。然而，無數漫漫長夜，養成我抽香菸、喝濃茶的習慣。」王先生說。

王太太的感受呢?「我有一個誓願:只要媽媽活一天,在一天,就絕不讓曉民受苦。我沒有一天對她喪失過信心。我祈禱,我常常彷彿就聽見上帝在對我說:『王太太,你放心,曉民一定會好起來的。』」王太太哽咽起來。停了一會兒她說:「曉民四姐妹我愛她們甚過自己,尤其為曉民受苦最多,懷曉民五個月時,隻身離開成都,近四月的旅程於卅五年四月才到瀋陽,我也是國軍軍眷第一個到關外的,五月十二日生下了曉民,這旅程真不好過啊!當時路不通,又不安寧,一個大肚子女人無一熟人,受盡了千辛萬苦及多次危險,才找到了外子,不知什麼力量使我有這麼大的勇氣,就像十三年來,一天一天的等待曉民的醒來,十三年來所受的身體和心理的苦難遠超過那四個月折磨。」我想:「『誠能感動天吧』,祈求上帝保佑曉民早日醒過來,何況她確實是一天天在進步——這是我們對曉民抱著希望最大的原因。」

王曉民的三妹王曉旭,目前是中華開放醫院的副護理長。她開朗,有智慧,是個能幹而有事業熱情的女性。「我們醫護人員的信條,是盡一切可能,以最好醫藥、技術、愛心……保護和拯救病人的生命。」她說:「但是,如果是在醫護上盡了一切的最大努力,仍然是絕望時,也就不得不放棄!可是,到目前為止,並沒有一個醫生說:我大姐曉民的康復是絕望的……所以,無論在如何困難情形之下,我們都會盡到我們應該盡的責任和義務,希望她能有康復的一天……」

長遠、坎坷的道路

今天王家所面臨的問題，顯然不是曉民要不要活下去的問題，而是怎麼支撐下去，等待曉民康復的問題。「十三年來，國內國外也不知有多少人在物質上、精神上幫助過我們，我們的感謝，也不知怎樣來形容才好。」王先生說，「但我們也知道，這是一條長遠坎坷的路子，基本上，我們認識到唯有『自力更生』才是最可靠的辦法。」王先生有感於交通教育的重要，在無數個漫漫的夜裡，寫了一套《行的教育》，還自己畫插圖。這套書，靠著社會的溫情，也維持了兩、三年的生活。直到前年，經濟又發生了問題，生活上每個月就只少那數千元。王先生說：「在這近十三年漫長乞討的汗顏生活中，可以說無時無刻不在奮力自強；如申請山坡地來耕種；申請小本貸款經營；對於日常生活用品之創新發明……，只因個人才能有限，又受人力、財力之限制，到頭來都不很順利。」

王先生說著，又點起紙菸。「雖然如此，我們一直仍在努力，急需要在經濟上找出一條路子。除了維持正常生活，主要的是希望能有足夠的力量，讓無辜可憐的曉民得到較好的醫護——如定時給曉民做運動的人力，甚至於請一位特約醫生，經常給曉民檢查，十三年來，我們熬呀熬的，有時候真是精疲力竭，可是我們總是盼著，努力著，要使曉民得到較好的醫護。然而我們到今天還沒能辦到，常常覺得有虧父職。」

說到找一個特約醫生，王先生和王太太都有些感慨。王曉民因為喪失了許多自然的、自我調節的能力，毛病也就多了。但是有極少數的大夫，就是不敢給曉民看病。「曉民這個病人大概太出名了。怕醫出毛病，影響聲望吧，」王先生寂寞地說，「這麼多年來，我們同樣受到醫療界的恩惠很大——太大了。也正因為如此，我們比誰都切膚地認識到醫生對於病家有多麼重要；認識到醫生多麼需要以救人為唯一的職志。我們王家的路還很長，很崎嶇，我們非常需要醫療界繼續幫助我們。」

王曉民的故事，是父母姐妹永不疲乏的愛心和病魔之間漫長而悲楚的搏鬥的故事。從這個故事中，我們也在充滿健康、歡樂和幸福的日常世界的裡層，看到另一些長時間因病苦而憂愁、流淚、困乏的人們，以及人類在這一切苦難的煉獄中所發出的偉大無比的愛心和耐心。讓我們虔誠的對王曉民和她的家人；對一切同他們一樣默默地承受愛的試煉的人們，寄予最深的敬意、關懷和祝福，願他們在熬煉中期待的「奇蹟」和靈藥早日成為真實的福祉。

初刊一九七六年五月《溫莎醫藥衛生雜誌》第一卷第二期
另載一九七六年七月《夏潮》第一卷第四期，署名陳至善

收入一九八八年四月人間出版社《陳映真作品集7・石破天驚》

本文按人間版校訂

1 本篇初刊於《溫莎醫藥衛生雜誌》，因尋查未獲，按人間版校訂。

鞭子和提燈

代序許南村《知識人的偏執》[1]

初學寫作的幾年，用了許多的筆名，差不多是一篇文章一個筆名罷。也記不得從什麼時候起，才開始固定用陳映真作小說的筆名，以許南村作論說、隨想的筆名。

我有過一個形貌、心靈都酷似的雙生的哥哥。我們曾在共同編織的幻想中馳騁；曾在上學的途中，蹲在一塊，討論田埂上一朵清晨的、方開的小野花；或者一塊追逐在稻田裡飛躍的、翠綠色的蚱蜢，而往往都得遲至早晨的第二節課，才到達那所古老的鶯歌國小。我們也曾在牆上、地上畫滿了圖畫，互相評判；曾把撿到的，死了的昆蟲和鳥雀，埋在門口的菜圃邊，用竹枝、樹葉和碎石，搭蓋小小的墓園，並且日日去供些採來的野花……。

由於形貌的酷似，幼時另一個深刻的記憶，是不斷地有親戚和長輩，打斷我們正熱中著的遊戲，睜著好奇的、興味的眼睛問：

「告訴我，你們哪個是阿真、哪個是阿善？」

我們於是只得停下遊戲，耐心、或者竟不勝其煩地做一番解釋和說明。幼時這種對於自己的認同不斷的、意識的說明、解釋和確認，似乎使我對於名字和其所指謂的實人之間那種微妙的關係，產生了很大的興味。也許這就是為什麼我喜歡使用一個又一個筆名；為什麼每次要為故事中的人物取名的時候，總是感到盎然的興味的緣故罷。

我的小哥，在九歲上，病死了。

兩歲許的時候，我過繼給我的三伯父——父親的三兄。光復前的一年罷，生家和養家都疏散到鶯歌。我們這一對雙生兄弟，便一塊兒玩、一塊兒上學，在那小鎮上和國民小學中，成為詫奇的、有趣的話題。

有一個清晨，我正要到生家去邀小哥上學，卻在路上看見比我早到，想要到養家來約我上課的小哥，青蒼著臉，蹲在人家的廊下。

「肚子疼。」

他細弱地說。路上的行人還少。遠遠地有叫賣油條的懨弱而抖顫的聲音，在小鎮清晨涼冽的空氣中傳來。我大約陪他回生家，便逕自上學去了。

其後的幾天，我一個人上學、下學，一個人默默地玩耍。我還記得幾次到生家去探望小哥，看見他沉睡在榻榻米上。有一回，榻榻米上沒有了他，說是送了他到台北住院去。

記不得又過了多久，當我眺望著養家門口通向車站的大街，遠遠地看見父親捧著白色的骨灰盒子，逐漸走近，又沉默地走遠。有些人竚足，有些人囁囁地耳語，有些人小心地呔息。

小哥死了。

我始而流淚，繼而出聲哭泣。那時，還記得誰在說：

「唉唉，難為他也知道悲傷呢！」

那是我一生中初嘗死別之苦的。這以後，我一步一步地成長。但數十年來依稀總是覺得他的死，遽而使我失落了一個對等的、相似的自我，同時卻又彷佛覺得，因著形貌、心靈的酷肖，那失落的一切，早在小哥病死的一刻，與我重疊為一。這或者是無稽的玄想罷。我曾一半出於懷思、一半出於青年的惡戲，使用過好幾個族中已經亡故的人們的名字作筆名。直到有一回，我用了小哥的名字，竟也驀焉感到滿足和安定的情緒，就此沿用了下來。

「為什麼要用真兒的名字作筆名呢？」父親曾問過。

「不知道啊，」我說，「我只是想，這樣，我們就一起活著。」

父親笑了笑，便不復說什麼。

我真不知道，如果小哥尚在，他會是怎麼樣的一個人。前不久，家人閒談，說起我前此的一次久客遠行，父親沉思地說：

「要是真兒也在，怕不也跟著你去走那一遭……」。

我沉默不能語。

如果小哥是個與我全然相同的人，那麼，我又是怎樣的一個人呢？

為了躲避盟軍的轟炸，養家和生家都疏散到小鎮鶯歌。村鎮的童年生活，即使是戰時，也是充滿著歡樂的。忽而有一天，我看見了前所未見的景象：喧天的鑼鼓，令人目瞪的舞獅隊，張燈結綵、焚香祭祖。大人們轟傳：「日本仔打輸，台灣光復了！」

兩個駐在附近的日本老兵，和鄰人閒談著。其中有一個撫摸著隔壁小孩的腦杓子。

「想家啊，」他說，「出門的時候，我的娃兒也這般大。」

「你們就要回去了，高興罷？」有人問。

兩個日本兵沉默著。然後，那另一個日本兵，像是說給自己聽似地囁囁著說：

「日本已經殘破了，回去也難於生活罷。」他於是哼哼地笑了：「軍部，傢伙！早說過沒有好下場的！」

問他以前幹什麼，他說：

「我是佃農，他是木匠。」

「如果可以的話，我們真願意留在台灣種田、做工。對罷？」想家、想兒子的那個日本兵說。

另一個日本兵沒說什麼，兩人默默地走了。

動亂。

小哥死後幾年，屋後遷來一家姓陸的外省人。陸家小姑[2]，於今想來，是二十上下的年紀罷。直而短的女學生頭，總是一襲藍色的陰丹士林旗袍。豐腴得很的臉龐上，配著一對清澈的、老是漾著一抹笑意的眼睛。她不懂台語，養家的大姐不識國語，但是藉著手勢和有限的筆談，她們竟成了閨中膩友。

她陪我為一小畦我所種植的綠豆澆水；幾乎每日，她看著我做功課；她教給我大陸上的兒歌……。曾幾何時，她成了我生活的中心。放學回家，扔下書包，就找到屋後去看陸家大姐，嘮嘮叨叨地述說一日間的種種。

一個索漠的、冷冽的早晨。我大約因為發了高熱早退。回到家，高燒已使我昏昏沉沉的了。但扔下書包，幾乎習慣地往屋後跑。

陸太太懷抱著那方甫出生的嬰兒，哀哀愁愁地哭著。陸家大姐在一邊絮絮地、溫婉地勸慰著些什麼。然後，她跟著兩個陌生的、高大而沉默的男人走出房門。就在她跨出門檻的時候，她看見了我。她的豐腴得很的臉，看來有些蒼白。然而她還是那麼迅速地笑了笑，右手使勁地按了一下我的頭，走過幽暗的走廊，走出屋子……。

這以後的幾日，我再也不曾看見陸家大姐。接著，陸太太也搬走了。

有好長一段日子，我一個人默默地蹲在綠豆畦邊，看著它們一寸一寸地在竹架上攀延。小哥死後，這是第二次感到深刻而無從理解的寂寞。

大約是快升上六年級的那一年罷，記不清從哪裡弄來了一本小說集。其中有一個故事，說著一個可笑的鄉下老頭的可笑的冒險經歷。當他被人家揪著辮子，在冷硬的牆上搗打，待人走遠了之後，他就對自己說那凌暴的人是他的兒子，然後認真地為一個兒子忤逆的時代，搖頭嘆息，於是他的屈辱便得到了安慰。

那時候，對於書中的其他故事，似懂非懂。惟獨對於這一篇，卻特別的喜愛。當然，於今想來，當時也並不曾懂得那滑稽的背後所流露的、飽含淚水的愛和苦味的悲憤。隨著年歲的增長，這本破舊的小說集，終於成了我最親切、最深刻的教師。我於是才知道了中國的貧窮、的愚昧、的落後，而這中國就是我的；我於是也知道：應該全心去愛這樣的中國——苦難的母親，而當每一個中國的兒女都能起而為中國的自由和新生獻上自己，中國就充滿了無限的希望和光明的前途。

幾十年來，每當我遇見喪失了對自己民族認同的機能的中國人；遇見對中國的苦難和落後抱著無知的輕蔑感和羞恥感的中國人，甚至遇見幻想著寧為他國的臣民，以求取「民主的、富足的生活」的中國人，在痛苦和憐憫之餘，有深切的感謝——感謝少年時代的那本小說集，使我成為一個充滿信心的、理解的、並不激越的愛國者。

曾有一個時候，面目黧黑的，飽受風霜的，貧窮的，憂愁的，憤怒的，經常和罪人、窮人和被凌辱的人們為伍的，溫柔的耶穌，以及那位對生命懷著肅穆的敬意，對於周遭世界的不幸，懷有苦痛的同情，並在原始的非洲建造蘭巴侖醫院的史懷哲醫生，成了我青少年時代的偶像。這以後的幾年，我耽讀的書，相與的朋友，像一個又一個緊密相扣結的環節，構成了現時的我，也打成一條命運的鍊條，使我拴鎖其中。

我時常懷著深切的、謙卑的感謝，回憶這些曾經這樣、那樣地點燃了我內裡的，並不輝煌的火光的人、書本、事物和經歷。陳映真的一些小說，許南村的一些議論，便是這樣卑微的我的形成過程中，所留落的足踪。

初出遠門作客的那一年，父親頭一次來看我。在那次約莫十來分鐘的晤談中，有這樣的一句話：

> 孩子，此後你要好好記得：
>
> 首先，你是上帝的孩子；

其次，你是中國的孩子；

然後，啊，你是我的孩子。

我把這些話送給你，擺在羈旅的行囊中，據以為人，據以處事……。

記得我是飽含著熱淚聽受了這些話的。即使將「上帝」詮釋成「真理」和「愛」，這三個標準都不是容易的。然而，惟其不容易，這些話才成為我一生的勉勵。

回到故里，深刻地感到故舊、新知，以及許多遙遠的，不曾謀面的朋友們所加予我的溫暖的友情、關懷和激勵，使我感激，使我羞愧，使我惶恐。讓我對這些錯愛於我的人們，表示無言的、最誠摯的感謝。但是我著實不願意他們不知道：我是個平凡的、充滿了許多矛盾和缺點的人。但願他們的關切和他們對我的，超乎我所能馱負的期待，都成為嚴厲的鞭子和腳前的提燈，使我用功些、謙卑些、誠實些、勇敢些……。

一九七六年九月

初刊一九七六年十二月一日《中國時報》第十二版
收入一九七六年十二月遠行出版社《知識人的偏執》（許南村著），一九八八年四月人間出版社《陳映真作品集9・鞭子和提燈》，二〇〇四年九月洪範書店《陳映真散文集1・父親》

1 本篇是陳映真為自己筆名許南村所著《知識人的偏執》（遠景出版社，一九七六）撰寫之自序。

2 初刊版及洪範版此處原文均為「陸家小姑」，後文均稱「陸家大姐」。

孤兒的歷史・歷史的孤兒

讀吳濁流《亞細亞的孤兒》[1]

孤兒的歷史

胡太明出身於日本領台期間舊式地主的家庭。在日本帝國主義下，地租納入民法的契約，使舊時地租中的封建性格消失了；地主依然是一個社會階級，然而在日本強有力的、中央集權的殖民統治下，已經完全喪失了舊時代地主所擁有的強大的封建勢力；日本帝國主義為殖民地統治而養成的現代官僚體制，取代了舊時代地主↓官僚・官僚↓地主的紐帶。胡太明的祖先胡老先生，便是在這種歷史和社會背景下的地主。他坐食地租，和他同類但沒有土地的彭老先生一樣，被以現代資本主義為基礎的日本帝國主義，斷絕了他們「學優而仕」的途徑。他憑著豐富的地租收入，過著隱居優游的生活，偶而也效孟嘗之風，蓄養幾天一些幫閒攀寄的人物。在思想上，胡老先生是一個完全沉浸於過去的人。「孔孟遺教，春秋大義，漢唐文革，宋明之學」是胡老先生的思想世界。儒家的「中庸」思想，不但是胡老先生的思想中心，也非常強烈地影響了他的孫兒——胡太明，使他一生的大部分時間，在時代的狂飆中長久扮演著一個搖擺、苦悶而「優柔不斷」的角色。

時代在巨大地變化。對於這個變化，胡老先生和彭老先生是不滿意的、逃避的。日本在台灣殖民制中央集權的支配，撲滅了和舊時代的地主、官衙對抗的流亡農民——強盜和土匪；為了台灣的資本主義改造，便於日本帝國主義在台灣進行資源的掠奪和商品的傾銷，日本在台灣開始了較大規模的公共工程，建設道路橋樑。為了支付現代化官僚殖民統治體制，和百廢待舉的公共措施，以便於日本壟斷資本向台灣的侵透，日本政府課予台灣人民沉重的稅捐。舊的、封建的台灣在崩解，新的殖民資本經濟在建立，因此，彭老先生對他的摯友胡老先生的孫兒胡太明慨嘆道：

「在日本人統治的社會裡，強盜、土匪減少了；馬路也拓寬了。這固然有很多便利的地方，可是你們已經不能再考秀才和舉人了，而且稅捐又這麼重……。」(頁一八)

但不論如何，對於和過去封建的中國有密切聯帶的胡老先生或彭老先生，中國依然是他的祖國。三傳至胡太明，經過現代化殖民主義教育的洗禮，他幾乎完全認同於殖民者的文化了。師範畢業後，滿腦子「教育者」理想的胡太明，對於日本殖民者的差別教育政策，及其對於台人在文化上的壓抑，不但毫無所知，而且對於向日本表示反抗和不滿的台籍同仁，甚至表示了不齒的態度，認為這些對日本統治者表示不平的台籍同仁，「缺乏教育者風度」。（頁二七—二八）

胡太明第一次嚐到殖民體制的苦味，是在他和日籍女教師內藤久子的戀愛事件。在他意識到他摯烈地戀愛著久子的同一片刻，他意識到殖民者和亡國者之間的差別。這種差別，不是單純人種上的差別，而是支配者與被支配者、征服者和被壓服者、強暴者和被踐踏者的差別。他「感到自己和久子間的距離，顯得遙遠。這種無法填補的距離，使他感到異常的空虛。」（頁三一）

這「遙遠的」、「不可填補的距離」，不只為太明帶來「異常的空虛感」，還殘害了太明作為一個人的信心。中庸的、懦弱的太明，沒有從這種人與人之間可恥的「距離」激起反抗的怒火，反而升起一種卑屈、自穢的情緒。他向統治者造成的「距離」跪服。他自怨自艾，說自己的血液是汙濁的，配不上久子（頁三一）。殖民體制的暴行之一，便是這種對亡國者民族自信心和民族認同的兇惡的摧殘。

事實上，這只不過是胡太明更漫長的煉獄的開端罷了。殖民體制的殘暴本身，成了最具啟發性的教師；征服者教育了亡國者的兒女們。胡太明不需要多久，就見證了日本統治者兇惡、虛偽的面貌。日本教員對台灣籍小學生的兇殘毆辱，在教學會議上日籍教職員對台灣學生和連帶地台灣人民的凌辱、侮蔑和盲目的偏見，使單純甚至無知的太明，「內心極為不平」，「就像挨了打似地感到痛苦」，並且使他「漸漸對教育發生懷疑」。

向來的教育，沒有不是支配者所壟斷的教育，而以殖民地教育為尤然。在殖民的統治者眼中，被統治的土著人民早已沒有同為人類的屬性。這些亡了國的土著，是「骯髒的」、「無知的」、「不長進的」、「下劣的」、「邪惡的」……。因此，實施於文明的母國的教育體制，不能施於殖民地。這就是差別教育、壓抑殖民地文化、對幼小的殖民地學童施行暴力和凌辱教育的理論基礎。然而，胡太明眼見教育界中這駭人的暴行，心中固然也「不平」、也「痛苦」和「懷疑」，但「茫然不解其（指差別教育）中奧秘，並沒有什麼具體的改革意見」，而且在日人的淫威下，「又不便有什麼積極的行動」（頁三八—三九）。

從無知地認同於殖民者的表面價值，到見證殖民者暴行的實體，胡太明在感受上經歷了很大的變化。然而，胡太明還不能與日本壓迫者做斷然的決絕，從事更積極的反抗。他是殖民地的孩子，受到日本統治者的現代教育，幻想憑著教育的背景和殖民體制溫存。但是他不明白：日本統治者對於殖民地，不但進行著經濟、政治的壓迫，在文化上，也採取抑制的政策。許許多多殖民地青年，遠途到殖民母國去受「高深」的教育，回到鄉土，發現自己只不過成了一個可笑的「高等游民」罷了。

這種上不能與日本壓迫者對決，又得不到傲慢的日本當局信賴；下不能和廣大的被壓迫同胞認同，從而走上抵抗和實踐的途程的知識分子，是尴尬的、寂寞的、羞慚的。有一次，胡太明走訪彭秀才的路上，發覺到與他同為壓迫者的同胞，都把他當作是日本統治者的一部分。那個「手抱嬰兒」的愁苦、貧困、卑屈的婦人的存在，使太明感到「簡直就像一種無言的抗議」（頁四二）；每當群眾在陰暗處私議無恥的漢奸人物，雖然雙手尚不曾為直接的漢奸行為所汙的胡太明，感到「宛若看見人們（民眾）對（日本）權勢的反抗」，而「頓時像逃遁似地離開」那個現場。後來，太明被徵到中國戰場當日本軍警的通譯，每天目睹侵略者和反抗者間赤裸裸的、激烈的鬥爭。那些臨死不懼、以凝冷的仇恨和毫不掩飾的抵抗、英勇就義的中國抗日愛國分子，給予懦弱的太明至大的撞擊，終至病倒！（頁一二四－一二六）

一方面是身處日本壓迫者之協同者的地位的羞恥感和負罪感；另一方面是不斷增強的，來自日本壓迫者的無恥的、張狂的暴力，不斷地打擊著胡太明庸弱的心。慈母受到日本餐館中日本女侍公然的凌辱（頁七四），日本人北野對胡太明難堪的斥辱，都深深地刺傷了太明千方百計守衛了的心靈，雖然強自埋首於中國的古籍，也終至於擲書悲嘆道：「陶淵明也沒有力量治癒這種創傷……。」陶淵明所逃遁的，是封建時代的專制，在那個時代，還有「自由」的「南山」和「東籬」之「菊」。但在以現代資本主義為基礎的、強有力中央集權的日本殖民專政下，胡太明痛苦地躲躲閃閃，終也逃不出日本殖民主義的暴力。然而大半生搖擺、苦悶和怯弱的胡太明，卻需要一段漫長的時間，才懂得這個辛辣的真理。

胡太明搖搖擺擺、躲躲藏藏，無非是在千方百計地拒絕殖民知識分子的一盅苦杯——獻上自己的血肉，和帝國主義者對抗。起先，他以「學問」做藏身之地。太明首次渡日，看見許多台籍留學生早已投入反日帝的民族運動，卻「覺得自己不能跟著他們走」；認為「如果所有的青年都投身政治而不從事學問，台灣的學術園地無疑將會荒蕪」（頁五一）。其次，他不敢相信人類能變革和創造歷史。飽經創傷，回到鄉土自然的太明，有了這樣的感想，認為只有「大自然才有永久的歷史」。「為國家、為社會憂心，是多麼愚蠢！」這一切都因為「人太自負」了；自負是「人共通的弱點」，「孔孟」也不例外（頁八六）。在太明最庸俗的片刻，他甚至以為「人生的幸福就是健康，以及與一個志趣相投的可愛女性過著和平的生活」。太明不明白：學問，有支配者的學問，有被支配者的學問。支配者的學問，反而是為了維持壓迫體制、銷蝕被壓迫者的反抗。太明也不知道：即使是大自然的歷史，也充滿了激烈的變化和運動。

然而，歷史的發展，時代的進程，是並不以胡太明主觀願望和思想為轉移的。日本帝國主義的毒爪，貪鄙地伸向中國。整個亞洲大陸在動盪；殖民地的人民在覺醒，爭取民族自由、國家獨立的浪潮，一天比一天高漲。但太明的藏躲主義，卻越來越激烈。他強自鎮靜，「就是置身於那些狂熱（反日愛國）的群眾間，也決不致於受到別人的感染」（頁一二一）。他初遊大陸的後期，正是全中國掀起抗日熱潮的時代，到處是抗日運動的狂風暴雨。但太明總要從那（抗日的）「漩渦中遁逃」。每當他看見民眾熱烈的抗日潮流，他的「心緒紊亂，感到不安定、不調和的焦躁」。甚至認為那些（抗日）「演說的內容都是那一套慷慨激昂的老調，許多武裝語句所構成的感情論而已」（頁一〇二—一〇三）。這種避拒的情緒，演變到極端處，竟對民眾的愛國運動，感到「痛恨」（頁一〇三）！[2]

當然，胡太明在日本、在中國大陸所體驗的「孤兒」感，是這種堅不介入的態度的重要原因之一吧。但是，這種近於歇斯底里的拒絕，也在說明他正在與懦弱、優柔、中庸、因循的自我做著最激烈的鬥爭，預告著胡太明最終的勝利。

歷史的孤兒

在中國反對日本帝國主義侵略，爭取民族自由的戰爭的歷史時期，長年以來處於日本帝國主義殖民地的台灣同胞，在中國民族的內部，產生了一些困難。殖民地台灣的部分知識分子，一方面受到日本警憲當局虎視眈眈的監視，一方面又得不到台灣被壓迫同胞的充分信賴。另一方面，當他們和充滿抗日敵愾心的中國同胞接觸時，常常飽受侮蔑和不信的眼光，深恐他們是日本帝國主義派來大陸的鷹犬。在這種情況下，一個只單純地懷抱小知識分子愛國熱情的台灣知識分子，是不能不感到寂寞和悲憤的。吳濁流的《亞細亞的孤兒》，是到目前為止，表現這種帝國主義下被殘害的心靈的最生動的文學作品。這種被「歪扭了的歷史」所殘傷的心靈，也許不具有全中國的廣大普遍性，但卻是一個十分重要的，不可忽視而淡然處之的問題。[3]

胡太明「據一位遊學大陸的先期生說：『台灣人到任何地方去，依舊是台灣人；到處受人歧視，尤其是在中國大陸。因為排日風氣甚盛，對於台灣人也極不歡迎。』」（頁四一）胡太明在日本時，被一個台籍的愛國青年邀請去參加一個抗日的集會。會中有來自中國廣東的愛國分子，一旦知道了太明是台灣來的人，迅即退避三舍，「什麼？台灣人？哼！」，胡太明聽見別人竊竊私議：「台灣人？恐怕是間諜吧？」（頁五三）。抗日戰爭進入高潮，中國政府防備日本間諜的行動也愈加嚴密。在這種情勢下，胡太明為政府的安全機構所扣，經過太明誠懇的說明，安全官員似乎相信了太明的無辜，但他說：「我們相信你不是間諜。但是我們卻無權釋放你。這是政府的命令，我不得不扣留你。」被無端扣押的胡太明這樣悲痛地呻吟道：「台灣人為什麼有這樣的遭遇呢？……」（頁一〇六）。

正式以「孤兒」一詞形容台灣知識分子的處境的場景，寫在頁一一一。抗日情勢殷烈，上海正處於激變時的時刻，在上海的出身於日本殖民地台灣的人們，處在苦痛的夾縫。一方面，由於越來越多的台灣籍在滬人士從事抗日民族運動，日本在上海的偵探對一切滯留大陸的台灣人嚴密監視，甚至拘捕遣送台灣投獄；另一方面，由於事實上有少數不肖台人在上海等地做著日帝的鷹犬，所以抗日的中國人民對台籍人士身懷戒心。在這樣的背景下，幽香的姊夫對胡太明說了下面的一番話：（頁一一一）

「歷史的動力，會把所有的一切捲入它的漩渦中去的。你一個人袖手旁觀，恐怕很無聊吧？我很同情你。對於歷史的動向，任何一方面你都無以為力。縱使你抱著某種信念，願意為一方面盡點力量，但別人卻不一定會信任你。甚至懷疑你是間諜。這樣看起來，你真是一個孤兒！」

這一番話，即使在現在，仍有它發人深省的意義，值得一切關切中國前途的中國人再三思慮。類似胡太明這種夾縫中的感受，也曾發生在抗日戰爭時期以及抗戰勝利當初淪陷地區的中國人和後方的中國人之間。個別地看，有委屈、悲憤和寂寞的情緒。但是，從中國整個近代反抗帝國主義的長期而苦痛的歷史看來，這種同胞之間的誤解、猜忌、不信甚至仇視，正是帝國主義加諸於被侵略、被征服民族的諸般毒害之一。細細地算來，自從西歐的堅船利炮打開落後中國的門戶，撇開中國在帝國主義掠奪下物質的損失不計，民族自信心的喪失，道德上、精神上的萎落，崇洋媚外，自貶自辱，為中國人的心靈帶來多少殘害。

然而，帝國主義，在另一方面，也教育了中國人民，鍛鍊了中國人民。[4]在這陰暗的畫面的另一邊，我們看見更廣大的中國人站起來了，覺醒了。胡太明的悲劇，分析到最後，是那些在整個中國革命與反革命、侵略與反侵略，地動天搖、翻天覆地的激變時代中，「優柔不斷」、「袖手旁觀」、中庸主義、逃避觀望的知識分子的悲劇。謂予不信，且讓我們看看幾個與胡太明同時代的台灣愛國知識分子。

第一個在思想上震動了胡太明，並且終其生贏得胡太明的信賴和尊敬的人物是「曾」。曾是胡太明初涉教壇時的同事。平時沉默寡言，但當在一個學術教務會議上，日本人公然肆無忌憚侮蔑台灣人的時候；當平時對日本人表露不平和不滿的台籍教員，含辱沉默於會場中的時候，曾站起來了。他以凝冷的憤怒、凜然的豪氣，條分縷析地當面駁斥狂妄傲慢的日本教育當局，全場鴉雀無聲，使日人雖怒而無以為對。曾講完話，於在席的人們還沒有弄明白當時的意義以前，泰然地走出了會場，然後「自動辭職」，離開了學校，到中國大陸繼續深造。這一場描寫（頁三九）是《亞細亞的孤兒》中幾個懾人心魄的部分之一。它給予人們深刻的感動，是不能見於時下第二代在台灣的小說作家的作品中的。

在那個時候，曾還只是「讀書救國論」者，還只是「科學救國論」者。在嚴酷的殖民統治下，保護自己的本能，使曾在無意識中迴避了政治的抵抗[5]（見曾致胡太明的信，頁四〇；他的非唯政治論，見頁五〇）。但來到中國大陸後的曾，有長足的進步。他遭逢與日後胡太明相同的誤解和寂寞。但他顯然看得比胡太明更深；他看見了在帝國主義侵凌下中國歷史的全景。而終於戰勝了卑屈、悲憤和寂寞的情懷，進而與中國的命運做了完全的認同。他說：

「我們（台灣人）無論到什麼地方，別人都不會信任我們。命中註定我們是畸形兒，我們自身沒有什麼罪惡，卻要遭受到這種待遇是不公平的。可是還有什麼辦法？**我們必須用實際行動來證明自己不是『庶子』**[6]。我們為建設中國而犧牲的熱情，並不落人之後啊……。」（頁七七）

在被帝國主義扭曲了的歷史中，無罪的殖民地人民卻成了「畸形兒」。但曾卻認識到在整個中國為追求民族自由和國家獨立的大時代中，台灣的中國人和其他一切覺醒的中國人一樣，擁有完全的革命的權利。他沒有像太明一樣自傷自憐，反而要以「實際的行動」來爭取自己在中國邁向現代國家的艱苦歷史中，爭取主體的地位。他的胸懷是開闊、昂揚的（「我們……必須具有這種（揚子江滔滔長流）大河流的胸懷。」頁七七）。等到抗日戰爭面臨全面決戰的關頭，曾摒擋一切，投入中國抗日愛國的英雄的隊伍。他向胡太明告別時，這樣說：[7]

「只有實際的行動才能救中國。快從象牙之塔走出，選擇一條自己應走的路。這不是別人的事，而是與你自己命運有關係的問題！」[8]

另外兩個台籍的愛國知識分子，是「藍」和「詹」。胡太明初到日本，在一個愛國民族運動上被「來自梅縣的劉君」和番禺的陳君疑為「間諜」後，「悄悄地站了起來，像遁逃似地跑出會場。

他抑住難言的憤怒，向行人稀少的寂靜的路上奔去。突然，背後傳來一陣腳步聲，追上來的是藍。他猛力地抓住太明的肩膀怒吼道：『蠢貨……日本的離間政策，慫恿台灣人在廈門附近，利用日本人的勢力，惹是生非，你難道不知道嗎？』太明一言不發，靜靜地望著藍。藍接著大聲罵道：『豎子！』」（頁五三）

這是多麼沉痛、辛酸的一幕。當然，中了日本離間計策的，不只是純厚的胡太明，「梅縣的劉君」和廣東番禺的陳君，恐怕比太明更被誤於這個離間的計策。藍在日本人面前假充日本九州人；在來自廣東的中國同胞面前，以「廣東同鄉」自稱，而隱瞞自己是個台灣人。在這樣近乎卑屈的隱忍中，藍的動機絕不是政治的投機，因為他認識到台灣人的尷尬地位，是出於少數不肖台人受日帝利用，魚肉中國同胞的結果。藍充分地洞燭日本人對台灣知識分子的歧視和壓抑，苦口婆心想要讓胡太明了斷他想在日本官僚體制中求出路的念頭（頁五六）。而且事實證明，藍終於更進一步介入反抗日本帝國主義的實際運動，而被日人逮捕入獄。

詹是經藍介紹認識的另一個朋友。他對日本帝國主義支配台灣的結構，有極為深刻的理解。他揭發「日台共學」的謊言；洞識日本人對台灣的文化歧視和壓迫政策，以及其壓迫台灣土著資本的險惡用心。他更從日本壟斷資本經由製糖工業，指出日本帝國主義榨取台灣經濟的實體。他對半生因循優柔的胡太明說：「老胡，你的迷夢醒了沒有？你一腦門子中庸之道，可是

你卻不知道中庸之道會叫人卑屈到什麼程度……[9]」。像藍一樣，詹也終於因從事抗日的民眾啟蒙運動，而為日人逮捕入獄了。[10]

胡太明是一個典型。曾、藍和詹也是一個典型。他們同樣真實地反映了在殖民地台灣被不知強暴為恥的日本帝國主義所壓迫的台灣知識分子，卻代表了不同的意義。曾、藍、詹看見了中國從事反抗日本帝國主義、追求民族自由的歷史全貌，在積極的實踐中，爭取自己在整個歷史運動中主體的地位，意氣風發，鷹揚虎嘯。曾說過台灣人是「畸形兒」，並無半點自憐自怨的意味，而毋寧是藉以說明在曲扭的歷史中，在帝國主義時代，台灣人被曲扭的地位。但他卻十分明白台灣人不是什麼「庶子」，更不是什麼「孤兒」。台灣人要起來和全中國人民一道爭取中國的自由和獨立，是絕不需任何人批准的。他們在實踐中使用他們革命和戰鬥的權利！

胡太明的道路比較曲折。在歷史激變的時代，知識分子接近真理的途程，有的短捷，有的迂迴；有的一點就通，有的要漫長地摸索，甚至常常在路上跌得鼻青臉腫。「優柔不斷十餘年」（頁七六）的胡太明，總是在疑惑、在苦悶徬徨、在袖手旁觀、在規避隱忍，成為歷史的孤兒。然而歷史的教鞭並沒有放過他。在中國戰場上，他耳聞目睹了日軍野獸般的暴行，他更震懾於無數中華兒女在日本帝國主義者的鋒鏑前用熱烈的死亡來表達民族堅決的抵抗意志和火焰般的憤怒。每當太明「看見那些愛國青年從容就義、捨身殉國時所表現的至高無上的勇氣，使他感到莫大的威脅。他們臨刑時非常的鎮定，但太明的精神卻發生了激烈的動搖，良心上也遭受極大的譴責。」（頁一二五）更多的、更殘酷的暴行（頁一二六—一二七）終於使太明病倒。回到台灣，他終於能理解到以「聖戰」為名的日本帝國主義凌虐搶掠的實體。但更重要的是，他終於開始把眼光往下看——看那些平時不大為他所注意的廣大被壓迫同胞。他了解到：儘管有一小撮人孜孜矻矻要皇民化、當漢奸，「其餘絕大多數的台灣同胞，尤其在廣大的農民之間，依然保存著未受毒害的健全民族精神。他們雖然沒有知識和學問，卻有和鄉土發生密切關係的生活方式，而且那與生俱來的生活感情中，便具有不為名利、宣傳所誘惑的健全氣質。他們唯其因為與鄉土共生死，所以決不致為他人所動搖……。」（頁一三八）[11]

在故事的結尾，胡太明的庶弟被日本人奴役而死，使太明感到一種「深刻地震撼著靈魂深處的痛哭」。他開始覺悟到自己半生的生活方式「委實太不徹底」。他「沒有克服現實的勇氣」、「向一切事物妥協」。太明似乎發狂了。他在壁上題寫反詩，在囈語中惡罵日本統治者和漢奸分子。但作者終於暗示太明佯狂，避過日人耳目，又偷渡中國大陸，在抗戰中國的大後方，積極為抗日民族戰爭，貢獻他的力量。胡太明勝利了。因循優柔的胡太明終於變成了毅然實踐的胡太明。

結尾語[12]

讀完吳濁流的《亞細亞的孤兒》，有深刻無比的感動。近代中國的歷史，是一部帝國主義侵略中國，和中國民眾抵抗帝國主義的歷史。尤其是台灣，受到日本帝國主義的荼毒最深。百年來台灣的歷史中最突出、最主要的問題，歸結起來，便是帝國主義侵略的問題。台灣的先行代作家，在「不知殘酷、橫蠻為可恥者的（日本）鐵鞋」（語見村上知行序，頁七）下，英勇地負起寫作抵抗文學的任務，直挑問題的核心。這種反對帝國主義，追求國家的獨立、民族的自由的主題，使台灣日治時代的抵抗文學，成為整個中華民族抗日救國的文學主流合而為一，而具有中國的性格。這是中國近代文學的一個十分寶貴的遺產和風格。

三十年來，西歐的文學隨著西歐的資本、技術、商品以俱來，占據了整個台灣的年輕文壇，使先行一代的，台灣抗日愛國文學，湮沒不彰。留美的文學博士不屑於談這些作品，偶而有之，大多皺著眉頭，嫌它「粗糙」。年輕的一代，不作興讀這些人的作品。這是一件何等沉痛的事！

讓我們全面整理這些前行代台灣作家的作品，給予全新的評價，還他應有的地位。讓我們年輕的文壇，學習前行一代英勇戰鬥的現實主義和愛國主義精神，深刻反省，從整個中國的歷

一九七六年十月

史出發，秉承中國、台灣的文學傳統，發揚光大。

吳濁流死了。報紙上幾乎沒有發表過他的死訊，幾乎沒有一個雜誌紀念他、討論他。但是，文學的價值並不由當代的、表面的反映來評斷。我們深信：歷史會給予吳濁流應有的地位——也許這地位不很高，但他在紀錄中國民族抵抗帝國主義的精神和心靈歷史的文學作品中，將會占據一個重要、啟發人心的、不可取易的地位。

一九七六年十一月

×　×　×

結語

吳濁流說：「歷史常是反復的。歷史反復之前，我們要究明正確的史實，來講究逃避由被弄歪曲的歷史所造成的命運的方法。所以，我們必須徵諸過去的史實來尋求教訓。」（見〈自序〉頁九）

說「歷史常是反復的」，恐怕是一種錯覺。歷史是變動的、前進的。歷史不在一個平面上循環，而毋寧是在一個立體上做螺旋一般的運動。但學習歷史，從歷史中吸取有益的經驗和教訓，不但是必要，而且是進而主觀、主動地改造和變革歷史所必要的吧。

吳濁流所創造的胡太明的一生，所要揭示的歷史教訓是什麼？對於這個問題，也許我們第二代生長於台灣省的中國人，已經有能力出而提供一個解答。

首先，是所謂「孤兒意識」的克服。[13]《亞細亞的孤兒》精細地分析了一部分「台灣人」在認同上的盲點。我說「一部分」，有兩個理由。第一，對於像曾、詹、藍等在實踐中英勇地介入於中國現代始終追求民族自由、國家獨立的「台灣人」——沒有認同上的難題；第二，對於更廣大的台灣民眾——如米店老闆對日本必敗的透視、對日本謊言的批判、一般農民對日本在台灣施行米穀管理法令的批評和抵抗（頁一一八）；台灣民眾對「改姓名」的少數漢奸分子嘲弄的童謠（頁一二九）；農民大多數在中國民族精神上的健全性（頁一三八）等——沒有認同上的困難。只有像胡太明一樣的、游移於日本統治者和被壓迫的同胞之間，對於歷史的全貌和歷史的取向沒有全局性的理解的人，才有認同上的苦悶。至此，認同上的障害，已超越了省籍的界線。今天，「牙刷主義」的洶湧氾濫，比什麼都清楚地說明了這個事實，即那些失落民族認同的人之中，有「外省人」，也有「台灣人」。

那麼，什麼是「逃避（即避免）由被弄歪曲的歷史所造成的命運的方法呢？吳濁流說得很明白，那就是對中國近代反侵略的、革命的歷史，有全局的觀照，從而積極地做介入的實踐，使自己在中國從近代躍向現代的歷史的巨大運動中，爭取主體的地位。只有這樣，才能像曾、詹、藍、以及更廣泛的台灣民眾一般，克服『孤兒意識』，意氣英發地和全中國人民共同走向新生和復興的道路。」

無可諱言，「孤兒意識」是若干分離主義者的「台灣人意識」的前身。那麼，讓我們引用村上知行的一段話：「世界上沒有所謂台灣人。假如有的話，那是住在深山裡的番社的人吧。普通被稱為台灣人的，實在完完全全是中國人。即使說多少帶有一點台灣的特色，或使人有這一種感覺，實際上仍是純粹的中國人。」（村上序頁七）這一部分的中國人，在帝國主義所歪扭的歷史中，被日本壓迫者和部分或因認識不清，或因漢族沙文主義而同稱為「台灣人」，加以歧視。但是，「台灣的和民族，由人類史來講是一小段歷史。」有獨特的個性，「可是亞細亞站在世界的視野上，社會將覺醒時，那只不過是一個細微的個性。」（見中村哲序頁八）

沙文主義地，粗暴地蔑視台灣的特殊性，而不去正確地、熱情地對待因帝國主義的殘害而來的一些細微的問題，肯定是錯誤的。但是，一味誇大「台灣個性」，不從中國和世界歷史的全局去理解問題，從而發展成短視的、親帝國主義的分離主義，也同樣是嚴重的錯誤。我們應該一方面正確理解和對待台灣在歷史上、社會上的若干特點，一方面善於把台灣的前途擺在全中國現代史的全局去思考，團結一致，克服分離主義和漢族沙文主義，為中國的再生而協同努力。

一部中國的近代史，是一部帝國主義侵略中國、和中國人民抵抗帝國主義的戰爭和革命的歷史。在這樣的歷史時期中，中國文學最突出的主題，也就是反抗帝國主義的主題。[14]台灣的歷史，更是中國遭受帝國主義侵略和反抗這個侵略的歷史中最為典型的一部分。前行一代的台灣文學家，曾毫不猶豫地、英勇地反映了殖民地人民反抗帝國主義的悲壯的主題，「不知殘酷、橫蠻為可恥的（日本）鐵鞋」之下，用利筆做刀劍，和日本壓迫者做面對面的戰鬥。也因為這樣，先行一代的台灣文學，便與中國文學合流，成為近代中國文學中一個光榮而英雄的傳統。

特別是　國父孫中山先生之後，人們怎樣打破壓迫、貧困和恐懼的枷鎖；人們怎樣把他們的希望和理想轉化為強大的實踐，來擴展人類的自由和能力底範圍；人們怎樣像一個真正的人一般地站起來等諸問題，或為[15]近代中國——不，也是我們這時代全世界的——最急切的中心課題。台灣先行一代的文學家——包括吳濁流在內——正確地逼視了這些最重要的、最敏銳的問題，寫出了動人心魄的作品。這一點，是新生一代的、在台灣的文藝工作者所不能望其項背的。

二、三十年來，歐美和東洋的資本、商品、技術，以強大的威力支配了台灣的經濟和社會生活，歐美和東洋的頹廢的、個人主義的文學藝術，也以無比的勢力統治了台灣新生一代的文學和文化。留美的博士們[16]談到先行台灣文學時，總是皺著眉頭，說它「太粗糙」了。知道賴和、楊逵、呂赫若……的文學青年，絕無僅有。這是何等令人沉痛的事啊！

應該是重新閱讀和評價這些先行一代台灣文學的時候了。讓我們對這些作品予以再評價，還它應有的地位；讓我們秉承這些作品中的精神傳統——反抗侵略的、愛國的現實主義傳統，並發揚而光大之。

吳濁流死了。死得那麼淒寂。

然而公正而嚴酷的歷史將漠視這一片無知的淒寂，給予吳濁流以應有的評價和地位——也許這地位並不很高，但他在紀錄中華民族抵抗帝國主義的精神和心靈的歷程的文學作品中，將占有一個重要的、不可取代的、啟發人心的地位。

初刊一九七六年十月《臺灣文藝》第十三卷總五十三期，署名艾鄄
另載一九七七年一月《夏潮》第一卷第十期，一九七八年三月《臺灣文藝》革新號第五期、總五十八期
收入一九七七年九月遠行出版社《吳濁流作品集第一冊·亞細亞的孤兒》

（張良澤編），一九八四年九月遠景出版社《孤兒的歷史・歷史的孤兒》，一九八八年四月人間出版社《陳映真作品集9・鞭子和提燈》

1 本篇為吳濁流小說《亞細亞的孤兒》之書評，初刊一九七六年十月《臺灣文藝》第十三卷總五十三期「吳濁流先生紀念特輯」，署名艾鄧；略加修改後以〈孤兒的歷史和歷史的孤兒——讀吳濁流《亞細亞孤兒》〉為題，發表於一九七七年一月《夏潮》第一卷第十期。後於一九七七年八月再修訂，以〈試評《亞細亞的孤兒》〉（署名陳映真）為題，收入《吳濁流作品集第一冊・亞細亞的孤兒》（台北：遠行，一九七七年九月）作序文，後又修改轉載至一九七八年三月《臺灣文藝》革新號第五期（總五十八期）「吳濁流作品研究專輯」。人間版以一九七七年《吳濁流作品集》版校訂，本文則以一九七六年《臺灣文藝》初刊版校訂。原刊篇末之寫作時間在初刊日期之後，本文依《臺灣文藝》一九七六年十月出刊日期定序。

2 人間版此下另起一行「胡太明的一生，是一個失落了人和民族認同的人的一生。在他的後面，他失落了他所自來的淵源；在他的前程，他看不到他將去、應去的道路。在歷史的深山中，他迷失了自己，孤獨、寂寞、因循、冷漠、懦弱、自譴……他的嘆息，成了重重疊疊的回聲向他凄楚地呼叫：『孤兒！孤兒！孤兒！』」。

3 人間版此下無「胡太明『據一位遊學大陸的先期生說〔……〕這一番話，即使在現在，仍有它發人深省的意義，值得一切關切中國前途的中國人再三思慮。』」的段落文字。

4 人間版此下無「在這陰暗的畫面的另一邊，我們看見更廣大的中國人站起來了，覺醒了。」。

5 人間版此下無「（見曾致胡太明的信，頁四〇；他的非唯政治論，見頁五〇）」。

6 人間版此句無加黑體字。

7 人間版此處接續下段引文，無另起一段。

8 人間版此下有「在變革時代，不管主觀上願不願意，人總是無由自外於歷史的漩渦。個人和歷史間切膚的連帶感，正是介入和實踐的開端。曾的這一洞見，使他毫不猶豫地投向中國民族自由戰爭的激流中去。『台灣人』、『孤兒』等小情緒，是不能困擾像曾這樣的人的。」。

9 人間版此句無加黑體字。

10 人間版此下無「胡太明是一個典型。〔……〕他們在實踐中使用他們革命和戰鬥的權利！」的整段落文字。

11 人間版此下有「胡太明，經過半生的周折，終於開始要明白廣大群眾的智慧、志節和不可侮辱的力量。」。

12 初刊版「結尾語」的整段文字於一九七七年《夏潮》版另改作「結語」，一九九八年人間版採《夏潮》版「結語」再刪修後收入。此處將初刊版「結尾語」與《夏潮》版完整「結語」並列，另行註明一九八八年人間版「結語」刪修《夏潮》版之處，以供讀者參考。

13 人間版此下無「《亞細亞的孤兒》精細地分析了一部分〔……〕為中國的再生而協同努力。」的四段段落文字。

14 《夏潮》版「一部中國的近代史，是一部帝國主義侵略中國、和中國人民抵抗帝國主義的戰爭和革命的歷史。在這樣的歷史時期中，中國文學最突出的主題，也就是反抗帝國主義的主題」，人間版為「一部中國的近代史，是一部帝國主義侵略中國、和中國人民抵抗帝國主義的歷史。」。

15 《夏潮》版「或為」，人間版為「成為」。

16 《夏潮》版「留美的博士們」，人間版為「有些人」。

感謝和給與[1]

請將你手中的燈火撐得高些——為了照亮不幸者們前面的途程……。

——海倫凱勒

沿革

在宜蘭縣羅東鎮北成街十一號，有一所類似小型學校的建築。綠色的葛藤爬滿了向著大路那面牆壁。不高的圍牆內，有一片青翠的草地；一排站得又直、又整齊的大王椰。如果你竚立得久些，你會看見有些十幾、二十幾歲的，學生模樣的人們進出校門。當然，過不多久，你終會發現到他們都是失去視覺的人們……。

這就是羅東鎮家喻戶曉的「慕光盲人重建中心」。

「本中心設立，至今也有十八個年頭了，」中心的教務主任盧明松先生說。盧主任中等身材，溫文謙和。據他說，「慕光」是為了要使先天失明，或延醫而終於無法復明的人們，能夠殘而不廢；能夠以一技之長，重新抱著信心和希望，參與常人的生活，勇敢地生活下去而設立的。「慕光」曾數易其名。「民國四十八年初創時，叫做『慕光盲人習藝所』，基本上以職業訓練為主；民國四十九年改為『慕光盲人福利中心』，除習藝之外，進一步著重學員的福利，出售習藝中心生產的成品，作為學員的收入，補貼生活上的需要。」盧主任說，「到了民國六十三年，又改為『慕光盲人重建中心』，在原有的方針上，著重盲人的心理重建，使殘破的心靈恢復信心和勇氣。」

「慕光」現在占地約七百坪，其中校舍占了二百坪。主要建築有事務室一間；課室一間；寢室一間；飯廳一間；按摩教室一間和一所占地頗大的圖書室。「慕光」的教師目前一共八位：全日駐校的有盧主任和李登生老師，分別教授國文、歷史、地理、行動訓練，和時事常識。其他還有教音樂和按摩的余進財舍監（盲人），簡灯燎老師專教按摩術，陳耀宗牧師教英語和教指壓術。劉明堂老師教日語會話、邱錫煌老師教生物解剖學、林基福老師（盲人）教公民。職訓的課目，現在只有按摩術。「我們一直在動腦筋多開幾種職訓課」，盧主任說，「從前，我們編過棕掃把，養過雞，但終於發覺都不適合盲人的生計。」隨著觀光事業的發展，都市中按摩業出路不錯。「從這兒出去的人當中，大約有百分之九十以上，都有不錯的出路，」盧主任說，笑著：「他們按摩的收入，很多都好過我們這些老師呢。」在像台北這樣的大都市，一個步入正軌的按摩師，可以拿到六千元至萬餘元不等。當然，這是就自己經營的人而言。上班拿薪水的，就沒這麼好了。

在當前，「慕光」計有學員十六位，年齡二十上下到四十上下不等。收容的過程，是經人介紹而來。「我們試過在報紙刊登廣告，或經由各地教會招尋，但盲人看不到報紙上的招生廣告，效果都不好，」盧主任說。為什麼？原因之一，是盲者的家屬以失明的家人為「天譴」、為羞恥，不願讓外人知道。

除了按摩，學科有國語和外語點字，英、日語簡易會話（備為外國觀光客按摩時用），按摩用簡易解剖學，常識、算術，音樂和體育。有些同學，在沒有來到「慕光」之前，從來沒有受過任何正式的教育。從嘉義縣來的余招鉛說：「從前，我沒讀過書，什麼也不懂，自己以為是個百無一用的廢人。生活孤獨、無聊。暗無天日的歲月，那麼漫長啊！」他說，「來這兒以後，我讀了一點書，懂得了一些事。有這麼多朋友，有東西學……，太好了。」

「慕光」是一個教學性的慈善機構。

陳五福醫師

每一位學員，吃的、住的、穿的、學的和醫療衛生，完全免費。日常生活用品以自備為原則，「但是對於貧困的學員，還是由中心供給」，盧主任說。每年下來，平均的經常費在五十餘萬元。如果增加設備擴建校舍時還不只這數目。

這筆經費，除了一部分由政府補助外，大部分由羅東五福眼科診所的陳五福博士提供。

「在我們的一生中，每個人都曾看到過失明的人。但他們卻極少看見瞎了的描、狗，或其他的鳥獸。難道動物的世界裡沒有瞎子嗎？」陳博士笑著問。

「應該有的吧，動物也會失明的。」

「那又為什麼那麼少見瞎了眼的動物呢？」

任何人只要略一思索，就會找到答案的。然而，在找到答案的同時，你會感到一種震撼，使你沉思。

「對了。一隻瞎了的動物，是無法在殘酷的生存競爭中存活的。一隻狗不會把吃剩的骨頭拿去餵給一個失明而無覓食能力的同類吃——更不會只吃個半飽，把食物分給瞎了的同類。」他緩緩地說，「但人就不同。總有人——家人也好、鄰人也好、路人也好——會拿吃的、穿的給瞎子，讓他們活下去。因為支配動物世界的原則，只是生存鬥爭，優者其存，劣者滅亡。這樣，身體具有重大傷害者，就被排出生存圈外去，最後滅亡。但是，人類基於互助幫助和人餓己餓的共感，身體重大障礙者例如失明者，也能生存。這種人類的共感，也是屬於人性的部分。我們應多多高揚人性崇高的屬性，使我們的社會更溫暖、更光明。這就是人啊，」他的眼中閃爍著某種悔然的光芒，「『物競天擇，優勝劣敗』這個生物界的法則，並不常常支配人的生活……鬥爭決不是人類社會的規律。」

在陳博士設在礁溪的一間舒適的、寧靜的、待客用的別墅，繼續我們的談話。外面，是寧謐的秋的夜晚。

「每一個人生活上所需基本上的條件，並無天大差別。

「有不少的人，還要運用已經擁有的豐富，去奪取那原已缺乏的人。太自私了吧……。

「有些人有好的儀表；有些人有出眾的才幹，有些人有健康的身體，溫暖的家庭；有些人有五車之學；有些人有富裕的資財……。這一切，是得來的，是一種恩賜……。

「不少人以這些幸福為自己理所應得的。很少人懷著感謝的心去承受這些祝福。儀表、才幹、健康、家庭、學問、資財，沒有一樣不是人人希企的東西。不錯，你得著，是你花費了努力。但總不能說別人都沒有努力。有多少比你努力，比你聰慧的人卻沒有你所擁有的這一切。

你之所有，如果謙卑地想，是一種恩賜。

「既然是得著的，是恩賜，就不是當然而然的吧。

「你得了三分，總該還一分吧。還出一分給社會，於你無大損，於社會雖也不為多。但你給與的這一分，卻有如鹽一般的效用——調和的效用。

「一個祥和的社會，不應有哀哀無告的人，不應有過分巨大的差距。如果你看見一輛馬車，陷在溝塹裡，人畜都在那兒拚命地掙扎，要脫出那可怕而苦惱的羈陷，讓我們推他一把。只推那麼一把，他就可以擺脫憂傷、絕望和忿怒，高高興興地上路去……。」

幾次長談，陳博士的人生哲學逐漸凝結成一句話，那就是「感謝和給與」。

感謝，當然有一個感謝的對象。對於陳博士，這個對象便是上帝。他生長在一個基督教的，小康家庭。在九個兄弟姊妹中，他排行最末。因此，他從小備受父母兄姊的百般寵愛。「我原以為家庭中的和樂相愛是理所當然的，」陳博士說，「待到大了，才知道並不是每一個家庭都那麼溫馨可愛。第一次，我的心中朦朧地湧起了感謝。」

實踐的信仰

在基督教傳統中長大的陳醫師承認：信仰對於他，在開始的時候，並不貼切。「我當了醫生以後，碰到許多醫學所不能救助的病例。眼看許多被宣告將終生失明的人，陷入漫漫的黑暗時那種絕望和悲傷，便私自想著應該在精神和心靈上幫助他們、安慰他們。」陳博士說，「但在助人之先，自己必須真有所信。我這才開始用心地研究《聖經》。結果，我的信仰才活了起來。我原想幫助別人的，卻不料自己得益最大。」

說著，他笑了起來。

在做醫學生的時代，陳博士是個喜歡讀書沉思的青年。那時候，希爾地（Karl Hilty），一個瑞士的基督教哲學家，給與他不小的影響。希爾地終生為神經衰弱和不眠症所苦。但他在無數失眠之夜，寫了一本書，叫做《高枕錄》，告訴人們，不論處在什麼樣的橫逆，一個人總可以發現許多值得感謝的事。一個能在不幸中心存感恩的人，便有恆常的喜樂。

影響陳博士的第二個人，便是在一九六五年在非洲去逝的「非洲聖人」史懷哲醫生。

「我知道史懷哲博士，是我畢業行醫以後，在雜誌上讀到的，」陳博士說。那時候，他正想辦一個職訓機構來幫助不幸終生失明的人們。他於是寫信到史懷哲博士在非洲開設的蘭巴侖醫院，請教於史懷哲。這以後，他和史懷哲醫生以及他的日本助手高橋博士，建立了親密的友情。

「尊重生命」、「敬畏生命」之說，並不是史懷哲博士獨創的理念。倡言生命神授，且每一生命均存有神之計畫與目的的基督教；倡說生命永恆輪迴的佛教，以及希波克利多的醫師誓言中，都寓有深刻而嚴肅的「貴命」之論。「但史懷哲特別強調，並付諸實踐」，陳博士說，「尤其在今天這個充滿戰爭的危機、紛擾不安的世界，尊重生命、敬畏生命的哲學，尤有重大的意義。」

在一篇陳博士宣讀於一個國際性的史懷哲紀念會中的論文中，陳博士認為避免新的世界戰爭，維護世界持久和平，是史懷哲主義者目前最大的課題。殺傷力越來越大，毀滅性愈來愈徹底的現代武器競賽，是世界和平和生命存續的最急迫的威脅。他說：「拉丁文人類叫做Homo Sapiens。意指『理智的存在』。戰爭之愚惡，童駭可解。而人仍趨赴戰爭，有若瘋狂，何以稱『人』？希臘文人類，叫做Anthropos有『前行』之意。人類從事毀滅一切前途之戰爭，又何有人類的前途呢？在中文，『人』字由兩相支持的筆劃所構成，彷佛告訴我們人要相幫助，相扶持。分而爭鬥，何以為『人』？」（見陳博士著，〈世界和平之道〉〔The Way to the World Peace〕，刊《醫療與傳道》第十卷第三期，六十五年六月十五日，郭維租醫師主編。）

去年三月，在陳博士和郭維租醫師主持下，在我國成立了「史懷哲之友會」（見今年六月本刊第二期）[2]。它的主要活動項目是：宣揚史懷哲的精神和理念；施行貧民義診；出版史懷哲著作；保護野生動物；出版盲人點字書刊讀物。

問到是否願意對年輕一代的醫學生和醫師談談自己醫師生涯的感想時，陳博士徐緩而懇切地說：

「一般地說來，醫師算是我們社會中的精英。他們有智慧，有機會，受到社會、國家的培育甚多。我還是一句老話：要感謝，從而要給與。人生的苦難——生、老、病、死，可以說無一不與醫生的生活發生關係。懷著感恩、懷著對生命的敬意、懷著給與的心情，對人世的苦難伸出援手，通過實踐而服務社會，為社會減一分苦痛和暴戾，增一分希望和祥和，也許你會發現醫生的生涯更寬闊、更豐富……。」

小小的蘭巴侖

感謝、給與、敬畏生命——乍看並不是如何繁瑣深奧的哲學。但它的實踐，卻建立了一座小小的蘭巴侖醫院。

陳博士欣慰地指出政府已大規模地展開了盲童重建和教育的工作。「我現在應該再進一步去想。目前我還籌畫建一個盲人交通訓練中心。」他說。在這個中心，將有平交道、天橋、陸橋、十字路口、地下道、公路車、巴士車站……完全與實物一樣，並配以音響以求逼真。「就像汽車駕駛訓練場一樣，」陳博士說，「希望從中心出去的盲人，可以單獨在交通複雜的社會中生活……」這個構想中的中心的模型，擺在「慕光」的圖書室中。就在這圖書室，我會見了差不多全體「慕光」的同學。

余進財在出生不久就失去了視力。十六歲那年，他來到「慕光」。一個前此從未受任何教育的盲人，在「慕光」初次被開啟了他的心智。畢業以後，他做了兩年按摩師。但求知的飢渴，使他再次來求助於陳博士。陳博士介紹了一位外籍宣教師教他英文。其後他又得了一個機會，進入「中華歸主音樂中心」修習神學和音樂。嗣後，他又到台北當按摩師，收入豐，生活不錯。但幾個月後，他「在祈禱中決定」放棄較高的收入，回到「慕光」教按摩術。「我想到我的一生，受到多少人的幫助。我想：我也應該幫助許多與我陷入同一命運的朋友們。」

桃園的陳明發說，他一直有一個計畫——在很近的距離內，他的眼睛還可以看見——要成為一個畫家！「我從小喜歡畫。我希望從『慕光』畢業後，有一技之長，可以賺些錢，省下來專心學畫。」他「望」著遠方，喃喃地說著。

被同學譽為「才子」的，來自彰化市的高村焜，希望用功讀書，有機會完成大學教育。然後呢？「然後我希望能獻身於盲人教育……。」他低下頭，虔誠地說。

台東縣的蔡文華說，盲人和其他殘障人都很難有就業的機會。即或有，也難免受到歧視。「我希望，」他那茫漠的眼睛直「視」我的身後，好像在瞭望著遠方的一顆清晨的星星：「我希望我有辦法，開辦一家工廠，收容盲人和其他殘障的人們……。」

在大夥兒圍著長桌交談的時候，不住地有歡樂的爆笑，戲謔的聲音。在他們之中，你幾乎找不到一絲殘障人的孤僻，沉默和陰悒。他們的活潑和開朗，比什麼都雄辯地說明了「慕光」所付出的真實的愛心。當我發覺到新竹的張應明去年才與一個眼明的人結了婚，而且有了一個小寶寶，我實在吃驚。

「想家吧？」我逗趣地問。

「想啊，」他笑著，兩隻微凸的眼睛因充著血而發紅。曾是鐵工工人的他的雙眼，失明於滾燙的鐵漿。女朋友沒捨棄他，反而嫁給了他。「他常常要回家。」有位同學說，引起大夥兒一陣喧囂的笑聲。

「人家是回去看兒子的，又不是……。」另一個促狹地說。

張應明和大夥兒張著空茫的眼睛，開心、調皮地笑了起來。

如果說他們肉眼的世界是黑暗的，啊啊，他們心靈的眼睛是何等的明亮！有多少時刻，明眼人的心眼，曾闇如永夜……。

如果蘭巴侖是愛，是希望，是信心，是無私的付與，那麼，無疑地，我們已經在物質化了的工業的叢林裡，看見了一座小小的，執著的，啟示人心的蘭巴侖……。

初刊一九七六年十一月《溫莎醫藥衛生雜誌》第一卷第五期
收入一九八八年人間出版社《陳映真作品集7．石破天驚》
本文按人間版校訂

1 本篇初刊於《溫莎醫藥衛生雜誌》，因尋查未獲，按人間版校訂。

2 係指一九七六年六月《溫莎醫藥衛生雜誌》第一卷第二期。

關於陳映真[1]

在九歲上夭折了的雙生兒兄弟。民國五十年頃，他畢業於私立淡江文理學院外文系。他的第一篇小說〈麵攤〉，在他大二那年，發表在同人雜誌《筆匯》上。《筆匯》是尉天驄所主編。他的大部分作品，都在尉氏和姚一葦先生的友愛、鼓勵和催促下寫成。

他是一個平凡的人。懶散、讀書不求甚解，一般地不很快樂。他為最近幾年來在並不廣闊的小說讀者群中所有的一點兒虛名，頗為惶恐不安。儘管他給自己許下了願，要以寫小說終其生，但由於已有七、八年未曾動筆，對自己無甚信心。

然而在一般上，他是個樂觀的人。他是廣義的進化論信從者：相信明天會比今天好；相信未來的世代會比這一個世代更進步、更有智慧。正義、和平和良善終必得勝——當然，為了這個勝利，人類必須付出不小的代價。

以這樣的想法為背景，他是一個並不激越的愛國者。他愛他的國家，因為他知道：中國有一天一定會成為一個又謙遜、又勇敢，決意為世界的和平和人類的幸福做出相當貢獻的國家。陳映真說，他平生最大的願望，是做一個平凡而胸襟坦闊、脊骨挺直的中國人。

寫給耕莘青年寫作會「陳映真小說座談」

初刊一九七六年十二月遠行出版社《知識人的偏執》（許南村著）

1 本篇為陳映真出獄後為參與「耕莘青年寫作會」的「陳映真小說座談」所撰寫的講者簡介或短文。參見施善繼，《犇報》第三十三期「毒蘋果札記」專欄文章：「〈關於陳映真〉，這篇五百餘字的小傳，沒有寫作時間，文末註記（寫給耕莘青年寫作會「陳映真小說座談」），估計是他（陳映真）出獄不久參與的一項文學活動。他僅交出此一短文，或也出席座談尚待查考。」

美妙世界的追求

兼談中國電影的方向

樂士

永昇公司以林青霞、秦祥林和藍毓莉等「青春偶像」型的明星作陣容，由擅長「愛情喜劇」的陳耀圻導演，推出了《追球追求》。[1]

這部「愛情喜劇」的故事，是敘說某大學獸醫系的橄欖球明星（秦祥林），追求校花（藍毓莉）而不如意，幾經周折，終於發覺大學外的小店員（林青霞）尤可愛憐，消解誤會，成為情侶。

這部影片大部分的背景，是某一所大學。對於千百萬失學的青年，大學是不可企及的天堂美夢；是他們畢生的許多遺憾之一。對於另外千萬中學生，大學是他們生命中唯一重要的目標；考不考得取大學，是他們受家庭和社會給予個人價值評估的最重要的標準。對於社會，大學意味著精英分子的養成所；意味著嘉許，以及對大學青年的長髮、荒嬉、以及他們輕度的墮落的寬縱……。

如果我們問：為什麼對於大學會有這樣的印象？那麼，答案應該在包括電影在內的大眾傳播裡去找。

在許多市民性通俗小說中；在電視、電影中，我們看見的大學生，沒有一個不是無憂無愁的天之驕子；我們看見的大學園，沒有一所不是人間的樂土。國產情喜劇《追球追求》就是現成的例子：

《追》片裡的大學生，各個男的英俊瀟灑，女的嬌憨可人。他們健朗、活潑，胳臂下抱著幾本巨型洋文教科書，大型筆記本，在課室，在校園坐立穿梭，朗笑高歌，無憂無慮。他們主要的生活內容，似乎就是捧校花、郊遊、談戀愛、搞球賽、開舞會，起哄促狹。甚至上課、坐圖書館，看起來都有一份遊戲的歡愉。他們的服裝也成為一種特殊優惠的標誌：美國式的牛仔褲、牛仔裝，甚至印有American Athletic College（美國體育大學）字樣的T型杉。藍毓莉的生日舞會，場面豪華，在這個青年學生所開的舞會中，充滿了一般社會的紙醉金迷，趨炎附勢。他們可以開一部吉甫車，在手提收音機震耳欲聾的西洋熱門音樂聲中，在郊外風馳電掣，譁笑而去。

這樣愜意的、無憂無慮的、充滿了青春的歡樂和富裕的祝福的大學生和他們的生活，通過萬千少女夢中的情人秦祥林，和萬千少男的心中偶像林青霞、藍毓莉；通過觀眾移情作用的過程，深深地印在他們的心版上。

就是這樣，大學生和大學園成了一種童話中的仙境，一種神話。在學的大學生看了，得意之餘，競相效尤片中男女主角的一言一動，一服一飾；更多的青少年，懷著這美妙的夢幻，在燈下苦讀，希望一旦擠入大學之門——不論哪一家，只要是大學就行——，得以體驗長年夢寐中的生活。廣大的社會民眾，會懷著欽羨的目光看著他們偶爾走過的某一所大學的大門，和往來路上車中，懷抱一大堆洋文書、筆記本的大學生……。

可愛的家庭

在《追》片中，和大學有了聯繫的唯一社會，是林青霞的家庭。依照片中的情節，林青霞的家境清寒，為了幫助三個妹妹完成學業，她讀完了高中，就不得不放棄「進大學」的美夢，在一家商店裡當個小小的女店員。

但是，呈現在銀幕上的林青霞家，即便是以都市生活的標準來衡量，如果月入不在兩萬元上下，是沒有那個程度的（假定房子是租來的）。廚房裡是全套整齊新穎的設備，彩色鍋在煤氣爐上冒煙。客廳、臥室的擺設，匠心獨到，如果不是經過裝潢家設計，那麼林母自己一定是個裝潢設計師。

如果林青霞的職業是舞女，生活也許就有這個水平（或者更高）；但女店員的收入，平均在兩、三千元台幣之間。也許林母是收入很高的職業婦女（片中並沒有交代），但如果收入高，說什麼也不用林青霞輟學養家，多少家庭擺設比片中的林青霞壞十倍二十倍的家庭，在今日的台灣，仍可藉著起會、工讀去完成大學教育。

這是導演、編劇的疏忽嗎？

當然不是。任何這麼大的差錯，已不能稱其為「疏忽」。《追》片（以及國產影片、電視劇的一般）的目的，不在以現實主義的觀點，去描寫、探討都市中低收入家庭中的問題，而是在表現另一種神話，及都市中產者的神話：物質的豐裕，生活的舒適、悠閒。更進一步說，電影所要描寫的，是一個擺滿各種各樣最新穎、最流行的、花花綠綠商品的家庭——滿屋子的沙發、窗簾、冰箱、電視、整套彩色廚具、鋼琴、俏麗的衣服……。這些商品為生活帶來舒適、方便、和閒暇，甚至榮耀。它告訴我們：這才是生活！生活就是各種物質（商品）的獲得和消費。任何有出息、有能力的人，都應該能過像電影中那樣的家庭生活：豐富、溫暖、有閒、體面。一個

「可愛的家庭」(《追》片中有一個鏡頭描寫林青霞的三個妹妹圍著鋼琴唱這一首歌)，便應該是物質的豐富。讓每一個人守著小小的家庭，沉浸在現代商品的祝福、人情的溫馨。這麼「可愛的家庭」就是一切，就是全世界……。

這就是我們的影片所傳導的另一種神話。生活與片中者相同甚至更好的觀察，得意之餘，視作當然；千萬生活遠不若片中者，子女妻子會淡淡地怨其父兄，不曾帶來那麼美妙的生活；父兄們則使盡渾身解數，希冀取得更多的錢財，以便購得這種高等的生活……。

假象和真相

在《追》片中，我們看不見今天千萬大學生嚴重的飲食衛生問題——他們暴露在沒有衛生保證的食堂、自助餐廳裡；《追》片也看不出有多少大學生無助地任憑大學區的惡房東，任意盤剝，馱負沉重的房租，住在囚室一般的斗室；《追》片也沒有反映工讀的大學生，在「家教中心」的壟斷和豪取下，忍氣吞聲；它也沒有暴露出少數大學生精神上、道德上的沉淪。當然，《追》片也許在某一意義上反映了大學生底一般，在思想上的空白和精神上的貧弱——但它不是以批判的眼光去說這種空白和貧弱，而毋寧是對這種空白和貧弱的讚揚和鼓勵！

《追》片也刻意「美化」了都市中低收入家庭的真實生活，已見前敘。片中的林青霞仍然那麼充滿青春玉女的活潑和煥發。我們看不見一天在百貨公司枯立十小時，收入只能勉強抵付一個人最起碼的開銷，一個星期工作七日，每天精疲力盡的女店員。我們也看不見必須犧牲大姊的大學學業以助貼弟妹學費的家庭捉襟見肘的生活實況。

這種非現實的特質，只要我們稍微注意，不但存在於《追球追求》，而且長久以來，便以各種不同的方式，充塞於若干暢銷的市民通俗小說中；充斥於電視劇和電影之中；豪華的客廳、高職高薪的丈夫、嬌美的妻子、忠心的女傭、調皮的女兒、轎車、醇酒、美食、夢幻似的愛情，以及一切市民階級的道德和思惟。他們硬生生地在更廣大、更具現實代表性的現實生活之外，創了另一個世界，以無比強大的影響力，無時無刻，滔滔然向千萬民眾進行無與倫比的說服：要全社會以小說、雜誌、報紙、廣告、電視和電影中的思想和價值為大家的思想和價值。

其結果是十分明白的。就以《追》片(以及其他類似的影片)的影響來說，莘莘學子渴求進大學的目的，永遠不會是勤勞用功，希望為國家、民族和社會貢獻自己，而是像秦祥林、藍毓莉那樣當橄欖球明星，當校花，吃、喝、玩、樂。我們又怎能不看到一大群大學生，滿腦子個人的前途，只看見鼻子跟前的一點小利，躲在「可愛的家庭」中，掩面不見整個社會和國家民族的命運；又怎能期待我們的大學生關心民族、國家的前途、和社會民眾的福祉。在以鼓吹商品的獲得和消費為能事的大眾傳播影響下，我們又怎麼能阻止不惜昧著良心收取回扣，收取紅包，設局詐賭，瀆職自肥，枉法徇私的風氣，如狂潮一般遮天而至；我們又怎能啟發一堅苦卓絕、樸質篤實的民族生活風格，自力更生，重建中華於三百年來帝國主義侵凌所後遺的一片廢墟！

強有力的「意見製造者」

便是這樣，每一張廣告上裸裎的美女和動人的儆句；每一本厚厚的市民小說中俊美的男主人翁和夢一般嬌美的女主人翁；收音機、電視機上的每一隻歌曲、每一齣節目；每一個或囂鬧或柔美的商品廣告（畫面或歌曲）；每一部動人心弦的電影，都讓你以無限的渴慕、感動、嚮往的心，去接受一個特定的價值標準，一個既定的解答。而這價值標準和解答，分析到最後，便是對於商品的拜物教式的狂烈崇拜。這種赤裸裸的崇拜，有動人的美名，曰：生活水準、國民所得；曰：富裕繁榮。於是本國和外國的電視、冰箱、轎車、音響、內衣、襯衫、鋼筆、輕飲料、各式各樣的女裝、藥品、太陽眼鏡……大量、密集地流入每一個末梢市場。於是市場昂旺，生意興隆，各種工廠商號的老闆們笑眼逐開。自由工業商業的經濟，就是商品大量生產，以及與之相應的大量消（浪）費的經濟。貨利的瘋狂追逐，正是一個「工業起飛，社會繁榮」的社會經濟的主要動力。儘管有人天天教訓大學生要堅毅不拔，以天下國家為己任；儘管國文課裡不斷教育學生要好義不要好利；儘管有許多人抨擊電視電影上俗劣的故事和劇情……，但是，比起深深地坐在豪華的辦公室裡的企業（包括電影公司）老闆，我們的政府首長、教育首長、宗教領袖、和愛批評的知識分子，顯得多麼單薄無力。我們的大學生依然荒嬉、膚淺；輭綿綿的流行歌依然響徹大街小巷；青年依然好利而不好義；庸俗、惡劣的文字、電視劇和電影，依然大行其道；貨利的追逐依然比國家民族重要。在少數企業巨頭所發出去的薪水下，有多少「優秀」的知識分子在絞盡腦汁，把一瓶可口可樂同一性感的美女擺在一張廣告畫面上；多少文學藝術家在創造一個拜物教的天堂；多少作曲家訴諸於人類脆弱的心靈而寫曲；多少創作家在寫砍砍殺殺，庸俗而不健康的電視電影劇本。末了，多少導演在排演諸如《追球追求》一流的「愛情喜劇」！

深鎖在冷氣房的大企業老闆，至此，已不只是幹練的商品製造者，他更是我們芸芸眾生最強有力的「意見製造」者了。

國產片往哪裡去？

其實，我們似乎也不必妄自菲薄，認為只有國產片如此不能「獨立」，受人利用。如果我們更深一層去想，我們看的最多的美國片，還不是一樣地在以更強大的說服力，宣傳著一些長年來統治了我們廣泛的精神生活的東西？小至於西洋歌曲、服裝、揚眉、聳肩、嚼口香糖的調調，接吻愛撫的方式，大至於「美國的生活方式」，對種族的偏見，以及對若干全球性政治、軍事、經濟和文化諸問題的詮釋，幾十年來，自自然然地，不知不覺地為我們生活中不可分離的一部分。事實上，國產影片的生產過程中，便綿密地滲攙著美國或日本，或者港英電影文化的影響哩！

也許我們不能不憂慮：在如此強大的國內外工商業力量影響下，中國電影的前途，畢竟在哪裡？

然而我們是樂觀的。在許多和中國一樣，曾在歷史的過去備嚐帝國主義荼毒的國家中，隨著日益高漲的民族自覺，在民族自信心失而復得的痛苦中，在文化上也毅然、昂然地走在獨立的民族風格。這種政治上和經濟上的民族主義的漲潮，必然會帶動文化的民族主義。作為民族文化之一環的電影，也必然將找尋到自己民族的風格和表現方式，來表現自己民族所面臨的各種急迫的問題。行文至此，回頭檢視中國近代思想史，那麼我們尤會懷著滿腔的感激，去翻到中山先生早已為我們預備好的民族主義。早在半個多世紀以前，中山先生就囑咐我們要永遠站在世界上廣大弱小民族的一邊，勇敢而謙遜地為大同世界的理想，貢獻出盡可能大的力量。只有在我們不喪失，不忘記中山先生的教訓，並以之為我們電影建設的指針時，我們的電影才能擺脫各種國內外強大的不良影響，建立中國的電影風格，表現出中國民族由重建而復興的過程中，許許多多可歌可泣的偉大的精神面貌。

初刊一九七六年十二月遠行出版社《知識人的偏執》（許南村著）

1 《追球追求》為陳耀圻一九七六年八月導演的作品。

陳映真全集（卷二）

THE COMPLETE WRITINGS OF CHEN YINGZHEN (VOLUME 2)

作者　陳映真
全集策畫　亞際書院・亞太／文化研究室
策畫主持人　陳光興、林麗雲
執行主編　宋玉雯
執行編輯　陳筱茵
小說校訂　張立本
版型設計　黃瑪琍
內頁排版　顏麟驊
印刷　中原造像股份有限公司

出版者　人間出版社
發行人　呂正惠
社長　陳麗娜
總編輯　林一明
地址　108台北市萬華區長泰街五十九巷七號
電話　886-2-2337-0566
傳真　886-2-2337-7447
郵政劃撥　11746473・人間出版社
電郵　renjianpublic@gmail.com

初版一刷　二〇一七年十一月
定價　一萬二千元（全套不分售）
ISBN　978-986-95141-3-2

國家圖書館出版品預行編目（CIP）資料

陳映真全集／陳映真作. -- 初版. -- 臺北市：
人間, 2017.11
23冊；14.8 ×21 公分
ISBN 978-986-95141-3-2（全套：精裝）
848.6　106017100